百花人文

回首萧瑟处

吴令华 著

天津出版传媒集团
百花文艺出版社

图书在版编目（CIP）数据

回首萧瑟处 / 吴令华著. -- 天津 : 百花文艺出版社, 2016.3(2023.3 重印)
ISBN 978-7-5306-6979-2

Ⅰ. ①回… Ⅱ. ①吴… Ⅲ. ①随笔-作品集-中国-当代 Ⅳ. ①I267.1

中国版本图书馆 CIP 数据核字(2016)第 059692 号

回首萧瑟处
HUISHOUXIAOSECHU
吴令华 著

出 版 人：薛印胜
责任编辑：赵世鑫
美术编辑：郭亚红
出版发行：百花文艺出版社
地址：天津市和平区西康路 35 号　**邮编**：300051
电话传真：+86-22-23332651（发行部）
+86-22-23332656（总编室）
+86-22-23332478（邮购部）
网址：http://www.baihuawenyi.com
印刷：三河市同力彩印有限公司
开本：787×1092 毫米　1/32
字数：203 千字
印张：9.25
版次：2016 年 3 月第 1 版
印次：2023 年 3 月第 2 次印刷
定价：59.80元

如有印装质量问题，请与三河市同力彩印有限公司联系调换
地址:河北省三河市黄庄镇赵家庄同力彩印
电话:17710717619

目 录

说故

梁启超劝袁世凯免称帝

长篇电视剧《走向共和》已落下帷幕。在我国由帝制走向共和的曲折历史上,梁启超是个重要人物。先父吴其昌是梁启超的入室弟子,自 1925 年考入清华学校国学研究院,至 1929 年梁去世,一直随侍在梁启超左右。在天津时,曾亲聆梁纵谈躬历时事,月旦当世人物,常至深夜。

有人以为,袁世凯在戊戌政变前并未参与新政,乃因谭嗣同夜半劫持方卷入进来,梁先生不以为然。他说:当时袁系主动赞成变法维新,甚至有拥护光绪以武力推行新政的计划,绝非壮飞所迫。袁在朝鲜时,表现豪爽奔放,以人杰自命,与马相伯、马建忠、张謇等新进名流上下议论,其强国革故之心,实不在人后。彼协谋变法,纯系自觉自愿,但胸中始终横亘"个人权力"一事,见变法略有端绪,深恐新政权不归己,故告密卖主。及变法失败,又恐大权落入裕禄之手,乃复在直、鲁推行新政,培实力而博民心,等候时机,取清廷而代之。事后细思,其用心深长密远,真一世之奸雄也。我辈书生,尽为所欺,至十余年之久。

梁由是谈及袁世凯之巧诈作伪术,称为"登峰造极,古今无可伦比"。例举有梁和冯国璋劝袁勿改帝制一事,尤具戏剧性。据先父所述，情节如下：

当时帝制论甚嚣尘上。冯国璋从南京到天津，约梁一同对袁做最后的“谏铮”。冯对梁说：“论辩才我远不及你，论实力你也不如我。这事必须咱俩一同去，你反复开导他，而我则暗示以实力做后盾，才有可能挽危机于千钧一发。”于是梁用了一天一夜的工夫，绞尽脑汁，写出劝说提纲，凡可以成为理由的，无不备举，一共列了几十条。及至二人到新华宫，袁表现异常热情，设宴招待。酒酣，梁站起正准备陈述。袁世凯先笑着说：“二位先生这次来的意思，我很清楚，是想劝我不做皇帝。我反问二位，我袁某要做皇帝，是想做一代皇帝就绝种呢，还是做万代皇帝而无穷呢？”不等梁、冯回答，袁又笑说：“除非痴子，当然要做万代天子！”随后叹口气接着说：“我有犬子二十多人，我现在将他们全部唤来，站在二公之前。任公，你最知人，我就委托你代选一子，可以继承帝位，可以不败我帝业，不会连累掘我祖坟的。任公！等你选出以后，我再决定称帝。这样也许可以称帝两代！”梁与冯四目相视，怀中万言书，竟一个字也说不出。这时袁的儿子们环立桌旁，最小的尚伏在奶妈怀中。袁世凯忽然又换了副悲伤面容，说：“我的这些犬子，没一个像我的，没一个不是庸懦纨绔。但父亲对儿子，没有不疼爱的。我虽然恨他们不肖，但也不愿因为我造孽，而使他们将来被别人作鱼肉烹杀。我百年以后，还得拜托二公多多照顾！”梁启超与冯国璋二人，直到离去，也没能提“帝制”一个字。

这场戏发生在1915年6月。梁启超在《国体战争躬历谈》中提到此事：“袁氏语我及冯将军，皆矢誓不肯为帝，其言甚恳切。”现在我们知道，袁世凯就是演了这样一出“言甚恳切”的戏，把梁、冯二人噎回去了。当时梁心中犹存疑虑，但紧接着发生的事使他清醒，“筹安会”筹办帝制的工作公开进行，千奇百怪的“请愿团”到处活动。梁启超愤怒了，奋笔写出讨伐帝制的檄文——《异哉所谓国体问题者》。袁世凯听说，气急败坏，忙派人出二十万银圆巨资收买，冀其搁笔。梁不为所动。此文发表于袁世凯即将“登基”之时，给了袁沉重的一击。随后，梁启超南下，协助蔡锷(蔡原是梁在长沙时务学堂的学生) 发动护国战争，《云南致北京警告电》《云南致北京最后通牒电》以及那篇脍炙人口、大义凛然的《云贵檄告全国文》，都是出于梁启超之手。在蔡锷军苦战于四川叙、泸之际，梁联络广西都督陆荣廷，并亲赴广西与陆联衔发出《广西致北京最后通牒电》《广西致各省通电》，响应护国运动，又联络广东的国民党人，并策动广东独立，使滇黔两广连成一片，以对抗袁世凯的北洋军，终于迫使袁世凯发出了取消帝制的通电。

(载 2003.5.28 香港《信报》)

梁启超谈孙中山、谭嗣同、刘光第、蔡锷

1927 年夏天,梁启超养疴天津。这时父亲吴其昌已在清华国学研究院学习了两年。虽然该毕业了,但清华园良好的学术气氛,使许多学子舍不得离去,要求继续留校研修,父亲也是其中之一。梁先生一直很器重父亲,早就指定父亲及周传儒、姚名达三人负责记录其讲稿。此时梁邀父亲到天津,一面为其办理文案,一面父亲可随时请益。从此父亲便往来于清华园、饮冰室之间,直至梁去世。夏夜纳凉,父亲侍坐庭中, 听梁先生娓娓讲述他经历的戊戌变法和护国之役,常至深夜,有时竟达黎明。

孙中山与康有为

孙中山与康有为,政见迥异。康始终持保皇观点,与孙中山等革命党人格格不入。梁到日本后,在与孙中山等革命党人交往、论辩中,思想逐渐发生变化,至张勋复辟,方与康在政治上分道。不过梁晚年提到老师时,仍多有维护。有一次,父亲问梁先生:“世间传说南海(康有为)不肯与中山先生合作,是真的吗?”梁答:“不然。许多人都知道中山和我交谊甚厚,在横滨时,有一段时间我们每夜同卧一

榻。外面所传南海轻视中山,不肯与中山合作,那是奸人的挑拨。最初,南海的确不了解中山,也是真的。后经日本人平山周、宫崎寅藏等人,尤其是犬养木堂(毅)的疏通,两人的误会已经涣然冰释。唯以后仍不断有奸人两面挑拨,我很怀疑这些宵小之徒,来自清廷。只是当时南海环游世界,我又在日本,不能向他进言劝解。听说他们最后决裂是在马尼剌。那次中山屈己拜访南海,南海也欣然出迎,据说已下到楼梯一半,有人拦住,言孙带有凶器,是行刺来的。康惊恐上楼,孙大怒而去。这事我也是听说,不过大致不差。”

谭嗣同就义及梁启超亡命

父亲说:梁先生在生平死友中,最钦佩谭嗣同,听他缕述谭的壮烈义举,不禁潸然眼湿。梁先生说:“大难来时,德宗(光绪)央英国使馆护送南海出京,并未求日本使馆。但当时日本方明治维新,处处模仿欧洲,见欧洲文明政治,有保护他国政治犯之事,故也想在中国照行,既可以对欧人夸耀其文明,又可以插足控制中国政治。当时日驻中国公使为林权助,早奉有保护政治犯之密令,于是自献殷勤,努力营救。先以绿呢大轿接壮飞到使馆,紧接又用绿呢骡车接我。那时使馆还没有新式马车。壮飞和我在使馆住了两天,我们日夜商量救皇上的办法,计算南海的行踪。壮飞忽然想到了什么,一人回房甚久,出来叫使馆仆役往某衙门投文,并笑对我说:还须告他一状!我茫然不知所谓。事后传说谭父告其子嗣同忤逆,断绝父子关系,才得免受牵连。我估计那天壮飞闭门所干的就是这件事。真是血热而心细,身殉祖国,而保全老父,再没有像他这样义烈的人了。日使林权助装饰其夫人之车,强迫我和壮飞离开北京,壮飞坚决辞谢,说:‘我看西方史,革命没有不流血的。中国革命的流血,请从嗣同开始!’在使馆住了三天，他一人潜出使馆自首，说：‘嗣同愿以颈血洗涤中国之腐败！’遂在菜市口被斩。六君子就义之日，我还在东交民巷日本使馆，闻信悲痛晕厥。又数日，林权助强迫我登其事先装饰好的车中，外坐女仆丫鬟，有卫士开道，对外扬言日本钦差家眷回国，遂自北京至天津乘兵船去日本。”

梁此时所述两人至日使馆及谭被捕的经过，与其《谭嗣同传》略有出入。“谭传”云：“时余方访君（谭）寓，对坐榻上，有所擘画，而抄捕南海馆之报忽至，旋闻垂帘之谕，君从容语余曰：‘昔欲救皇上，既无可救；今欲救先生，亦无可救，吾已无事可办，唯待死期耳！虽然，天下事知其不可而为之，足下试入日本使馆谒伊藤氏，请致电上海领事而救先生焉。’余是夕宿于日本使馆。君竟日不出门以待捕者，捕者既不至，则于其明日入日本使馆，与余相见，劝东游，且携所著书及诗文辞稿本数册，家书一箧托焉，曰：‘不有行者，无以图将来；不有死者，无以酬圣主。今南海之生死未可卜，程婴、杵臼，月照、西乡，吾与足下分任之。’遂相与一抱而别。初七八九三日，君复与侠士谋救皇上，事卒不成。初十日，遂被逮。被逮之前一日，日本志士数辈，苦劝君东游，君不听，再四强之，君曰：‘各国变法，无不从流血而成，今中国未闻有因变法而流血者，此国之所以不昌也。有之，请自嗣同始。’卒不去，故及于难。”或梁先生晚年记忆有误，或因撰文而有修饰变动，如今已不可知。

正气凛然的刘光第

由谭嗣同谈及刘光第。梁先生说：“裴村，亦一可歌可泣之人。我与裴村非故交，疏于来往，只因实行新政才略有接触。但每次相见，都敬其为人。他做京官十多年，寄居在西直门外一小庙中，至死也未在城内赁屋。平日只闭门读书，不与时下所谓名士交往，所以许多人不认识他。但南海召开保国会，他却来参加了。行新政后，任军机章京。依惯例，刚入军机的，要给太监赏钱，他不给。礼亲王做寿，同僚都去拜寿，他不去。军机大臣裕禄任礼部尚书，众人去祝贺，他不贺。有人问他，他说：时事艰难，我们在朝为官，当为皇上尽力，哪有空去奔走媚事权贵？当时有个叫曾廉的上书请杀南海和我，皇上交壮飞办，壮飞逐条驳斥，末云：'臣嗣同以百口保康、梁之忠，若曾廉之言属实，臣嗣同请先坐罪。'裴村见了，一同署名，曰：'臣光第亦请先坐罪。'谭大惊。裴村说：'即使无皇上之命，也应救志士。我不能让你独做君子啊。'其实他与南海也只在保国会上见过面，并无往来，和我也无深交，而竟以死相救。真令我肃然起敬。裴村等被捕后，既未审讯，更无判决，数日后即问斩。就义时，其子哭奔菜市口，跪求监斩官以身代，叩头流血。不许。刑后抱父尸呕血痛哭，不久亦卒。父子壮烈，哀动鬼神！中国有这样的志士仁人而不兴，是无天理！"

蔡锷及"庚子之役"

1897年，梁启超应陈宝箴（陈寅恪之祖父）之请到长沙主持时务学堂，短短几个月，即培养出一批出色的人才。父亲说：时务学堂第一批学生仅四十人，其中五分之二都成了革命先烈或开国（指民国）名人。蔡锷便是其中年龄最小（仅十六岁），最得梁怜爱的一人。后时务学堂被封，学生络绎东渡。梁先生说："当时在东京的亡命客都很穷，而松坡尤甚。他又最瘦小，体极弱，却非要学陆军。我怎么劝他都不听，只好由着他。"1900年春夏之交，维新党人唐才常（字佛尘，曾是长沙时务学堂的教习，谭嗣同的同乡好友）率领原长沙时务学堂的学生林圭、李炳寰、傅兹祥、田邦璿、蔡钟浩等二十余人到江汉准备发动武装“勤王”。梁先生说:“佛尘去鄂后,我和松坡也从东京秘密回到上海。等了许久没有消息。松坡焦躁不安,亲自到汉口打探,佛尘即命他回湖南请黄泽生将军相助。黄见松坡来,强行扣留,且大骂‘梁任公、唐佛尘无故牺牲有用青年’。松坡与之抗争,他充耳不闻,就是不放行。我得不到松坡的行踪,越发焦急,决定亲自去汉口,已买好船票。因是亡命之身,不敢多逗留,准时到码头,谁知那班船因货少已提前半小时启程。我急得顿足大骂,也无可奈何。后来佛尘计划败露,被张之洞杀戮百余人,为首者即上述六人,世称‘庚子六君子’。而松坡因黄之扣,我因船期之误,才得免死。”蔡锷发动护国之役,推翻袁世凯帝制,居首功。梁启超亦亲自南下协助。后来蔡锷到日本治病而死,梁说:“松坡不到日本决不送命。天知道,东洋医生给他打了什么药的针!”

(载 2005.2.20 香港《大公报·文学》)

梁启超晚年谈对日本认识的变化

梁启超和日本的关系可谓深矣。戊戌政变以后,是日本公使馆的主动援救,他才得以流亡海外,旋以东京为据点,继续从事政治活动。十四年后,他回到祖国,仍与日本多有交往。袁世凯称帝,蔡锷将军在云南奋起护国,梁又是在日本的暗中帮助下,南下助蔡讨袁成功。也就是在此时,他彻底认清了日本奉行军国主义,妄想吞并中国的野心,从而改变了对日本的认识。当年先父吴其昌在天津师门,亲见每有日人来访,梁先生则蹙眉,连呼"讨厌讨厌","可怕可怕",但仍不得不冠带出迎。1927年新秋,梁先生曾对先父详述其认识转变之过程,通夕不寐。

梁先生说:"我在护国之役前,脑海中全无反日的思想。不但不反日,但觉其可爱可钦。护国之役后,方觉彼可畏可恨又可怖。戊戌政变后亡命日本,我亲见明治维新后一个新国家的兴起,朝野上下,人人乐观活跃,勤奋励进,居然将一个千古无闻的蕞尔小国,变成新兴的现代文明强国,真如呼吸清晨晓风,脑清神爽。回视清政府的老大腐朽,疲癃残疾,肮脏邋遢,相形对比,越觉日人可爱可敬。当时他们说彼等真心希望中国复兴,愿与中国并立为世界强国,我亦深信不疑。"日人的确救了梁的命,但它是否真希望中国复兴、并立东亚呢？直到后来，梁才恍然大悟：那时的日本，正跃跃欲登世界文明诸国之列，处处想模仿西欧各国，见欧洲现代政治，有保护他国政治犯之事，故也想照行，既可以夸耀其文明程度，又可以插足控制中国。这才是其真实目的。

但梁启超真正看清日本军国主义的狡猾阴毒，还是在护国之役前后。他说："后来日人有贺长雄怂恿袁世凯盗国称帝，我开始觉得其可恶。随后日政府提出'二十一条'迫袁承认，以换取彼对帝制的支持，我此时已知彼凶狠可恶，但尚未觉其狡毒可怖也。"及至松坡发动护国之役，梁决定南下襄助。袁世凯派人日夜监视，把守门口。1916年的春天，梁只好购胶皮（天津人呼人力车）车夫着衣，易服夜逃。袁发觉后，杀了便警，并发布"务获梁启超，就地正法"之命令，上印有相片，缉捕较清廷更为严密。令梁奇怪的是："我自津经沪至港，一路惴惴不知将死于何处，但暗中似有天神护卫，化险为夷，逢凶化吉，反复思索，不得其解。"到了香港，日人明目张胆公开援助，此时，他"方恍然沿途暗中保护者非天神也，乃日人也。由香港至越南，彼等更是全体动员，举凡官商军民、间谍浪人，均全力助我，虽子孙之事父祖不能过。试问彼为何厚爱于我，又何求于我，而奉我如此？"经过反复思索，他自称"不禁毛骨悚然，不寒而栗，方觉日人之阴狠毒辣，喻之为猛虎贪狼，犹为未尽。"自此得出结论："他日欲亡我灭我者，必日人也，不可不戒备。"

日本明治维新后，实行军国主义，向外扩张，侵略邻邦。面对清末民初中国政治的混乱局面，未知鹿死谁手，便多方下注，期在必得。故一面支持袁世凯称帝，一面暗中协助反袁斗士，用心无所不及，此所以梁先生感觉阴森可怖也。梁先生自述其对日本政策的认识过程，我以为是真实可信的。后来蔡锷死于日本，更加深了他的戒心。每与先父谈及时事传闻，他常怀疑是否"东洋人"造谣，连蒋介石下野去日，他也担心会遭日人暗算。梁谈话时，或被日人拜访打断，辄连呼："讨厌讨厌，又来'保卫'我了，可怕可怕！"1928年，北伐军逼近北京。由于历史的原因，他曾萌发出国避难之念，对先父说："我无力赴美，将暂去朝鲜隐居，做朝鲜理学史或朝鲜学案研究，你能随我去协助否？"而不再考虑他所熟悉的日本。

后记：癸未春夏之交，SARS肆虐。古稀老妪，闭门谢客。昼则整理校阅先君手泽，夜则观看电视剧《走向共和》。偶有所思，爰成短文三篇，聊资亲友谈助，儿孙知史。有爱之者建议，公诸同好，如上。2003年6月。

（载2005.4.22香港《大公报》）

吴宓在清华研究院

如今人们提起当年的清华国学研究院，赞其辉煌，表其模式，称颂梁启超、王国维、陈寅恪、赵元任、李济诸先生的教育伟绩。其实，另一位开创者——研究院主任吴宓先生所做的贡献，也是值得一书的。

清华本是留美预备学堂，上世纪二十年代中期酝酿改制，向正规大学转变。先新旧制并存，设大学部，办研究院（设国学一科）。时在东北大学任教的吴宓被聘为研究院筹备主任。吴本出身清华，在美国哈佛大学毕业后回国，与一班志同道合的朋友梅光迪、柳诒徵等一道，办《学衡》杂志，主张应用现代科学的方法，继承发扬中国传统文化道德之精神。在对待中国固有文化的问题上，他与胡适等新文化提倡者，犹如申包胥与伍子胥之于楚国：尔能覆之，我必复之，针锋相对。当时清华校长曹云祥，对二者之争并不看重。据说他先拟请胡适主其事，胡豁达而谦虚，说我不行，须请梁启超、王国维、章太炎等专家，方能成其事。曹接受了胡的建议，转请吴宓。吴接受此职，是有自己的抱负的。他见到曹云祥，即提出要有全权，负全责，否则仍回东北。获允。清华研究院筹备工作得以展开。

首先确定研究院的地位宗旨，拟定章程。吴宓设定研究院之地位为:“非清华大学之毕业院（大学院），乃专为研究高深学术之机关”。宗旨则简单明确:“研究高深学术,造成专门人才”,即培养以著述为毕生事业的“通才硕学”,及各种学校的国学教师。吴宓特别解释:“唯其如是,故不惜经费,布置种种,专为少数人谋求研究学术之利便,学生名额极少,又复从严考试录取,期望甚大,所谓在精而不在多也。”起点甚高。故所聘教授讲师必须是:“一,通知中国学术文化之全体;二,具正确精密之科学的治学方法;三,稔悉欧美日本学者研究东方语言及中国文化之成绩”的硕学重望。授课不取讲堂制而采导师制,“注重个人指导”,导师与学生以个人接触、亲近讲习之机会。至于研究方法,吴宓特别提倡:“尤注重正确精密之方法(实时人所谓科学方法)，并取材于欧美学者研究东方语言及中国文化之成绩”,并以之作为与当时国内其他研究国学者的重要区别。(见《清华周报》351 期)

大政既定,导师的聘任便是关键。王国维、梁启超早已商定,无甚周折。只是原议定聘王国维为研究院院长,已发聘书,不知何故,又改任导师。吴对王十分钦佩,执礼甚恭,二人由是结下终身友谊。赵元任之聘,亦甚顺利。章太炎不来,吴立即举荐尚在欧洲的陈寅恪,梁启超亦极力推重,陈学问虽高,还缺学位名气,吴“费尽力气”,终得成功。而李济时在美国某博物馆做古迹调查工作,任务未完,吴宓与该博物馆代表反复协商,最后决定李济任讲师(研究院规定教授必须专职,能随时指导学生)。同时,为导师物色助教,梁廷灿、赵万里、章昭煌分别做梁启超、王国维、赵元任的助教。此外,导师的住宅、家具,图书、教学仪器的购置、办公室的安排,在在都要吴宓躬亲。他挚友碧柳(吴芳吉,诗人)介绍的事务员很不得力,令他伤透脑筋。

招生也是重要环节,章程规定报考资格为:“一,国内外大学毕业生,或具有相当之程度者;二,各校教员或学术机关服务人员,具有学识及经验者;三,各地自修之士,经史小学等,具有根底者。”(见《清华周报》339 期)总之都是饱读诗书的俊彦,并经考试择优录取。前国务总理熊希龄保荐手下的人来,要求免考入学,尽管该生基础不错,吴答以必须考试。录取新生吴其昌写信,保荐无锡国专高才生侯堮,请求特取,吴宓亲笔回信拒绝(侯堮于次年考入)。还有外国人介绍入学者,吴亦答复欢迎报考。故录取工作可能因名额所限而有遗珠,绝无违规窬墙得入者。

如是,抓住清华转制的特定契机,研究院享有了特殊的地位,又敦请了当时学术界、思想界贯通中西的顶尖师资,招得材质优秀的学生,可谓风云际会。实行欧美的导师制与中国传统的书院制结合,春风化雨。高才生一经名师点拨,便登堂入室,如虎添翼。清华研究院遂成为教育界的一朵奇葩。这其中,吴宓倾注了大量心血,尽管他不久离去,饮水思源,厥功甚伟!

吴宓在研究院从筹备到开学,只待了一年多(1925.2–1926.3),第一届学生未毕业,即愤而辞职,实在令人扼腕。辞职三个月后,吴宓心中仍郁郁不平。据《吴宓日记》1926 年 6 月 25 日:“是日为校中举行毕业典礼之期,宓以不愿见研究院学生毕业给凭(因被逼去职故)。遂于晨八时入城。”愤懑之气,溢于纸表。究其故,错综复杂。

其时,研究院内师生虽按部就班研习,风平浪静;院外,学校的人事却一直纷争不断,还有人对研究院之特殊地位及做法等啧有烦言。先是校长曹云祥提出将赴英,荐教务长兼旧制部及大学普通部主任张彭春以自代。张在清华权势影响很大,由此引起教员中倒张、拥张之争。在校务会议讨论研究院的发展计划时,吴与张彭春意见不合,实际隐含权力地盘之争。会议表决结果,与吴的意见完全背离,令吴失望。偏偏研究院众教师对校务会议决议的态度并不一致,吴心甚苦。学生则多考虑选课、文凭、学位诸事,也不断给吴施压。故吴宓觉得“上厄于强有力者,中不合于教授,下沮于学生”,己之理想不得实现,即萌辞职之意。此剧以张彭春离校落幕。让吴宓始料未及的是:“此次倒张运动,竟以研究院事件及宓之辞职作为张氏之大罪状之一。”(1926 年 1 月 27 日日记)寒假将届,研究院照例师生同乐,王国维诵八股文,吴宓吟辛稼轩词助兴,大家欢欣而散。

谁知风波不止,全校学生连开大会,要挽张(彭春)驱曹(云祥)。风潮平息后,教职员大会议决改组学校行政系统,实行教授治校。选出梅贻琦、钱端升、吴宓等六人,加上曹校长组成宪法起草委员会,起草学校组织大纲。使吴难堪的是:他参与起草的校组织大纲竟将研究院取消,成也萧何,败也萧何,自比如“杀身自焚之蚕儿”,无可奈何。研究院学生闻讯大哗。校长圆滑,告学生“此委员会之主张,我并不赞成。当以我个人之力,使该条不至通过”云云。于是学生矛头集于研究院主任吴宓。研究院学生会正副干事杜纲百、吴其昌青年气盛,又事关切身利害,撰公文、发宣言,语多不逊。吴宓遂不得不辞职矣。

可注意的是:在校务会议上,取消研究院,在各系设研究教授及研究生,虽是钱端升之意,吴宓也是“甚赞成”的(1926 年 3 月 6 日日记)。他的解释是“力顾大局”,“以身作则(裁并机关)”,“将研究院主任之职位取消”(同上)。此事甚怪,其中似另有隐情。

在研究院,最有影响力的人应数梁、王、吴三位。王专心学术,对其他很少过问。梁启超多年从事政治,执思想界之牛耳,名望高,影响大。在研究院,列梁门下的弟子也多。吴宓对梁尊重,而与王亲近。毋庸讳言的是:梁对研究院,也有自己的理念。两人的思想有同有异。梁以改造社会为己任,坦陈来清华的目的:一,“在社会上造成一种不逐时流的新人”;二,“在学术界造成一种适应新潮的国学。”

(《梁先生北海谈话记》)而吴宓更重学术,反对政治介入学术。梁在对学生首次学术讲演的题目即是"政治家之修养",这也不合吴宓的心意。尽管两人在工作上,还是互相支持的。讨论研究院问题时,院中教授只有梁明确支持吴宓。但吴始终对梁怀有"树党"之戒心。在"倒张"事件中曾有一插曲:传有推举梁启超为校长之说,梁亦表示"愿就",又云:"胡适可聘来研究院。"此言引起吴宓疑心,据1925年11月24日日记:"即梁就职,且招胡来,是逼宓去。张任校长,其不利于宓,尚未至此也。"后来另一次研究院风潮中,曹云祥引咎辞职,时陈寅恪已到校,力主梁启超长校。对好友的主张,吴宓却悲观地认为:"恐梁来而党徒遍布,趋奉者成群。而我辈之有一定宗旨及身份者,仍不能受知于当局耳。"(1927年11月2日日记)由此推测,研究院里梁的弟子多,形成一股潜在势力。吴可能认为在研究院难以实现自己的理念,而灰心放弃,也未可知。

当然,这只是一种推测。其时梁启超已重病在身,无力再任什么职了。此时吴宓还独力支撑《学衡》,出版遇到困难,梁仍运用自己的影响力,通过弟子吴其昌、刘盼遂等曾多方给吴宓以支持帮助。

吴宓去职后,校长亲主研究院工作,后由教务长梅贻琦接管。研究院共招学生四期,于1929年结束。吴宓先调任西洋文学系教授并代系主任,不久也因人事问题,辞去主任,专任教授。

吴宓学贯中西,勇于任事,为人仗义,执着坦率,又多情善感,性情中人也。一个大学者,好教授,杰出的诗人。他对发扬中国传统文化的思考,亦不乏可取之卓见。可惜意气太盛,襟抱难开,时也,命也?其晚年的凄惨境遇尤令人酸鼻,不忍复述。

2008.12.27 于马虎居

(载 2009.3.4《文汇报》)

有关梁漱溟的两三事

经过战乱保存下来先父的遗物中，有一副1927年梁漱溟先生书写的对联，上联是“不为圣贤便为禽兽”，下联是“莫问收获但问耕耘”，上下款分别是“子馨学兄属”“丁卯漱冥”。父亲在卷轴的标签上工整地写下“漱冥师行书 襃香庱(父亲斋名)藏”的字样。下联含义明确，不存歧义，而上联乍一看，颇类“不流芳百世，便遗臭万年”的曹操哲学，令人骇然。旋又想，梁老与先父都服膺儒学，这样解释符合他们的思想吗？不然，又当如何理解？

依我浅见，其中有两关键词，一是对两个“为”字的释义，二是对“禽兽”一词的理解。

我以为，两个“为”字，意义不同。第一个“为”，指学习、研究。如《论语·述而》：“子曰：‘若圣与仁，则吾岂敢？抑为之不厌，诲人不倦，则可谓云尔已矣。’”六朝梁儒皇侃《论语义疏》就疏作：“为，犹学也。”又《阳货篇》：“子谓伯鱼曰：‘女为《周南》《召南》矣乎？’”杨伯峻的译文也是：“你研究过《周南》和《召南》了吗？”连孔子都自陈不敢当圣与仁，尚要学习不厌。故我以为此上“为”字只能解为学习研究。下“为”字则宜作“犹如”“如同”解。此类例子较多，如杜诗：“昔如水上鸥，今为罝中兔”，不赘举。

其次，此处“禽兽”不是世俗的骂人语，而是泛指“动物界”。当年，梁老正集中精力研究《人心与人生》问题。余生也晚，无缘亲聆或拜读梁老当年的讲义，但从他晚年重新整理的《人心与人生》看，仍可见到书中多处强调人与动物之区别，在于“人心”、在于人的“主动性”或“自觉能动性”，如“人之所以为人，独在此心”，“彻始彻终一贯而不易者……即人心之主动性是已”，“人的自觉能动性——人所区别于物的特点……”，人的本能“必当从属于理性而涵于理性之中。本能突出而理性若失者，则近于禽兽矣”等等。

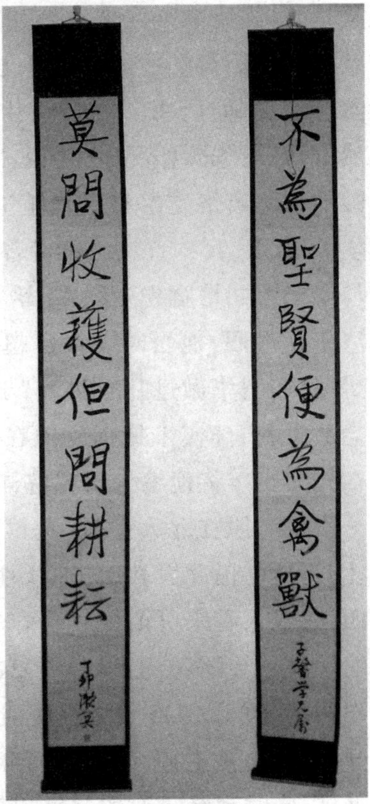

梁漱溟书联

结合梁老当时正在专心研究《人心与人生》，我以为上联的主要含义是：若不学习研究圣贤，便无别于动物界矣。请教高明，以为然否？

梁漱溟先生曾否在清华国学研究院任教？过去我从未怀疑过。因为在先父吴其昌主编的研究院同学录里，“师长”一栏中，有所记载。当年编辑这本同学录时，恰值王国维先生自沉，故特将王先生遗像放在最前面，并刊登殉难处照片及两幅遗墨，后面依次是校长、教务长以及梁启超、陈寅恪、赵元任诸导师的照片，紧接赵元任的一页就是“讲师梁漱冥先生漱冥”的照片，其后还有“讲师李济之先生济”及助教与职员的照片。当年他为我父书联，我父在联签上也明确写着“漱冥‘师’行书”。另外，廿多年后，父亲做纪念王静安先生的讲演，回忆清华园盛况时，仍说：“除了先生和梁先生外，同任导师及讲师的有陈寅恪先生和赵元任先生及李济、马衡、梁漱溟、林宰平四先生。”所以，我一直认为梁老曾任研究院讲师。前些日子，为对联事，与梁老哲嗣培宽先生联系，培宽先生肯定地对我说：“梁漱溟没有在清华任过职，他当时因梁启超借住在清华园，整理祖父巨川公的文集，只在清华做过几次讲演”，这令我大吃一惊。回忆所看到关于梁老的资料，确实未见提到他在清华任教的文字（除了我父亲的），那么先父当年将他编入研究院同学录师长栏的根据又是什么？

梁老原在北大任教，是蔡元培先生见其《究元决疑论》，慧眼识才，将他聘任北大教席，讲“印度哲学”（后又讲“儒家哲学”），年方廿四，一般人看来可谓少年得志。但梁老感于在大学只能传授知识，不能解决社会弊病，七年后（1924）主动辞职。先在山东一中学教书，随即回到北京。1925 年春借住清华园，整理乃父文集。秋，清华研究院开学，任公是主导。任公对青年梁漱溟特别青睐，首先是对其学养的嘉许，同时也缘于对梁父巨川公的愧疚之心。巨川公素敬仰任公，屡次投书未得一见，不免有所抱怨批评，曾记入《伏卵录》。1918 年巨川公痛感社会黑暗、世风污浊，绝望而投水自尽。此事对梁漱溟震动极大，决心以救世为己任。后来任公见到《伏卵录》，对巨川公十分敬佩又深深自责，自然对梁漱溟更关照有加。因任公的关系，梁漱溟与研究院师生也有较多来往。期间，他也曾在清华做过若干次讲演，例如：1926 年 3 月为清华教育学社讲演，痛批时下知识阶级品修之弊病。其中部分以“吾侪当何为”为题登在《清华周刊》上，我父时在学生会负责编周刊的“特载”栏，十分钦佩，特加按语称：“梁先生此文，真今日瞑眩之药，其言之深刻痛切，不期令人憬然汗下，深愿读者三覆环诵，不徒作寻常之文字睹也。”后来梁还曾做过“山西之村政”“我与文学无缘”等讲演。梁漱溟当时已颇有名气，既与清华有缘，研究院、任公都可能曾请他任教，但他自从北大辞职，决心投身社会实践，研究著述，坚辞不就，也属情理之中。后来，似乎情况有了些变化。我从《清华周刊》408期(1927年4月29日)介绍研究院现状一文中发现这样的信息：“本年度，则有梁漱溟先生之长期演讲‘人心与人生’……”按研究院的课程有两种，即“专题研究”与“普通演讲”。同时研究院章程中关于“教授及讲师”一条则规定：“对于某种学科素有研究之学者，得由本院随时聘为特别讲师。”因此，梁漱溟既承诺下学期做长期演讲，便列入研究院的一门正式课程，被聘为讲师也是顺理成章。所以1927年初夏我父亲主持编辑研究院同学录时将梁漱溟列为讲师，实属事出有因。至于下半年梁任公养疴津门，我父追随，梁漱溟又去了广州，“人心与人生”的专题讲演最终是否在清华如期举行就不得而知了。(据上世纪七十年代梁老在《人心与人生》的《书成自记》中提道“据计算我以此题所做讲演约有过三次。一次在一九二六年五月，一次在一九二七年二月，一次在一九三四年或其前后。”前两次似是学友间试讲，第三次是由北京各大专院校的学生会联合举办的，乃国内首行的收费讲演，地点在当时北京大学二院大讲堂。没有提到为清华的讲演。)看来，这个谜还有待更多的资料来破解。

这里，顺便记录一则有关梁老的逸闻趣事，闻之于我世昌叔叔。梁老原配病故后，中馈乏人，自己忙于乡村建设、抗战、民主事业，两个儿子寄养在亲戚家。1944年，我叔叔在桂林师院任国文系教授兼系主任，每周有一天上下午各两节课，故在学校午餐。梁老时也在桂林师院，吃住都在校，因此他俩每周有一次“共进午餐”。后来梁老续弦，婚礼在乐群社，不发请柬，只登了个启事，贺喜者备礼金一元。有好几百人参加，非常热闹。闹洞房时有人问他，本说不再结婚的，为何变了？梁答：“我是个不设防的城市，被人攻进来了。”新娘大窘，辩称“是他攻我，我如何攻他？”于是他们到底是谁攻谁，一时传为笑谈。还有人起哄要梁唱戏，他唱了一出《盗御马》，还撇着戏腔说：“你看我老也不老？”由此可见梁老的风趣坦诚，十分可爱。

（载2008.4.15《文汇报·笔会》）

后记：此文刊出后，得到几位读者的斧正：先是吴东昆先生指出，“不流芳百世，便遗臭万年”非曹操语，乃出自东晋权臣桓温；继而陈成先生指点迷津，“不为圣贤便为禽兽；莫问收获但问耕耘”一联出自曾国藩；而曾联则系改其师善化唐鉴的条幅“不为圣贤则为禽兽；莫问收获但问耕耘”，并对此联提出了自己的理解。我谢谢二位先生。

2008.7

当代玄奘——戴家祥

“司马相如！”

“陶渊明！”

“孙中山！”

“……”

许多朋友都这样抢着说了，在一个聚会里，各道各的崇拜者。

于是我们都望着迟迟不语的他。

“只有一个和尚是我崇拜的。”他说了。

“《水浒传》里的法海？”抢着问。

哄然一阵笑声。

“玄奘呢！”他才说出名字来，“一位勇敢、奋斗、忠实、千古少有的学者！”

满屋里突然沉静下去。也许我们脑子里都映出“历尽艰苦，经八十余国，赍归经六百余部，译千余卷，至死方绝笔的一位伟人。”我的心头别别地在跳动。

在那书纸狼藉的小房子里，我们常常看见憔悴的他一天到晚勤勤恳恳地工作着。“生一天也便这样干一天”，是他常说的话。我们也感觉到他走的“庄严路”，更联想到玄奘的精神。

许多人说他弱于感情；然而他的身世——生而孤，九岁母丧，依姑丈以长，一姊又远嫁——也够他伤心了！我们同在月下徘徊时，悲哀袭击了我们的心弦，从我泪眼中偷偷地看他，他两眼也含着晶莹的眼泪。

他的身世促成他的思想，思想促成他将来的伟大——我常常这样想着。

君氏戴，名家祥，字幼和，吾浙永嘉人。嗜梵文的，与余有同好。

以上是印在《清华学校研究院同学录》上先父吴其昌所撰戴家祥的剪影，写于1927年夏天。当时清华国学研究院已招了两届学生，有的同学已经毕业，云散四方，个别同学竟已故去，长眠地下，更多的同学即将离校，奔赴各自新的岗位。想到“今天下方匈匈，一旦如云雾之散，必有求记姓名而不可得者”(《同学录》跋)，于是有编辑“同学录”之议，推时为同学会副干事的先父综其事。不久，一本精致的蓝布封面的“同学录”诞生了。梁启超先生题笺。师生均有小照，时王国维先生方自沉，特刊遗墨两幅，置于诸师长之前。同学各有小传，或自作(如卫聚贤、姜亮夫)，或由知心代笔(如姚名达)，大部为同学互撰，文字有文有白，口吻亦庄亦谑，读来饶有兴味。从以上先父写戴家祥，即可窥见一斑。此书今存世绝鲜，我这一本，系从先父遗箧中检出，爱赏不已，1946年从四川带到上海，以后半个世纪，是经彤弟有心珍藏交还与我，得以保存至今。今年正值清华国学研究院开办八十周年，抚书追远，念及父辈当年，风华正茂，群星灿烂，在各自的领域均成就不凡，著书育人，薪尽火传，当年的同学少年，如今都已驾鹤西去，留下了中国学术史上辉煌的一页。

再回到戴家祥(1906–1998),他是著名的古文字学家。当年在“同学录”留下的小照是西服蝶结,双目有神,嘴唇紧抿,英气逼人,全无“憔悴”的影子。其实,他的身世远比父亲文中所述更为悲惨:襁褓中被卖至戴家,冒充遗腹子,为族人排挤,以致不能进新式小学,只得在家延师授课,直到考进中学。所幸屡遇良师益友,打下深厚的国学基础。1926年,戴家祥考入清华研究院为第二届生,师从王国维先生,专治金文甲骨。在清华,同为孤儿又嗜学的身世,赢得先父对他的特殊关心。他俩又都是同学会干部,父亲是副干事,他是文书,他们共同经历了多少风潮,起草了多少文稿。父亲性急躁而好冲动,戴则柔韧沉稳,彼此刚柔互济,相知亦深。王国维先生自沉后,戴两次参加遗著的校勘工作,对导师的学问领会很深。但像他这样的高级冷门人才,从事专业的道路并不顺遂,时在大学任教,时做中学教员,间或赋闲,而研究不辍,在古文字学研究上,有发明,有补遗,有批评,硕果累累:如《释千》《释百》《释甫》《释皂》《兮伯吉父盘考释》《墙盘铭文通释》等等,晚年,他又总结出甲骨金文的十条基本规律,为后人读通青铜器铭文、甲骨文指明道路。

在“教书不忘爱国”这一点上,他和先父的心更是相通。在“九一八”事变后的抗日请愿活动中,他在杭州高级中学任教,是杭州师生请愿活动主席团的成员,负责交涉去南京请愿的乘车事宜。为取得民众谅解,他不惜弯下尊贵的身躯,“向乘客们叩头哀告,请他们迟搭一班车,乘客们也都双膝下跪,表示同情”。这是上世纪九十年代初,戴伯伯寄给我的一篇文章中写的。当时父亲也率全家从北平南下绝食请愿,戴连夜写信劝慰鼓励,“我俩一南一北,泪水交流,一封信的搁笔投邮,泪水不知比墨水多出几倍”。其后,他俩一个在南开授课,一个在武大教书,都把运用历史对学生进行爱国主义教育作为义不容辞的责任。父亲讲《民族危机的认识和救国治学的态度》

《历史上国难的教训》,戴伯伯讲《明末清初学术界代表人物顾炎武、黄宗羲、颜元、李塨》;当年“三一八”事件,父亲怒段祺瑞之枪杀学生,愤而撰写《宋代学生干政运动考》,此后“一二·九”运动,戴伯伯做专题讲座《中国历史上的学生运动》,热情支持学生运动。1937年暑假,戴伯伯离开四川大学东下,道经武昌,曾到珞珈山来看望大病初愈的父亲。他们评点古画,口沫飞溅,兴高采烈,一若回到清华园中的快乐年华。可惜我当时年幼,只记得戴伯伯抚摸我的头,考问我对古器皿的认识,其他已全无记忆。

新中国成立后,戴伯伯任华东师范大学教授。1957年曾被人栽赃而错划为右派。他的晚年是辉煌的,只要看他以八十高龄、病弱之身,耗十余年时间主编《金文大字典》,是我国当代金文研究集大成之作,还带了两个研究生,就很清楚了。父亲说:“他的身世促成他的思想,思想促成他将来的伟大!”他的坚毅,踏实,历尽灾难而不屈,不得真经不甘休的精神,确当得当代的玄奘!

2005.7.5

(载2005.8.14.香港《大公报·文学》)

捐躯沙场的爱国教授姚名达

姚名达，一个应该被中国人民永远记住的名字。他是在艰苦的抗日战争中唯一牺牲于沙场的教授，也是中国目录学研究的奠基人之一。

姚名达(1905–1942)，字达人，号显微，江西兴国人。1905 年 4 月 9 日生，自幼随父受到良好的教育。中学毕业后，曾到上海读大学。1925 年清华研究院开办，考入为第一届研究生。1942 年春夏之交，日军发动浙赣战争，意图摧毁我浙江机场，控制浙赣铁路全线。这时，姚名达在国立中正大学任教，他组织了中正大学"战地服务团"，任团长(名誉团长为校长胡先骕教授)。他们编印了《战争服务特刊》，发表发刊词和《战地服务团成立宣言》，便开赴前线，沿途做宣传工作、送医送药。7 月 7 日，服务团几次被敌人冲散，当抵达江西新干县石口村，已极度疲劳，休息时又遭遇日军偷袭。姚率领团员与敌肉搏，不幸中弹，一日寇更一刀刺进他的胸膛，壮烈殉国，成为我国抗日战争期间唯一牺牲疆场的教授。

姚名达殉国以后，先父吴其昌病中含泪写下了《哀念姚名达教授》：

"故人慷慨多奇节"！病榻上读梅村词，适闻吾友姚达人教授赣江成仁之讯，更掩泪感喟不能自禁……

姚名达教授，乃十五年前，古都西郊清华园中第一院大楼，同一卧室之老友也。……民一四年与我同进清华大学研究院。同在先师新会梁任公先生指导下治史。任公先师特命我等三人负责记录讲词。三人者，我与姚，及周传儒兄也(今任山西大学文学院长)。今中华书局版先师饮冰室合集，晚年有半数著作，下署吴其昌、周传儒、姚名达笔记，此即可为我等三人当时辛苦合作之永久纪念已。当时先师又兼讲于燕京大学，且恒为“夜课”；先师乘汽车往，我等三人则相携步行小径，暮烟迷霭，缺月昏黄，北地平漠细沙，荒村独树，瘦溪寒泉，矮桥高岸，在短短清华、燕京间“包衣正黄”四五里许之道上，历历如绘。我三人高下踯躅，往来此短途间，何啻数十百回。有时且风雪割面，踏溪上冰，凌凌有声。有时人家屋角，小犬汪汪而吠。三人且行且笑且谈，至乃笔落道上，明日破晓往觅。今日回思此乐，已在天上，先师既骑箕长往，即当日清燕路上，亦已为犬羊腥膻巢窟，而达人今又弃我等而殉祖国，再侍先师于泉宫。悲夫。

……达人至沪后，历任中国公学、复旦大学等教授，最后任国立暨南大学教授。好活动，多著述，接其夫人黄心勉女士至沪，创办女子书店，发行女子月刊，事业蓬勃，终日挥汗。二十二年，余与内子过沪，达人于福建路同兴楼大张宴席，燕我夫妇，名流淑媛，毕集如云。余微讶达人意兴之太豪，迈进之太骤，隐约以老氏“抱一”“宁定”者旨风之，达人酒酣兴高，未之觉也。二十五年，其夫人卒于沪，达人大恸，事业亦逐一而倒，产储荡焉。二十六年春，余接其江西原籍来书，述其已重归田间，谢绝百事，摒弃纷华，安心著述其《中国目录学史》。余喜甚，知达人前途之重复光明矣。

……二十八年春，余正咯血卧床，邮者忽投余矞煌之书册，喜而启视，即中国文化史丛书中姚名达著《中国目录学史》也。检其邮，则发自江西赣州者，知为达人所惠予。无何，达人之书交至，述抗战以后，在赣州做宣传工作，且受教育部微禄为生。余更喜，扶病覆之。读其书，贯穿前古，浩博而有条理，洵属佳作，当在胡应麟《少室山房笔丛》、周中孚《郑堂读书记》之上也。……嗟乎，今日达人果能不负其生平之所学，不负先师之彝训，朋友之殷望，踏其乡贤文天祥、江万里、李邦华之血渍而杀身以成仁矣。

…………

如父亲文中所述，姚名达和先父，有许多的“相同”：同一年入学；受业于同一导师梁任公先生；同为梁先生讲演记录整理者；在校后期居同一卧室（另一位是第三届研究生储皖峰，辅仁大学教授，亦于 1942 年病故）；毕业后都曾随侍于梁先生身边（姚时间短，不久即去沪），而且，两人的学术观点亦多有相同，如关于宋程颐的《颜子所好何学论》及《上仁宗皇帝书》二文作于何年，历来学者多不认同朱熹所定的皇祐二年，但如何系年，意见纷纭。先父于 1926 年前作《伊川程子年谱》《伊川先生〈颜子所好何学论〉及〈上仁宗皇帝书〉年代考证》，考出《颜子所好何学论》作于宋仁宗嘉祐元年，《上仁宗皇帝书》则定为嘉祐二年。姚所作《程伊川年谱》恰也得出同样的结论。而最大、最重要的“相同”是：两人都是以天下为己任的爱国学者、血性男儿！自“九一八”以来，父亲忧心国事，奔走呼号，以宣传抗日为己任，还曾致电抗日将领要求上前线。而姚名达历经事业兴衰以后，摒弃繁华，专心著述，抗战军兴，即全身心投入抗日宣传工作，直至捐躯沙场，以身殉国，年仅三十七岁。一年半以后，1944 年早春，父亲也因积劳成疾，病逝于乐山，年不满四十。

在父亲主编的《清华学校研究院同学录》里，姚名达的一页也是别开生面的，既非自述，也不借同学笔墨，而是由夫人黄心勉女士精心撰写，详述自出生至入清华前的经历、父母儿女状况。言及入清华后，“读中外学史书，孜孜二载，若无所得，而致思所及，箚记随之，秘不以示人。自史学、妇女史、史籍考以至方志学、年谱学靡不研绎，积稿盈箧，然仓卒未易成书也。其已成书，若邵念鲁、章实斋、朱笥河诸年谱，皆馀力之表现。颇欲组织伟大坚固之史学会，以集中同志致力于史学之发展，其意殆不可折。”最后说：“与吾夫结婚七年矣。居间相察无以异人。所最为余所倾爱者唯诚耳。为学待人，无或不诚，然有时乃受诚之累。诚于待人，人或欺之；诚于为学，学岂必有所成，成岂必有所用？且吾夫拙于才辩，余甚虑其不足以应变理乱。抑天下事业孰非仁人君子心力之所为？吾夫诚心所届，努力从之，倘终无成耶？”真是情真意切，有爱怜，有期望，有隐忧，有不平，跃然纸上。黄夫人去世后，姚名达又与巴诒南女士结婚，不过他给先父写信时，没提此事。我后来知道，巴女士也是爱国心切，抗战伊始，他们就捐出了订婚戒指。

姚名达的史学著作有《刘宗周年谱》《程伊川年谱》《邵念鲁年谱》《朱筠年谱》《目录学》《中国目录学史》《中国目录学年表》等。特别是他留下的《中国目录学史》一书，已经成为我国目录学史研究的经典著作。

新中国成立后，姚名达被追认为革命烈士。今年正好是他百岁诞辰。

2005.8.18

（载 2005.9.18《文汇报·笔会》）

刘节有节

当年清华园里曾流传过一个佳话：河南出状元，浙江出榜眼。那是因为考入研究院的第一届的学生第一名是刘盼遂，河南人，第二名吴其昌，浙江人。而第二届录取的第一名谢国桢，又是河南人，第二名刘节，浙江人，巧合便产生了上述的典故。

刘节（字子植，1901–1977）浙江温州人，清华国学研究院第二届生。印在《清华学校研究院同学录》上的小照，英姿勃发，温文儒雅，目光清澈，双唇紧闭，看出是个用心专注的人。

在我的印象里，他是先父吴其昌的莫逆之交。他们从清华毕业后，同在梁任公先生处请益，同在天津南开大学执教，也曾同在北平工作。两人在校每日相依，课余或携手踯躅于圆明园官道，触景伤世；或去北海泛舟，眺月听雨；或坐平桥望月，深更始回。平日诗词唱和，互诉衷肠，忧伤国事，相对悲哽不已。也有时互相戏谑，一次，子植得一幅西洋美人画，爱赏不已，父亲便作词调侃之，子植也欣然作和，感情之融洽，可以想见。在学术上他们二人更是常相切磋。1928年，父亲在天津师门撰《殷周之际年历推证》，刘节多有督策，并自告奋勇到北平清华、燕京的图书馆代寻参考书籍。文成后，父亲记道："举世以不攻刘歆为不入时，不敬外儒为不科学，我此文成，唯陈寅恪师、刘子植兄二人为然耳。”后来郭沫若在《东方杂志》撰文批评先父观点。时父亲正埋头于其他专题,毫无所知。刘节得知后写信告诉,督促父亲反批评。于是,父亲虚心吸取了郭文的正确意见,更撰《驳郭鼎堂先生毛公鼎之年代》,反指出郭文的谬误。抗战时期,刘节和父亲的书信往来,诗词互传,是清华同学中最勤的。那时我每接到署重庆南岸刘青松的信,便雀跃跑到父亲身边,嚷着:“刘伯伯来信了!”它给病中的父亲带来极大的快乐。父亲英年早逝,我清理手泽,最后一首未完成的词,便是应刘节邀和的《惜红衣》:

孤雁嘹秋,断山遮眼,登楼无力。望尽天涯,庭树凋残碧。关河举目,应念我新亭倦客。愁寂。对此茫茫,忆中原消息。 垂杨绕陌,人更何堪,哀乐伤沉籍。梦中涕泪,剑外收河北,谁识兰成萧瑟,块垒撑胸历历……

在《清华学校研究院同学录》里,同届同室学友王力这样形容刘节的独特风貌:

君待人无贵贱,一接以礼,亲友事若己事,蔼然似长者。顾有言必吐,有愤必泄,友有论事不惬己意者,辄正色庄论相斥。众谓之像煞有介事。像煞有介事者,通言故作态也。予则谓之小孩子,君亦乐以孩子自居。人既孩君,常故揶揄以触君怒。君果怒。怒未已,则人已笑相向,君又笑。君与友同居,数相诟谇而交谊弥笃。盛怒时则拍案戟指,喃喃骂,惊其座人,人亦莫之怪,庶几得全于天者。君之学问将有以自见于世,故不叙,叙其性情。盖君之小照仅能状其静貌,吾之文并状其态度。览斯文者当觉俨然若接君之謦欬已。”

短短二百余字，令人如见君子，如接謦欬，不愧是大家手笔。

关于刘节的“性情态度”，王力说他是“像煞有介事”，并总结为“小孩子”。但在我的印象中，刘节绝不是“像煞有介事”地“故作态”，他是个清澈透明率真的人。他不懂得圆滑世故，他处世是“真有介事”——诚实认真，耿介方正，一派书生本色！我至今保有他给先父的一封信，可以依稀看出。那是抗战中期，他离开了大学教位，索居重庆，专心著作，生活拮据。父亲请他来武汉大学执教，不料他回信说：“大札收悉，感激不尽，但弟不能帮忙也。东北大学诸兄共来十札，弟坚持辞谢。今若因吾兄之故而接受武汉大学之聘，真不齿于同学矣。……”而让我真正认识到刘节的风骨的，则是在近年来读了一些文章后的事了。

新中国成立后，刘节任中山大学教授、历史系主任。在历次政治运动中，他都坚持真理，从不曲学阿世。“大跃进”时，他说：“什么人人‘意气风发’，是人人‘一起发疯’。”在围剿学术界的“唯心主义”“厚古薄今”等风浪中，他都“顶风上”，旗帜鲜明地袒露自己的观点。他发表《中国思想史上的“天人合一”问题》，反对在历史研究中滥用阶级斗争的理论，还说：“科学是求真，无所谓厚今薄古。”“历史学的精义也是求真，人类历史之真，并无古今截然对立之分，同为人类社会共同的宝贵财富。”他在批判陈寅恪先生的会上说，批陈“有如大兴文字狱”。不识时务如此，他理所当然被撤掉了历史系主任的职务，取而代之的是那位后来在“评法批儒”中出足风头的名教授。在那场史无前例的浩劫中，刘节受到六十多场批判，都蔑视以对：“每次开会批判我，我就在心里背诵诗词，会开完了，诗词也背得差不多了。”据说，当时造反派要用箩筐抬着老病伤残的陈寅恪先生去接受批判，是刘节挺身而出自愿代替，并宣称：“我能代表老师接受批斗，感到很光荣！”他的傲骨，自然激怒了无知的暴徒，据《陈寅恪的最后二十年》中提到：一次斗争会后，被勒令“不许走回去，只许爬出去”，在红卫兵的拳打脚踢与怒骂中，年过花甲的刘节屈辱地爬出礼堂。景象之残忍，至今想起犹令人腹痛成痗。

刘节的风骨有家传，有师承。他的父亲刘景晨先生(1881–1960)是温州名流，是拒绝“曹锟贿选”的硬骨头议员之一，于和平解放温州有功；1957 年却被划成“右派”。而老师陈寅恪先生“独立之精神，自由之思想”的学术品格，更深植于刘节心中。

刘节 1977 年死于喉癌。他一生致力于先秦古史、先秦诸子思想、史学史的研究，成就卓著。著有《洪范疏证》《历史论》《人性论》《中国古代宗族移殖史》《古史考存》《中国史学史》《中国语言史》等。

刘节有节，垂范后人！

2005.9.1 初稿

2006.1.24 改定

(载 2006.2.19 香港《大公报》)

清华园一院 119 室的三个“怪物”

清华国学研究院第一届学生入学时的宿舍好像是按录取名次安排的。于是,刘盼遂(第一)、吴其昌(第二)、程憬三人就同居于一院的 119 室。刘盼遂根底厚,精通小学,善校古书;家父吴其昌从无锡国专来,治宋代哲学;程憬原来涉足的学术领域我不清楚,那时他似乎正热衷于社会主义思潮,父亲调侃他:“据吾用科学方法统计的结果,他在五分钟的谈话内,总得有三声是马克思,四声是沙斐。”这样三位才高八斗又景仰各异的年轻人住在一起,119 室就热闹了。父亲在“同学录”里写道:“这是我们公认的,清华园一院一一九号三个‘怪物’:他(按:程憬)是个马列学者的‘怪物’,我是个程朱学者的‘怪物’,还有个刘老老(按:刘盼遂),是个许郑学者的‘怪物’。郑司农、朱侍讲、马教授,不知在一一九号宣了几次战;合纵连横,焦头烂额,多么热闹呀!”不过,这种生动活泼的生活没持续多久。一年后,程憬去了南方,后来刘盼遂也离校赴教授之任,“战神就鼓着双翅飞入那‘嗒焉丧偶’的门了。”

提到刘盼遂(1896–1966),我心中总漾起一缕缕酸楚,久久挥之不去。留在清华国学研究院同学录上的照片,严肃方正,可亲可敬;从父亲为他写的“小传”(一篇很庄重的文字)看,也是一位学识渊博、德高望重的学者："盼遂以字行，其名铭志，其氏刘。河南息县人。余之所敬畏而兄事者也。余脱略于人事，多所忤，君必婉言以讽诱；或自颓慢不省人事，君必庄色以督策。与君同室二年，余得有所严事疏放略检者，君与我老友侯君之力也。君之学俨然乾嘉盛时诸经师，不宜在道咸以后者，不唯其昌所自却为不敢及，同学之中亦未敢有或之先也。……君虽专精小学，然渊博有非常人可及者，校古书擘理入微，能似顾千里，所谓于无字处谛案者。校一篇竟，必以示余。或拊掌大笑，或断断辨不休，日必如是，故二人一日相违，则索如也。……内行淳备，事亲尤称孝敬……世之知君者学而已，而君岂独以学胜者。……"

刘盼遂是同学中的"老大"：从学力看，是第一届的状元，从年龄看，也比父亲那些"小青年"要大上七八岁；从经历看，入学前就任过山东女子师范、曲阜师范、河南光州中学等校的教授；从学术成果看：在 1927 年已发表了《说文汉语疏》《世说新语校笺》《后汉书校笺》《尔雅草木虫鱼释例补》《春秋名字解诂补正》等著作。所以父亲(恐怕其他同学亦如是)对他是"敬畏而兄事之"。他和父亲同居一室，在为人处世上，对父亲多有规劝。父亲当时年轻气盛，狂放不羁，有这样的厚朴博学的兄长相伴，的确受益良多。在学问上，二人互相切磋。父亲本好哲理、历算、金石之学，独于音韵视为戒途。刘盼遂"谆谆招绥，若教徒之播其教者"，以致后来父亲也涉足于音韵学研究。刘盼遂清华毕业后，在河南大学、清华、燕京、辅仁、北师大等高校执教，培育出一批又一批英才；学术上贡献亦极丰富，他的《论衡集解》《颜氏家训集解》《世说新语集解》《天问校笺》等都是十分有影响的著作。

新中国成立后，由辅仁大学转入北师大任教。他一直小心翼翼努力适应新社会。据学生回忆：刘盼遂被誉为"活字典"，一次讲课的开场白是:“我给你们讲先秦散文,主要帮助大家疏通文字,考证事物,帮助大家理解作品;用马列主义去分析、研究,就请你们自己去做。我水平低做不好……”谁知在那疯狂年代里,一代名师竟惨死在一群无知狂暴的孩子手中!他好像是那个年代最早死于非命的教授!

当年正痴迷于社会主义学说的程憬(字仰之,1903-?),一年后去了南京,父亲路过南京还曾去看他,俩人痛快地游览了一通。他说要去厦大,但似不甚情愿。后来他从厦门给父亲来信说:“挂单在厦门某大寺中,和和尚一同看《大藏经》。”再以后他到安徽大学做教务长兼文学院长。1930 年苏雪林初到安徽大学执教,凑不够授课钟点,程憬便将自己的“文化史”转给了苏。苏后来到武汉大学与先父同事,还对父亲提起,有感谢之意。抗战时期及以后,程任中央大学教授。他研究先秦及上古史,有《商民族的经济生活之推测》《夷方与徐方》《中国的原始社会》《古神话中的水神》等著作。这有一件有趣的事。当时郭沫若正写《十批判书》中的《吕氏春秋及秦代政治》,偶读到程憬《秦代政治之研究》一文,颇不以为然,认为“程文歌颂嬴政,有意阿世,意见与余正反……”于是郭文狠狠批判了秦始皇的专制政治,洋洋洒洒,痛快淋漓。不料三十年后竟被批为“不是好文章”。

三个“怪物”的另一位吴其昌(1904–1944),是我的父亲。年最幼,寿最短。父亲幼失怙恃,体质羸弱,治学极勤。在清华,他从梁启超攻文化学术史及宋史,也随王国维治甲骨金文及古史学。毕业后,他随梁启超到天津,在梁身边工作,并经梁推荐在南开大学任教。梁启超去世后回清华历史系执教。“九一八”事变起,父亲悲愤欲绝,为抗日奔走呼号，率全家南下绝食。旋被聘为武汉大学教授，后兼历史系主任。他主要的著作有：《殷墟书契解诂》《金文历朔疏证》《金文氏族疏证》《金文世族谱》《金文名象疏证·兵器篇》《中国田制史》《历代边政研究》等等。他曾发宏愿要为金文造疏数种，除历朔、氏族外，还要写“方国疏证”“名象疏证”“习语疏证”“职官疏证”“礼制疏证”，并附地图、字典、韵表。这个庞大完美的计划，被帝国主义的侵略打碎了。抗战时我们全家随武大内迁，图书寂寞，资料匮乏，物价飞涨，生活困顿，父亲又忙于宣传抗日及授课和处理系内事务，而讲演笔耕不辍，终于积劳成疾，咯血不止，竟于1944年病逝，年未满四十周岁。英华早谢，令一代学人扼腕太息！

2004.8.5 草稿

2006.1.18 完成

（载2006.2.27《文汇报·笔会》）

多情谢国桢

说谢国桢"多情",闻听是刘盼遂的话。二位先生的性情迥异。谢国桢晚年在回忆刘盼遂的文章中曾说:"君好静,而余喜动;君恬于荣利,而余嗜躁进"。有一次不知说起什么事,刘盼遂说:"谢多情,刘寡欲。"寥寥六字,勾出清华国学研究院首两届状元二人的不同风貌,令人绝倒。

在清华国学研究院的同学录上,谢国桢的小传是自己写的:

> 谢国桢,字刚主,河南安阳人。少钝,十岁读书尚不能辨句读。年十六,从彭城梁云孙先生游,授以古文词、公羊家说,恒私心熹之。及入京肄各校,此业旋废。乙丑以还,家居多暇,乃得重理旧业。及考入清华研究院,专治清代学术史。君治学喜博,好沉思,见人之长,辄熹趋之。所尤嗜者,则学术源流、文献掌故之学。每于名人逸迹,津津乐道之不置;其次则嗜文艺诗歌之属。近辄感学识之不足,拟力却饾饤之学,专致力于古籍及哲知之书。生平遇人浑浑不见圭角,人恒目之如愚然。每踽踽独饮狂呼,若不能自已者,故年未三十,而发童然已秃。倔强之性,为世所淬厉,向之所谓刚而方者,今复易为圆而柔矣。然自数载以

来，人事几不能读，由学而仕，由仕而学，变边者屡矣，而君读书不辍。人有问其人生之旨者，则曰：其于己也，不惧跌踬；其于人也，宁人负我，我不负人，倘亦所谓痴人也欤？因而为之自传。

寥寥三百余言，文采斐然，既叙简历学识，又坦表心迹，最后归结为“痴人”，也正是“多情”之一端。而这多情，乃深藏于“浑浑不见圭角”的外貌之中。同学录上谢的留影，长袍马褂，温文儒雅，忠厚诚实，只是额发早谢，透露出像主的多情与智慧。

谢国桢(1901–1982)，字刚主，晚号瓜蒂庵主，河南安阳人。著名历史学家、版本目录学家。1926年考入清华国学研究院第二届，名列第一。长期从事明清史的研究和古籍、史料的搜集整理工作，他的《明末清初的学风》《明清之际党社运动考》《清初东北流人考》《清开国史粹考》《南明史略》《明末清初的学风》《晚明史籍考》《明清笔记谈丛》等，钩玄发微，都是具有开创性的论著。

谢国桢是先父吴其昌的挚友。1927年谢自清华毕业，随梁启超先生到天津教梁氏子女读书；先父也被梁先生邀去办文案，同时仍不废清华学业。次年，经梁先生介绍，谢到南开高中任教，先父任南开大学讲师。当时同在梁先生处侍席者，先后有梁廷灿及学友刘节、姚名达等。同学少年，个个心高气傲，不肯后人，相互争辩激烈，亦有不欢而散时。谢国桢晚年回忆，唯“吾与君(按：指先父)则同共几砚，处之怡然，始终无间”。我私下以为，这是二人天性相近相知亦深使然。他们都是性情中人，豪放不羁，谢自称“每踽踽独饮狂呼，若不能自已”，我父少年时也是性好冲动，歌哭无端，哀乐过人，因此他们在校时都没少受到老大哥刘盼遂的规劝。二人同为忧国忧民之爱国志士，谢早年参加过“五四运动”，加入过南开的敬业乐群会。上世纪二十年代中后期，国事蜩螗，志士仁人，借酒抒怀，也是常事。父亲曾有诗记二人痛饮：

削鸢围裳愧未工，坐欺双鬓战秋风。忍看瓯碎还成末，未博狙欢芧易穷。秋入肺肠涕泪短，愁回天地夜镫红。饮阑各有微茫意，孤愤哀郢一例同。（《丁卯国庆夕与刚主饮于津门酒楼》）

将两人比为韩非、屈原。后来谢国桢在《记清华四同学》中，提到另一次豪饮："犹记在南开时，一夕君（按：指先父）自八里台访余于南中宿舍，月终囊罄，因质衣沽酒，痛饮狂歌于村酒香，乃至夜阑灯炧，南中校门已闭。时津沽郊区尚未大辟。由南中至八里台，长河直流，榛莽丛生，缺月在天，狗吠于丛林矮屋中，有狺狺然逼人之势，余乃与子馨（按：先父字）互相拥抱，蹑步而行，至君住之南大宿舍，已夜尽更深，晓鸡欲唱矣。"对此谢更有诗忆云：

典衣沽酒津沽市，痛饮狂歌村酒香。灯炧夜阑客散后，八里台畔月凄凉。

二人狂放如此。"八里台"乃我父执教南大时宿舍所在，"八里台畔月凄凉"，是谢怀念英华早谢的我父之语。新中国成立初，谢重回南大讲学，缅怀旧游，再度写下"小伫桥头人不识，八里台畔月如霜"的句子。

"九一八"事变后，父亲南浮江汉，执教于武汉大学，谢国桢时就职于北平图书馆，因公南下，道出泰安，爰为登岱，中途下车，旅舍中见"风清月洁，岱色苍茫，松影摇窗，景极幽邃，余不能寐"，乃披衣而起，悄然捻灯，"修书与子馨曰：'君处东湖之畔，亦知桢在岱麓松荫丛中之夜景乎？'颇以为白居易之与元稹，无是遇也。"我读白居易在浔阳江头致谪居江陵的元稹书尾："又不知相遇是何年，相见在何地？……浔阳腊月，江风苦寒，岁暮鲜欢，夜长无睡。引笔铺纸，悄然灯前，有念则书……且以代一夕之话也。微之，微之，知我心哉！”觉深情何其相似，故谢有此比，可见谢、吴相知如彼。

另有一点，亦可见二人同遵师诲，心志相通。先父在抗战期间，积劳成疾，咯血不止，亲友劝他节劳，他说：“不至抗战胜利之日，决不休假”，“前方战士，效命疆场，后方教授，当尽瘁于讲坛”，终于不起。约四十年后，谢国桢住院，病床上还校订书稿。当亲戚劝他静心养病时，他说的也是：“‘战士死于沙场，学者死于讲座’，这是先师梁任公先生的遗训……我是一辈子忘不了的。师训不可违，我虽然病了，但是我还活着，怎能不读书呢？”（见谢纪青：《怀念我的父亲》）梁任公先生的教诲，范铸弟子们的一生，直到生命的最后一息。

谢国桢对清华师友的感情极深，在回顾一生的学术成就时，念念不忘梁启超等导师的谆谆教诲。1976年夏，他深情地写下《记清华四同学》，怀念好友吴其昌、王庸、冯国瑞、刘盼遂，字字含情，章章孕泪，含蓄委婉，行句间微露不平。尤其写到刘盼遂之死：“六六年秋……余于八月二十一日晨，访君（按：指刘盼遂）于其保安寺寓庐，时夜雨初过，君院中所植盆荷正开，荷叶迎风，花红映日……而余家中……蕙兰含苞待放，清香扑鼻，乃邀君至余家看兰花，酌以清酒，君饱餐而归。当时余有句云：‘朝看芙蕖映朝霞，暮看兰蕙茁新葩；握手言欢从此去，建国门外即天涯。’孰知竟成谶语。八月二十三日余受冲击，君遂以自沉，卒年七十有一。是月之晦……过君保安寺之旧居，则见夕阳在墙，板扉洞开，出入无人。犹闻笛声，《广陵散》自此遂绝，无异读潘岳之《怀旧赋》也。”读之能不心酸。

2006.4.5 于马虎居

（载2006.11.19香港《大公报·文学》）

“三一八”中的清华研究院

今年是“三一八”事件八十周年。1926年，北平学生因抗议日本等八国要求北洋政府撤出大沽口军备的无理通牒，举行“三一八”请愿游行。段祺瑞政府悍然开枪，死伤学生二百余人。先父吴其昌当时是清华国学研究院学生会副干事，校学生会评议部副部长，积极组织并参加了抗议活动。研究院第二届学生戴家祥先生生前给我的信中对事件的前因后果言之甚详：

“其经过是这样的：由于第二次奉直两系军阀之争，吴培(佩)孚以冯玉祥倒戈而失败。奉系长驱直入，抢走了河北、山东诸省地盘，冯玉祥除鹿钟麟得到北京卫戍司令以外，张之江为察哈尔都统、李鸣钟为绥远都统，此外还有甘肃省长薛笃弼，也算隶属冯系范围。因他占的地盘没有外贸海口，对于军火的补给比较困难。于是设法寻一条线路，于多伦进入苏联，而被英、日帝国主义认为亲俄分子，甚至有赤化嫌疑。1925年秋张之江和李景林在京津线廊坊首先开火，后来又出现奉系少壮派郭嵩龄倒戈，奉系势力全部退出山海关。但是得到日本人的支持，他一边用飞机空袭北京城，一边用海军在大沽口外游弋。冯部用水雷把大沽口封锁住了。英、日等国以外交团名义，向段祺瑞临时执政府以《辛丑条约》为借口提出最后通牒。我们学生界则说冯张之战是我国内政,发起游行示威。他们事先请示外交部,沈瑞麟回答说:这也好嘛,给我们外交好办些。他们又去卫戍司令部请示,回答是表示'理解',但是必须做到两点:第一,不要损害外国人的生命财产。第二要保证段执政的人身安全。而这次的组织者是北京大学教授李大钊、陈启修等人,学生中是共产党员中的过左分子。有人高呼'伪执政段祺瑞''打倒亲日派……'铁狮子胡同的士兵便摆开八字阵容用步枪射击。有许多人便抛(跑)越栅栏门逃离阵地。我的同乡俄文法政学校的郑馨、工业大学的郑敬衡都是这样受了些脚踝轻伤的。清华大学被打死一人名韦杰三,还有一位何鸿烈,抛越栅栏门被跌伤了。我这时尚未考入研究院,也没有亲临现场,但是知道其事的。"

我少年时曾听到过一次父亲提起那次游行, 是在 1939 年日本飞机轰炸四川乐山以后。我说到看见一个跛子听到敌机扔炸弹逃得飞快的事。父亲说:人在急难时是会爆发出从未有过的能力,做出平日做不到的事。他指着我家的后院墙,问我:你相信我能翻过这墙吗?我摇头。他接着说:可是我跳过去了呀。接着他讲述了"三一八"游行的情景。先到天安门开会,有讲演、通过决议、喊口号等等,散会后又说去段祺瑞的执政府示威。父亲扛大旗走在清华队伍的前列,到了执政府门前,卫队已严阵以待。突然枪声响,前面的人纷纷扑倒,子弹掠背呼啸而过。稍歇,群起四面奔散。父亲跑着被一堵墙挡住,奋力一跃,居然跳过未受损伤。看着父亲羸弱的身体,我几乎不相信。他笑说:这就叫狗急跳墙呀。又说:小时候家里穷,为求师访书,走几十里路不算啥,有根底呵。

当年父辈们结队而往, 还天真地以为真如外交次长沈瑞麟所言,可以长政府对外强硬之气,至多不过是被执鞭斥逐而已,全不知死神已在眉睫。待枪声四起,丛弹迸发,方知一脚已踏在生死线上,反而坚定了必死之心，虽未死，也是九死一生。父亲回到清华园，发现同学失踪六十余人，后陆续有回者。学生会评议部长黄仕俊的左足也负伤了。心系同学生死，父亲扶掖黄仕俊连夜进城，走遍市内各大医院，凡偃仰僵扑宛转呻吟者，一一拨转谛审，寻找失踪同学。待次日清晨，尚有九人下落不明，又一日，余五人，其中包括研究院同学蒋传官。为找这五人，闻听协和医院地下室不断运来无名尸的消息，曾五入地下室辨尸。

“三一八”事件中清华学生牺牲最惨烈者为大学部一年级韦杰三，广西人，下腹枪穿四孔，辗转呻吟，惨不忍睹，三日后去世。学校开了隆重的追悼会，父亲代表全体未死学生致祭文。另一位重伤者是校学生会干部何鸿烈，研究莎士比亚颇有成绩。他伤在足，初不很重，但迁延数月不愈，两次住院，竟至以死。《清华周刊》为之出纪念专辑。父亲伤恸不已，写《何君一公哀辞》寄哀思。

惨案后，父亲愤而博征群书，撰成《宋代学生干政运动考》，洋洋洒洒近三万字，发表于《清华学报》，是研究古代学生运动的最早之作。

“三一八”惨案过去八十年了，当年青年学子以天下兴亡为己任，强敌肆虐，虽知事危，亦不肯避。正如父亲在《祭韦杰三烈士文》中所言：“呜呼，君死耶，君竟死耶，君不顾而死耶，君何所为而死耶？君死矣，而我辈谓君未死也。君，中国人也，中国一日未亡，则中国之人，一日未死，中国余一人未死，则中国余一日未亡。君之心，中国人人当有之心也；君之行，中国人人应法之行也……君之志，知救国而已，精灵所贯，无间于生死也。故苌弘诛楚，三年成碧；帝妪溺海，化卫衔石。生为国秀，死为鬼雄。生既欲徒手以救国，死不当作厉鬼以杀贼耶？”但社会各界对学生行动的看法不尽相同。鲁迅称三月十八日是“民国以来最黑暗的一天”，“如此残虐险狠的行为，不但在禽兽中所未曾见,便是在人类中也极少有的……”他一连写了五六篇文章,抨击军阀政府,悼念死难学生,也驳斥某些闲言碎语。研究院的导师梁启超先生正于3月16日因尿血住院,当日即被医生误将好肾割掉,继续尿血不止。18日惨案发生,他知道后在病榻上愤慨谴责军阀政府,是“自弃于人民”,对青年学子的无辜伤亡极为痛心。

(载2006.4.18《文汇报·笔会》)

方壮猷与勾践剑

前些日子，见到一条新闻，某位考古专家花一千八百元买到一柄古剑，认为是越王剑，比上世纪六十年代出土的那款还要珍贵。后来又有人认为是赝品，沸沸扬扬，聚讼不已。我对考古一窍不通，但由此想起了我童年时期十分熟悉的、父亲的清华老同学方伯伯——方壮猷教授。

上世纪六十年代我国考古界的一大成果，是在湖北江陵楚墓中发现了越王勾践剑。那是一柄锋利无比、精美绝伦的青铜剑，剑身刻有八个变体篆书。时任湖北省文物管理委员会副主任委员、年逾六十的方壮猷受命主持宝剑的研究工作，首先解读铭文、确定剑的主人。他们初步释读出剑铭中的六字："越王□□自作用剑"。然而中间两个应是王名的关键字，却难以破译。于是方壮猷发起了一场书信大讨论，参加者有郭沫若、唐兰、商承祚、夏鼐、容庚、徐中舒、陈梦家、胡厚宣、于省吾、苏秉琦等一大批国内顶级的考古学家、古文字学家。方壮猷将铭文的拓片寄给诸专家，请学者们各抒己见。从出土的竹简确定墓主人姓邵，邵是楚国的望族，方最初提出剑铭中间的两个字可能是"邵滑"，得到郭沫若的赞同；但公认为识得甲骨文最多的唐兰却推断这两个无人认识的"鸟虫书"是"鸠浅"，而"鸠浅"，则是"勾践"的通假字。经过两个月的书信切磋,学者的意见趋于一致,认定了剑身铭文是"越王勾践自作用剑"。以后又有专家对剑的工艺进行专项研究,发现此剑被硫化物镀过,故能千年不腐,而这项技术比西方早了两千多年!

一件埋藏地下两千三五百年的国宝级的文物、一柄真正的王者之剑的身份终于认定, 一场轰动一时的学术大讨论也圆满落下帷幕。学者们的书信被编成《楚墓通讯集》,永远记录下这段考古史上的佳话。而这也是方壮猷晚年学术生涯中的最为辉煌的一页。四年以后,一代学者方壮猷被迫害病逝。

方壮猷(1902–1970),字欣安,湖南湘潭人。据我父亲吴其昌的介绍,年轻时的方壮猷兴趣广泛,尤爱文学,"浸淫于西洋文学,凡诗歌小说剧本无不毕嗜,亦时有创作,然君自言自娱而已,非示人者,随即脱手焚之。后此治毛诗,攻中国文学";入大学后,"又转其志于社会科学,凡政治、社会、经济、法律、宗教、心理、哲学诸书无不攻读,且及于吾国史、汉、通鉴、通考及纪事本末、宋元明学案诸籍,益期有所成。"在清华国学研究院,他"治文史之学,著《中国文艺史》十四卷,《太平天国志》若干卷,此外积稿尚多。然君素不表暴,扃诸箧而已矣。"父亲说他:胸怀大志,"为磊落慷慨奇男子,然外又以和易隐之,温柔敦厚,人目之为妇人女子,君笑颔而已","得于诗教者独深"。奇怪的是,父亲总把他当弟弟看,"与余同年,日月后于余。故其亲予也,亦殊异于他人云"。但我从克立教授给我的《方壮猷传略》中得知他比我父亲足足大了两岁。这也可看出方壮猷平时为人的谦逊温和。

方壮猷在研究院学习一年后毕业,到上海一些大学教书。1929年,赴日留学,从东京大学白鸟库吉研究东方民族史。次年归国,在北平各著名大学讲课,并连续发表《室韦考》《契丹民族考》《匈奴语言考》等多篇有关我国北方少数民族研究的论文,风头正健,其间发生了一些事,便复南下,1934 年赴法,入巴黎大学研究院,从伯希和继续研究东方民族史,两年后回国,到武汉大学任教。

我记忆中第一次听到方欣安的名字就在那时。一天,父亲和母亲说起在北平时与宾四(钱穆)、欣安等同游长城的趣事,两人大笑,父亲顺便提道:“欣安从法国回来了,景况还不好,我对某某说了,请他来武大教书。”又过了些日子,方携全家来访。与以往不同的是:每次来客,都在客厅接待,除非深入探讨学术问题,才请进书房查书。而这方伯伯初次来访,略事寒暄,父亲便把他让进书房,留下母亲陪方伯母在客厅聊天,我则和克强、克定兄弟在地毯上玩“过家家”。过了许久,我们的游戏角色已经变换多次,我已想不出新鲜花样了,他俩才从书房出来。后来父亲对母亲说:“欣安全家刚来,人生地不熟,你多陪陪方太太”,又叮嘱我多和克强兄弟玩。正好他家和我家同住在新二区,所以,从珞珈山到乐山,我们两家来往一直较多。记得 1937 年夏,父亲大病初愈,老同学戴家祥出川,特意到珞珈山探望,方壮猷设宴,父亲作陪。过了一个月,日寇入侵,平津陷落,一大批文化人逃出北平南下,叔叔吴世昌夫妇也来到我家。一天,沈从文、杨刚、萧乾同来我家访父亲和叔叔。父亲专门从汉口订了“北平烤鸭”,也请方壮猷作陪。这很可能是我第一次吃烤鸭。那次宴请使我现已八十八岁的表哥徐璇(人民大学教授)至今齿颊留香,认为现在只有一些酒家的“精品烤鸭”差可比拟,并对我的无知健忘深为遗憾。我则一直搞不明白那时从汉口到珞珈山,是怎样保持烤鸭的嫩脆的。(后来徐璇又说是请汉口餐馆的厨师带半成品来家烤制的。但我家的厨房如何能制烤鸭,也是个问题。)

方壮猷在武大授课,有自己的特点,很受学生欢迎。有一位学生说:他讲《宋史》,准备了两套书,发给学生,让学生按不同专题整理剪贴,剪贴完了,一部“宋史资料分类长编”的雏形也出来了。学生们则学到了一种治学方法,受益匪浅。

父亲去世以后,方壮猷撰写的《吴其昌教授事略》中强烈呼吁国民政府改善教授的生活境况,“顾自入蜀以来,物价指数率增至三五百倍而有加无已,大学教授薪津所得,远不逮贩夫走卒之差足温饱。学课之余,卖文售艺,力竭声嘶,犹不足糊口腹,赡妻子,更何暇乎节劳养疾之足云哉！更何暇乎节劳养疾之足云哉！”批评当局对“既成之才,弃之若敝屣,悉任其贫病潦倒”,并列举武大抗战中死去的教授:“前乎君者,既繁有徒(武汉大学教授先君而卒者为郭泽五、王远□、黄方刚三君,其余讲师助教死者尤多),踵乎君者,恐更将接十连百而未已也!是岂国家前途之幸哉!是岂国家前途之幸哉!”我记得,在我父之后,又有萧君绛等教授相继病逝。直到抗战胜利复员之前,方伯伯对我家这流落异乡的孤儿寡母曾多加关照, 至今铭刻在心。方壮猷继我父任武大历史系主任。新中国成立后,调任湖北省图书馆、文物管理领导职务。1983 年,我公出武汉,特到珞珈山访旧,问及方壮猷夫妇,已含冤故去多年,空对旧居,唯有长叹。

2006.5.8

(载 2006.10.15《文汇报·笔会》)

长寿学者徐中舒

在清华国学研究院的毕业生中，徐中舒(1898–1991)是少有的长寿者，活到九十三岁，他的学术成果也同样硕果累累。

1925 年，二十七岁的徐中舒以骄人的成绩(第四名)考入刚成立的清华国学研究院。他的同学、好友方壮猷这样描述他：

> 中舒以字行，原名道威，字仲舒，亦字潮音，安徽怀宁人。现年二十八岁。刚毅木讷，疾恶如仇，不轻与人交往。虽其思想常立于时代之前，而其外表则一道貌岸然之学者也。生平好治训诂考据之学，以甲骨金石文字稽核古籍、考证古史辄多创获。著作盈箧，特君常矜慎，不欲轻易示人，故知之者鲜耳。君尝受学于安徽省立中学及国立武昌高师诸校，又尝任安徽合肥师范、上海立达学院、复旦大学诸校教授。讲学之余，治古史、古文字学不稍倦。民国十四年曾负笈来京入本研究院。所著有：《东夷考》，谓淮夷、徐戎、群舒诸民族实同一源；又著《殷周民族之推测》，谓殷周为不同民族；又著《古诗十九首考》谓十九首皆作于东汉之末，而不作于西汉。此外所著甚多，皆有创见。思想缜密，证据确凿，倘能继此而孜孜益穷之，为中国古史放一异彩，则其

所益于中国学术者何限。徐君其尚勉之哉。

徐中舒自幼对中国古典文学有深切的爱好，并写出若干论文，如《木兰歌再考》《古诗十九首考》等，为学人瞩目。进入研究院后，亲炙王国维先生的治学思想与方法，他毅然放弃了对文学的爱好，将精力专注于中国古史上。"'狂者进取，狷者要有所不为。'只有有所不为才能有所为。"他自述："在清华国学研究院一年的学习中，我把大部分时间都用在从王国维先生学习古文字，抄写甲骨文、金文，并采用王国维先生提出的古史二重证法，将古文字材料与古代的文献典籍相互印证，相互补充，运用于中国古代史的探索之中。"

虽然徐中舒在研究院只学了一年，终身受益不尽。在古史研究中他将王国维的"二重证据法"发展为"多重证据"，不仅将文献与考古新发现材料相互印证补充，而且运用如民族学、社会学、文献学等跨学科知识结合运用论证，建立起自己的新史学体系，称得上是得王国维学术真传而卓有成就的弟子之一。他早年以《耒耜考》一文知名，文章将出土材料与古代典籍及实物对照，解决了两千年来学者们一直莫衷一是的耒耜形制和功用问题，成为中国现代学术史上的名篇。

徐中舒曾执教复旦大学、暨南大学、北京大学、四川大学等著名高校，当今著名的历史学家谭其骧、胡厚宣、张政烺等均出其门下。特别值得一提的是：他在四川大学授课五十余年，从 1937 年直到去世，终身在此任教。时局动荡，他的工作相对稳定，学术研究不断有新收获。方壮猷预言的"为中国古史放一异彩，则其所益于中国学术者何限"实现了。

抗战时期，徐中舒在成都四川大学，家父在乐山武汉大学。父亲有时去成都，回来必对母亲说是否见到"中舒"了。我感觉父亲每提起“中舒”时，口吻总是很尊敬，犹如兄长就在眼前；我也曾见父亲向来家请益的学生谈到“徐中舒”先生，说徐对王国维先生的学问理解深。但我不记得曾见过徐。有资料说徐中舒曾到乐山武大兼课，我只知道那时父亲请来武大讲学的有顾颉刚、商承祚、王恩洋、郭沫若、钱穆等先生，不清楚是不是也有徐中舒。去夏，我在北京重逢暌违五十九年的老同学、方壮猷教授的哲嗣克强兄，他说起1946年复员回武汉，路过重庆拜访徐中舒，徐请他们全家吃四川小馆子，记忆犹新。

新中国成立后，徐先后担任过中国科学院哲学社会科学部学术委员、国务院学位委员会委员等职。1981年，国家建立第一批博士点，徐中舒一人承担了中国古代史和考古学两个博士点的导师，在当时是极为罕见的。他晚年还主编了《汉语大字典》和《甲骨文字典》。

（载2006.6.11香港《大公报》）

胸有千秋史的高亨

第一次见高亨,大约是1939年秋冬在四川乐山。那天下午,我放学回家,听见客厅后的小餐室里有客人说话,这在我家是少有的事,便扔下书包进去看个究竟。见父亲和一位伯伯正在逼仄的小屋里喝酒,俩人的面孔都红红的,看来已喝了好一会儿了。见我进去,父亲对我说:"过来,见过高伯伯。"我腼腆地叫了一声,刚要退出,父亲又说:"告诉妈妈,酒菜不够了,再拿点来。"于是妈妈又切了些卤鸡蛋什么的,还夹了一碟腌瘤芥菜(大概与做榨菜同一原料,不过我母亲是连嫩菜叶一同腌的),说:"在北平时,你爸爸的同学都爱吃我腌的菜。"我端着小菜送去,爸爸随口问我下午上的什么课,当知道是音乐课教唱《长城谣》时,高伯伯兴奋起来了,一定要我唱给他听。爸爸说:"高伯伯是东北人,他的家人都在东北,你好好唱。"我不好意思地唱起来,高伯伯听不够,要我唱了一遍又一遍,还让我唱《松花江上》《高粱叶子青又青》等歌。我唱得很用心,紧张得声音有点发抖,但高伯伯听得很动情,闭着双眼,轻叩节拍,眼角微微渗出泪水。那晚,他和我父聊到很晚,过不了江,便住在我家。次晨,天微亮,他起床不辞而别。后来,父亲问他:"这么冷的天,为什么不吃早点,至少也洗个热水脸再走?"他笑了:"洗热水脸?那出门才冷呢!"父亲对母亲转述高伯伯的话时，提到“他在清华时就爱在盥洗室光着身子用冷水擦澡，冬天也不停。”多年以后，我从戴家祥先生写的怀念我父的文章中，印证了此事，并知道了当时校园流行这样几句话：“研究院，三宗宝：高叟杨妃吴其老。”其中“吴其老”是指我父亲吴其昌，因在全校大会上唱《道情》“老渔翁”“老书生”而获此尊号；杨妃是杨世恩，曾在《贵妃醉酒》中演杨贵妃而得此美称；而高叟，就是高亨，则以寒冬腊月洗冷水澡引人瞩目。可惜的是，“三宗宝”中的杨、吴二位，寿皆不永，杨世恩自研究院毕业几个月内便在上海溺水而逝，吴其昌也仅只活了四十岁，只有高亨，得享八十六岁的遐龄。

当时高亨也任武汉大学教授，常来我家，与父亲喝酒长谈。我记得他好像不是在历史系，而在国文系或哲学系。不久，他就离开武大了。

高亨（字晋生，1900–1986）清华国学研究院第一届研究生。在《清华学校研究院同学录》上，有“其所著《韩非子集解补正》六卷，梁任公先生称其‘冠绝’”等语。梁先生还曾对他说：“陈兰甫把《说文》带到广东，希望从你开始把《说文》带到东北。”我父亲也说高文“任公师许以‘不朽’，且谓‘白山黑水之间，绝塞荒寒，文献种子，以高君为第一人矣。’”无论“冠绝”或“不朽”或“第一人”，都可看出梁先生对弟子高亨的喜爱及高度肯定，并赠以对联：“读书最要识家法，行事不须同俗人。”在做学问上，高亨恪遵师训，认准了清乾嘉学派的高邮二王父子（王念孙、王引之）的家法，并继承发扬之。1926年他从研究院毕业，回东北在吉林法政专门学校任教，完成了《老子正诂》二卷，父亲认为足以与乾嘉大老“抗颜夺席”。“九一八”事变起，他全家陷敌，只身入关，来到北平。其时父亲也正为抗日奔走呼号，愤极哀绝，生人之痛，只得与老友诗书消磨，聊止沸血。不久，父亲南浮江汉，执教武大。高亨又寄来了《诸子今笺》，将出版，父亲为之作序，提出：中华民族近古一千年来，先师先哲学风之因革转变的动力是“求真”。宋明学者之非汉唐，清贤之否宋明，都只是为“求真”，并历数乾嘉以来至当代诸子研究之成就。序作于1933年，补充于1939年，但高书却迟迟未得出版。直到1961年才以《诸子新笺》面世，其中缘由，不得而知。我猜想，这一方面是因为高先生精益求精的严谨学风，一方面也可能是时局动荡出版不易所致。

高亨晚年执教于山东大学。他为世知名是因为那首《水调歌头》“掌上千秋史，胸中百万兵”，确是好词，以致有些人误会为毛泽东所作，很快传播开来。于是《人民日报》不得不专门发表一次，署高亨名，以正视听。这也使得他在浩劫的年代里少受些磨难，多做点学问。依我看，高亨胸中烂熟中国千秋史，尤其是两千多年前的上古史，他的本色，还是学人，如他自己定位的，过“三书”（读书、教书、著书）生活，而不是政治中人。他在易学、诗经学、先秦诸子、文字训诂学等领域的成就，奠定了其在学术史上的地位。他对《周易》的研究，独辟蹊径，主张将“经”“传”分开，开创了《易经》研究的新路子。他的《诗经今注》，是我常置案头随时请教的老师。他对先秦诸子书的训诂，以文字声韵通训诂，匡正旧说，言之有据。据赵俪生先生说，“除了唐兰，就数他了。”其有些训诂成果已被《汉语大字典》收录。而他的文字形义学、通假字会典，又是汉文字学研究的一座高峰。

2006.10.31

（载2007.1.26《文汇报·笔会》）

“死而复生”的杜纲百

在《清华学校研究院同学录》里，有一篇与众不同的小传，准确地说，是一篇悼文，而被悼的传主当时并未去世。它是我父亲为杜纲百写的：

中华民国十六年四月□日，广安杜纲百为杨森枪决于重庆。其友海宁吴其昌闻之，既私哭于其寝，念君之行谊学问未大白于天下，大惧随草木同腐朽，则君或不瞑目于九原，因作传以寿之。其传曰：君名炼，字纲百，四川广安人也。幼有大志。先世皆业贾，饶钱财，君漠然不多之，唯于学恐不足。卒业成都高等师范，而尤嗜国故家言。唯其思想倾新，故治经学右今文家说。视东京斤斤一名物之细者谓不足以言大。井研廖季平先生，西汉学之大师也。君抠衣捧手于函丈，于六译馆之著述，浸润寝馈者独深。来京师入清华研究院，成《先秦经说征故》二卷，《名原复音广证》一卷，《中庸伪书考》一卷。十五年卒业。入川鼓吹政党。君本中山之徒，至是益激进而左倾，为杨森部将王芳洲所擒，劝改辙，不可。释之，益张其说，且勉策其同志曰：“吾程方半，未可自懈。”森因再擒君，遂不屈死。年二十有六。此君行谊之大略也。君在京，与予殊亲，谓余慷慨君所喜，故雅昵予。予与汪、刘、闻、高诸子创《实学》杂志，君亦与焉。每编稿就，辄买浆共升汪子榻，团坐剥枣栗，喧呼纷争，声达邻室，方谓天下之至乐。而一转瞬诸子各云散，今衣云已总参一军，绾虎符于塞外，君乃至竟丧其元。回念数月前促坐一室时，岂知幸不幸一至于是也。诸子或已上青云，或至提黄土，而余也偃蹇跅弛，犹俯仰于是室，则在予其何以堪此。君好国民党说，竭尽其忠荩，每劝余亦同入。一夕至子夜犹刺刺论不休。……君作《名原复音广证》，驻日公使汪衮甫致吾社书，大张目云："怀之数十年欲吐而为君先之。"其作《中庸伪书考》，介其昌示马先生通伯，马先生不谓然，余亦同马说，君持己说甚坚。大抵君血性昭人，而或失于自信，坦白无城府，而易以受蔽。故卒至误匪人为君子，以至于杀其身，世终莫知君，君亦终未自悟也。哀哉！

文章叙传主风骨、音貌跃然纸上，生动感人。但事实上，杜纲百是在我父亲去世三十九年之后才归道山的。

杜纲百(1903–1983)，四川广安人，当时是清华研究院学生会干事。我父亲吴其昌是副干事，二人同事，共经历研究院初期的风风雨雨。1926年春，发生了这样两件事：其一是"三一八"事件。北平学生抗议日本等八国干涉我国防的无理通牒而举行的请愿游行。他们共同组织了研究院同学的游行，共同经历了枪林弹雨的生死考验，分头寻找失踪的同学，一起悼念遇难的难友。其二是学校当局对办研究院的宗旨发生争议，公布了学校改组委员会所拟"清华学校组织大纲"，取消研究院，遂引起轩然大波。杜纲百和我父亲代表研究院全体同学立即做出强烈反应，发表《否认清华改组委员会破坏研究院宣言》及《研究院同学致教职员全体大会公函》，请求复议，以维持研究院独立存在。此事也是导致吴宓辞去研究院主任的一个原因。后来研究院又陆续招了三届学生。在学术和政治方面，杜和我父亲的观点不尽相同，但能互相尊重包容。他们二人以及刘盼遂、闻惕、汪吟龙、高亨等还一同创办了《实学》杂志，专门发表同学们的研究成果。早在前一年秋，入学之初，父亲即为申请办杂志资金事找过主任吴宓，未获批准，于是几个穷学生倾囊典贷，筚路蓝缕地自己办起来了。当他们为印刊物，徒步进城，夜蜷缩于会馆陋室，晨起共凑铜子买烤红薯，躲在城墙根背人偷啖的时候，当他们每编完一期刊物，买来枣栗，登榻大嚼的时候，其中几多艰辛，几多欢乐，都成为后来幸福的回忆。

杜纲百似乎是同学中最早接受革命思想的，早就参加过一些社会风潮活动。他曾苦劝我父亲加入政党，直至夜深。我父亲则除涉及敌国侵略之大事外，只专注于学术研究，对杜的建议敬谢不敏。杜纲百 1926 年夏从研究院毕业，回川途中，一面访问高学硕儒，切磋经学；一面与朱德、陈毅、杨闇公等相遇并有联系，参与了一些革命活动。在成都，经廖季平先生推荐，任四川省图书馆馆长。1927 年"四一二"事件前后，有消息传到北平，说杜为杨森部队枪决，过程叙述得活龙再现。父亲悲愤之余，为之作传志哀，在"同学录"上刊出，页面围以黑框。幸好这是误传，杜纲百并没有牺牲。他随即离川东下，隐居湖山，潜心经史，后在各大学任教，且先我父亲在武大教书，但二人未碰面。新中国成立后他在西南师范学院历史系任教。杜纲百的经学研究见解独到，别树一帜，有《名原考异》《中庸伪书考》《群经概论》《经学通史》《孔修春秋异于旧史闻惕考》《公羊穀梁为卜高一人异名考》《与冯友兰论孔子哲学》等等，还有许多著作未得发表。

2007.2.3 于马虎居

（载 2007.5.16《文汇报·笔会》）

拾破烂二十一年的大学者周传儒

在父亲吴其昌眼里,周传儒(1900–1988)是不可多得的奇才,一个“振古豪杰之士”。他处事干练,极少书生气,无论多繁乱的事,一到他的手里,须臾之间,即井然有序。他富有领导才能,“其所至无大小人必推以为长,亦唯君为克能长之。”父亲说:“观于周君,然后知吾辈自命为读书人者,皆天下无用之废物也。”钦佩之意,溢于言表。关于周的文采,父亲起初还不甚在意,直到见其少作之后,惊为有李贺、孟浩然风。是以父亲认为周的前途不可限量。谓予不信,请看父亲为周传儒作的小传:

> 周君名传儒,字书舲,四川江安人。吴其昌曰:观于周君,然后知吾辈自命为读书人者,皆天下无用之废物也。君卒业成都省立第一中学,又卒业国立北京师范大学,又卒业师大研究科,又卒业清华大学研究院。中间任安庆高级中学教员,上海商务印书馆编辑,北京师大附中教员,砺群学校教员,师大预科讲师,足迹及十五行省。当“五四”“六三”诸案起时,君被推为师大学生会主席,继又被推为北京学生联合会主席,继又被推为全国学生联合会主席。其所至无大小人必推以为长,亦唯君为克

能长之。今之人在平时俯仰吟啸,若天地间唯我辈已者,一处繁剧则皇皇不知手足之所措。此天下所通病,而唯君不然。人但见其丛务猥集,案件坟积,奔走喘息,不须臾暇,若无力兼顾及学。而不知君以静际变,以理衡物,从容谈笑,而事无不得其序,稍暇即纵恣坟典。家本清贫,卖稿以自活。而除所卖稿外,其丛稿亦已盈数箧,皆精力所萃而反不示人者,则治学亦莫若君勤。然世但知善事,目为肆应之材已尔。世不知君不足怪。余与君交二年,视君若绝不能文者。一日,君出诗一帙示余,曰:"子试评之。"其诗乐府效李长吉,五言学孟浩然,皆逼似,卓然成一家。余惊服。君笑曰:"此余十八岁时在成都所作也,弃已久矣。"核其甲子固然。余木然不敢发一语。吴其昌曰:周书舲,振古豪杰之士也。良贾深藏若虚,吾不知其所止也。

导师梁启超对周的学识能力早就看重,开课不久,即指定周传儒、姚名达、吴其昌三人专任记录,课后整理成讲义印发同学。其中有些文章已编入中华书局出版的《饮冰室合集》,下署"吴其昌、周传儒、姚名达笔记",如《古书真伪及其年代》,即是梁先生夜间在燕京大学之授课记录。梁先生有小汽车接送,三生携手徒步清燕路上,伴星月,履冰霜,望胧胧树影,闻狺狺犬吠,一路奔波,一路谈笑,共同完成了梁先生重要著作的记录任务,留下了永久的温馨的纪念。

据周传儒自己说:他原无意于文史,而有志于科学,还是个"留学迷"。但他的国学底子太厚太好,以至于投考大学,名列前茅,录取的老师都不同意他舍文史而习数理化。而报考留学生,又因英语成绩稍逊于教会大学的学生,两次考第二,只列备取(正取仅一名),未得遂愿。进清华研究院后,他对探求中国文化史的堂奥、继承三百年来的学术成果以及吸取新学说新方法等方面均大有进益。一年后毕业，周与其他十五人皆获奖学金一百元，并按所研究课题的质量轻重难易，与刘盼遂、吴其昌、赵邦彦、姚名达、黄淬伯、何士骥同被批准继续留校研习。

1931年，周传儒第三次冲刺留学考试，终得如愿。进剑桥大学攻英国史及外交史。为了彻底搞清英德同盟的秘密资料，情愿转学到德国柏林大学，取得博士学位。回国正逢抗战，辗转流徙，执教于西北大学、山西大学、四川大学等校，在山西大学任文学院院长。

新中国成立后，周传儒到东北教育学院、辽宁大学等校任教。后被错划为"右派"，罚去图书馆任数据员。周愤不受辱，自谋生路，一个学贯中西、淹通文史的学者，只好以拾破烂为生达二十一年。在书籍被抄、不能进图书馆的困境里，仍凭记忆写出了不少著作：《李鸿章环游世界与中俄密约（1896）》《兰亭序真伪问题考证》《戊戌政变轶闻》《梁启超与王国维》《史学大师王国维》《原始积累与独占公司》等，直到"右派"平反后才得发表。

听说他的"右派"改正得力于高层领导的干预。1979年初，领导人访问美国。周传儒之子在美，辗转托人致书寻找父亲。领导人回国后，即责成有关部门办理。得改正昭雪，恢复教授职务。

周传儒的主要著作还有：《中国古代史》《书院制度考》《甲骨文字与殷商制度》《意大利现代史》《西伯利亚开发史》《纠正叶恭绰论中俄密约》《六十年来中国史学界变迁发展史》等。

据我父亲为他写的小传，得知周传儒当年在"五四运动"中亦是积极分子，曾被推举为北师大学生会主席及北京学联、全国学联主席。若无误，今天还有谁知道呢？

2007.2 于马虎居

（载 2007.4.1 香港《大公报》）

中国历史地图学的开拓者王庸

每读与历史有关的书，辄喜查阅历史地图，衷心敬佩各位历史地理学家，使那些年代久远的纷乱的史事，有了方位，得以明晰。同时，我还总会想起父执王庸（以中，1900–1956）先生，他，应该是在现代中国历史地理学的一位奠基人。

父亲吴其昌在清华国学研究院新结识的同学诸友中，“欲以兄事之”的有二人，一是刘盼遂，又一即是王庸。此前，父亲出自太仓唐文治门下，而王庸是丹徒柳诒徵的高足。父亲早就看过王庸的一些论文，心仪已久，油然生“从君游”之念，虽曾同在无锡，未得谋面，甚以为憾。1925 年，两人同以高分考入清华国学研究院。一见王庸，父亲“执君（王庸）手仰天狂笑。君亦雅许余，若谓江东无我，卿当独秀者”，可谓相见恨晚。当年父亲的“狂生”气质在同学中是有名的，而青年时的王庸也是宽博宏雅，潇洒脱略，隐然有魏晋文人的风度。课余，他们和刘盼遂等一同徜徉于圆明园官道景福门前，残阳欲下，秋飔初起，白石横卧，古柏夭斜，抚废园之遗存，感时代之兴替，于是，“盼遂歌禾黍之什，以中颂芜城之赋”，父亲唱了什么，他自己没有说。两年后，父亲和同学刘节还有词相唱和，怀念此情此景。

而最令父亲及其他同学敬佩的是王庸的修养深厚。父亲性易冲动，好辩，辩不胜不休，忤人不少；而王庸"与人语，从未见有忤者……至以圣人目之。"故父亲决心以王为榜样，稍自约束。关于王庸的风骨，谢国桢也深有体会：他晚年的《记清华四同学》中，突出表记了王的品格："君为人外圆而内方，与人浑浑然不见圭角，而赋性耿介，愤世嫉俗，持之以正，廉洁自守，敢与恶势力作斗争。未尝面责人过，微言温穆，而使人自觉改正。"

王庸早年研究陆九渊、王阳明之学，入清华后，又致力于西北地理、中西交通地理，著有《经济地理原理》。一年毕业，即任北京清华学校研究院助教，复从李济之先生治考古学。所以，在《清华学校研究院同学录》中，他一人独据两处，既是助教，又是同学。这时，我父亦从研究宋代文化学术史的角度，撰写了《宋三京图考》及《宋之地理学史》。

两年后，王庸南下到上海暨南大学、中国公学等校教书。1931年7月复北上任北平图书馆编纂委员兼舆图部主任。是时北平图书馆人才济济，学术空气甚浓，王重民、刘节、向达、赵万里、贺昌群、谢国桢等都在此治学，尔后皆成为各自研究领域的专家。北平图书馆收藏的地学论著图籍之丰富，为全国第一。作为舆图部主任，王庸全部翻检一过，与同人一一编出目录索引摘要。沾溉学人，功莫大焉。他的《中国地理学史》，即撰成于此时，被认为是我国第一部地理学史的专著，迄今仍是研究中国地理学的必要参考书。

1936年夏，有老同学张其昀在浙江大学创办史地系，王遂离北京，到了浙江大学，抗日战争时期，又辗转任湖南蓝田师范学院、云南大学、西南联大等校教授。战后，时局动荡，物价飞涨，民不聊生，王庸一改温文穆雅的风度，转为愤世嫉俗，面对黑暗，不再深藏圭角，而是奋起抗争。据谢国桢言：王时执教于暨南大学，因参加"反饥饿游行"被恶徒打伤手臂，反被解聘；旋任教无锡江南大学，又率领员工索薪而被迫离职。新中国成立,举国欢腾,斯人独憔悴,1950年他任职于南京图书馆,1954年经郑振铎和竺可桢推荐,方调任北京图书馆研究员兼舆图组组长,同时兼任中国科学院地理研究所研究员。他给谢国桢的信中说:“余离春明十八年今始返首都,亦犹王宝钏居寒窑十八年始离武家坡也。”闻之心酸。但好景不长,1956年3月王庸便以心脏病猝发逝世,年仅五十六岁。我恍惚记得幼时听父母亲聊天,说以中身体结棍(结实),健步,善啖,尤爱吃我母做的“扎肉(一种硖石做法的红烧肉)”,必能长寿云云。童蒙无知,不知“以中”其人,及读谢国桢文,方对上号。因思若非当年环境恶劣,生活困顿,伤害了身体,他应该是能享高寿的。

王庸的主要学术著作,除《中国地理学史》外,还有《中国地理图籍丛考》和《中国地图史纲》,都是中国地理学的开山和奠基之作。当代著名历史地理学家谭其骧认为:“在所有这些著作中,《中国地理学史》和《中国地图史纲》是两部最重要的代表作。由于我国过去学者对地理学史这一科学向来不够重视,非但没有全面而系统的专著,就是单篇论文也很少;因此作者动手撰述这两部书时,前人的研究成果可供他采撷的绝无仅有,书中的材料和论点,基本上都是作者直接从原始材料中钩稽整理出来的;换言之,两部书对于中国地理学史这一科学而言,具有筚路蓝缕的开创之功。”若天假以年,王庸对学术的贡献将更伟大。

2007.7.5 于马虎居

(载 2007.12.14《文汇报·笔会》)

史学奇人——卫大法师

知道“卫大法师”的雅号，是在上世纪四十年代初的四川乐山。那天，方壮猷伯伯来我家串门，谈兴正浓，父亲叫我续水。我端着暖壶走进客厅，听见父亲说“这倒像是卫大法师的话”，两人便开怀大笑。见两位长辈高兴，方伯伯又是极熟的客人，我也大胆插了一句：“昨天我看见他们了。”“你看见谁了？”父亲惊异地问。“乌尤寺的老和尚呀。上次你带我过江去看马一浮老伯伯时(当时马一浮主持的复性书院正在乌尤寺)，陪你们一同读佛经的那两个——不是大法师吗，我认得的！”我生怕他们以为我瞎编，急忙分辩道。不料二人对看了一眼，复又哈哈大笑起来。弄得我好窘，急忙退下。过了些日子，父亲收到外地寄来的一本书，举着对我说：“这就是卫大法师写的。”我奇怪地问：“又不是和尚，好好的为什么叫法师？”父亲说：“他是我清华的同学，刚来时不爱说话。时间长了，发现他多发奇论，令人莫测高深，有人就送给他个‘大法师’的绰号，他欣然接受，干脆用‘卫大法师’来写文章发表。”

卫聚贤(1899–1989)，山西人，是清华研究院第二届学生。早年丧父，随母改嫁，求学历尽辛酸，难以回首。他“自述”：

> 年十五经商于甘肃，十八入高级小学校肄业时，即着手下级自治。……十四年于山西商专校卒业，莅京入师大史地研究科。十五年考入本校(清华)研究院。而于下级自治之进行，始终未怠。以先从村县建设方面着手，至今成效颇著。每语人云：自信下级自治，在中国有扩充之必要及可能。然以求学，似为余事耳。其学专注意于上古史时。研究《左传》，以《左传》系卜子夏所纂。又著有《一得录》，以齐桓公伐大夏，西至波斯，类多奇异之谈闻。现又注意于地下开凿。其为学究上古，政见主下级。均能成功与否，当有待于后日耳。

短短二百言，对于入学前的酸楚经历一笔带过，述及个人志趣，冷静自负，别具一格。

他早年醉心的"下级自治"并自称"成效颇著"的事业，今已无从知晓，自清华毕业后他似乎再也未着手其间。但此项活动肯定锻炼了他的组织才能；而从商经历与商科专业又造就了他的经济才能，这是他与一般学人不同的地方，终于成为史学界的一位奇人。

卫聚贤在清华只待了一年。王国维先生提倡地上、地下两重证据法，并谆谆教导立论先要鉴别原始材料的可靠性；李济先生对考古学的研究，无疑都为他此生治学生涯打下了坚实的基础。而在梁启超先生的引领下，他不顾"研究院来了个商人"的嘲讽，独辟蹊径，大胆将在商科学校学到的统计学知识引入古史研究领域，写成《左传研究》，获得好评，并以历史统计法继续探究《春秋》《国语》《穆天子传》《山海经》《墨子》《禹贡》等古代经典著作，引人瞩目。

卫聚贤是个创业不停歇的人。清华将毕业时，即在太原与友人合办兴贤大学，以后又到南京政府的大学院(相当于教育部，蔡元培主持)任职，曾北上接收北洋政府的教育部，还兼任南京古物保存所所长，参与主持发掘南京栖霞山汉墓与明故宫遗址。离职后返乡主持发掘汉汾后土祠及万泉新石器文化遗址。1932 年被聘到上海暨南大学任教，以后，相继在中国公学、持志学院、正始中学等处执教，写出《古史研究》(共三集)《中国考古学史》《历史统计学》《中国财政史》《中国商业史》《山西票号史》等论著。后来，转行受聘为国民党监察院审计科长兼驻外稽查委员、中央银行经济研究处专员和协纂。公余他与蔡元培、于右任、吴稚晖、叶恭绰等人发起成立“吴越史地研究会”，组织发掘了吴越地区新石器时代遗存，所获颇丰。闻说孔祥熙亦曾侧身此会。

抗战起，卫聚贤随中央银行西迁重庆，任秘书处秘书。卫氏作为山西学者，在中央银行任职，可能得到一定的关照。在经济上也逐渐积累相当的实力，收藏了不少文物、古籍。他办了一个民间文史学术团体“说文社”，颇具规模，有编辑部、展览部、门市部、印刷厂等，出版《说文月刊》，编有《巴蜀文化》、《西北文化》等专号，还开了一家茶楼，叫“聚贤楼”，以文会友，重庆的大学教授和文化界知名人士，如郭沫若、周谷城、马衡等都是这里的常客。他与郭沫若等还配合有关部门发掘重庆江北汉墓。抗战胜利后，他辞去一切职务，专务说文社的工作。听我的老同学方克强说，1946 年武大复员时，道出重庆，他的父亲方壮猷带他去拜访卫聚贤，顺便为几个学生谋取职业。卫请他们吃了碗刀削面。可见卫在学人圈中比较“有办法”，但他自己生活则是很俭朴的。

1949 年底重庆解放，卫聚贤将其多年全部收藏一万八千余件文物以及未整理的古钱、货币、清代和民国文献等悉数捐赠给西南军政委员会，善本书则无偿赠送西南图书馆。其余文物及书籍后来也由其女捐赠给重庆图书馆。而他的大量未成稿则据说因受捐单位认为无用而全部散失，十分可惜！1950 年春，卫聚贤离开大陆，转赴台湾又寓居香港,相继在香港大学东方文化研究院、香港联大中文系、珠海书院、光夏书院、远东书院等研究和执教。著有《中国人发现美洲》《中国人发现澳洲》《哥伦布以前中国与美洲交通考》。1975年退休赴台,任台湾辅仁大学教授。暮年的卫聚贤积极参加台胞"寻根认祖"的活动,并著有《台湾山胞由华西迁来》《台湾山胞与粤闽关系》《蝙蝠洞考古与台湾山胞》等。他于1989年11月16日在台湾新竹逝世,享年九十岁。

卫聚贤最后一个惊人之举是:组织一批人乘仿出土的汉代木舟复制的木船,从香港出发,横渡太平洋,以图证明"中国人发现美洲"之说。船行至离南美洲西海岸数百公里处失事遇救。但他的论点引起了世界史学界的关注。

卫聚贤治学,大胆假设,认真求证,不媚时,不轻信,不放弃,以自己实践所得资料,经过排比推理,做出自己的结论,虽未必全对,但也绝非瞽说,要彻底驳倒亦非易事。他的一家之言,会长存于学林之中,等待时间的检验。

今年是卫老诞辰一百一十周年及逝世二十周年,写此以为纪念。

2009.3.12 于马虎居

(载 2009.12.18 上海《文汇报·笔会》)

皖中双彦——侯堮、储皖峰

读5月3日笔会陈子善《1930年3月2日》，提及储皖峰集胡适语为对联事，勾起我七十年前一段记忆。

我听说储皖峰，是在1942年，好像是秋天，不冷不热的日子，在川西小城乐山。事先，父亲吴其昌对母亲说："芸圻从北平逃出来了，他接受教育部的任务，做地下工作，很危险的。现在已到了重庆，家眷还没来。他说要专门来乐山看我。这些年，他吃了不少苦，你准备准备，给他补补身子。"芸圻，就是侯堮，是父亲的两重同门：同在无锡国学专修馆唐文治先生和清华国学研究院梁启超先生门下，莫逆之交。过了几天，侯伯伯到了，头发有点长，一袭旧长衫，满面烟尘色。一进门，紧紧捏住我的上臂说："你这girl这么大了。"又指着令徽妹妹问我父："你又有了一个baby？"母亲告诉我，这是他们在清华时互相调侃的闲话，具体内容我至今不清楚。母亲张罗酒馔，侯伯伯吃得兴起，连赞："还是这个味儿！还是这个味儿！"又拜托母亲，为他打点寒衣，母亲欣然应允。饭后，父亲拿出诗词文稿，谈笑评点，通宵达旦。因父亲连年染病久已沉寂的小楼，顿时充盈了生气。聊来聊去，他们说到了逸庵。逸庵，即储皖峰，他们的清华同学，侯堮的安徽同乡，父亲的同室室友。

侯堮通报了储皖峰的去世。他说：皖峰一直协助地下工作，提供过不少有价值的信息。抗战前得了肋膜炎，抽出许多积液，没有痊愈就扶病授课，病发展到骨关节，今年春天，忽加剧，入院不数日竟溘然长逝。夫人回皖未归，身后萧条，极为凄惨。父亲黯然无语良久，轻轻吐了一句："我和逸庵是同病啊！"我心中不由得闪出一种无名的恐怖：爸爸也是先得肋膜炎，也胸腔积水，连年劳累，经常咯血，是不是也……我不敢想下去了。

1927年秋天，储皖峰考入清华国学研究院，其时吴其昌和姚名达虽已毕业，但仍时常回来听课，继续研究。他们三人居同一宿舍，相处甚欢。1942年2月，储皖峰在辅仁大学任教授，暗助爱国活动，贫病交加，逝于北平，年四十六岁。同年7月，姚名达教授率中正大学学生宣传队遭遇日寇，肉搏奋战，牺牲于江西沙场，年仅三十七。两年以后，1944年2月，吴其昌教授为抗战奔走呼号，积劳过度，也在乐山撒手人寰，追随储、姚诸友于地下，年未满四十。三人同学同室同病同命，英华早谢，令人唏嘘！

储皖峰是安徽潜山人，治中国文学史及古诗词，著作甚丰，多有创见。在其主要著作如《中国文学史》《汉魏六朝诗选注》《孔雀东南飞注》《木兰诗补注》《南北朝叙事诗注》《莲社考》《五七言诗溯源》《史记与汉书》中，提出过许多新见解，其学识深得老师胡适的赞赏。陈子善文中提及的集句事，在储自是本色当行。好像胡适还曾提到(当然不是1930年3月2日这天)储集胡适语的另一联："有几分证据，说几分话；要怎么收获，先怎么栽。"胡适以为：上句也可以对"做一日和尚，撞一日钟！"撇去"撞钟"负面的意思，做"尽职"的理解，后者更为工整贴切。

听父亲说，侯堮的国学根基极为深厚，经史子集，无所不通，尤擅长经学，对《易》《礼》钻研精深，又治理学，诗文亦佳。他出身安徽无为望族，少孤，立志敦学，是无锡国学专修馆的高才生，自清华毕业后先执教安徽大学，抗战初在北平做地下工作，回到重庆曾在国民政府教育部供职。也许这段有功于民族抗战的经历，给他的后半生带来了相当的麻烦。1949 年后，他被安排在北京市文物工作队，发表过几篇文物考释方面的文章，而他在上世纪三十年代初发表的《觉罗诗人永忠年谱》，倒是屡屡被红学家们引用。他的文集《佝庵类稿》等也不知散落何方。十年浩劫前夕，我的一位亲戚偶然遇见他，他听说我也在北京，很想见见故人之后，又怕给我带来麻烦。待我知道此事时，他已含恨殁去多年。每念及此，心头隐隐作痛，唯有太息。

2013.5 于马虎居

（载 2013.6.28《文汇报·笔会》）

清华国学研究院学生中的老大哥们

清华作为留美预备学校，招收学生多为青少年。但1925年开办国学研究院，招生简章上没限年龄，于是一些年长而有志于学者也前来报名应考并被录取。他们入学时已年届三十，个别逾不惑之年，一般已成家立业，儿女绕膝，或已入官场，或执教讲坛，他们进学，不为名利，只为求知。他们的经史根底好，治学踏实，处世平和，有长者风，毕业后多从事教育，今已鲜为人知。此处谨简介第一届毕业生中几位年长者。

最长者当是王竞（约1883-1949以后），字啸苏，湖南长沙人，曾任本县教育局长，后在中学任教，闻清华研究院有梁启超、王国维先生主讲，毅然弃官来学，时已年过四十，其长子亦将入大学。友人竞相讴咏，他也有诗自嘲："父子同年入学堂"，一时传为佳话。在同学中年最长，皆尊称为王先生。为人平和谦恭，为师友所礼重。相对于同学少年，日夜孜孜擘画未来，王独淡然弗闻，键户读书。同学刘盼遂叹道：君真（清华）院中一服清凉散也。在校从王国维治文字学，研究课题为"《说文》之会意字"。毕业后还湘，长期执教于湖南大学。王工诗词，曾参加南社，与陈寅恪亦有唱和，有《疏厂诗稿》行世。

另一位陈拔（约1890-？），字贞吉，江苏海门人，入学时也已三十五岁,此前曾在中学、师范执教十多年,治颜(元)李(塨)之学(清初儒学之一派,重实行,不尚空言,民国初年颜李之学颇盛),著有《颜子研究》。能书善画,闻说梁启超很赞赏其书法。毕业后似回乡,仍在中学教书,又研究佛学。

余戴海(约1892-?),字环宙,河南淇县人,入学前曾任本县教育局长,也是弃官就学,研究课题为"荀孟学说之比较",著有《荀子诗说》。余原毕业自法政学校,清华毕业后,曾在军政界服务。

蒋传官(约1893-?),字柱筠,湖南人,对其乡贤曾国藩的学术行谊很有研究。不过同学王庸说他"没有普通湖南人所常有的激烈性格",是一位极和蔼极平正的人。但并非不问时局,他参加了1926年的"三一八"抗议游行,从军阀的枪林弹雨下逃将出来。当日我父亲吴其昌回校清点人数,发现蒋和其他几个同学没有回校,生死不明。我父着急了,复进城寻找,五入协和医院地下太平间,一个个查验尸体,幸蒋传官安然无恙。

何士骥(1893-1984)字乐夫,浙江诸暨人。其《部曲考》在学术界有盛名。毕业后在考古研究所及北京师范大学、西北师范大学任教。参加多次考古发掘活动,有《南北响堂寺及其附近石刻目录》《唐大明兴庆及太极宫图残石发掘报告》及《石刻唐太极宫即府寺坊市残图、大明宫残图与兴庆宫之研究》《西北考古记略》。我还知道一件事值得一书,抗战初起,北师大等校内迁陕西城固,组成西北联合大学。汉张骞墓即在附近,湮没于榛莽丛中。经学校常务委员、历史系教授李蒸、徐诵明、胡庶华等发起,与当地政府及张氏后人沟通,培土封植,重新立碑。碑文《汉博望侯张公墓道碑记》系我叔叔吴世昌撰写,那是一篇辞情俱佳的古文,由黎锦熙书丹;碑阴则是许寿裳书《汉书·张骞传》。此碑应当仍在张骞墓上。何士骥与周国亭为此事写了《发掘张骞墓前石刻报告书》。现在张骞墓是汉中的一处名胜。听去过城固的朋友回来说，碑文漫漶，许多字已无法辨认。

还有李鸿樾（字玉灵）和史椿龄（字静池），入学时也都年过三十。李鸿樾从王国维治古文字学，后来曾任浏阳县立简易乡村师范学校初中部校长。此校原是浏阳县立初级中学，是胡耀邦、杨勇的母校。史椿龄在清华的研究课题是“荀孟之教育学说”，他原本是山西大通学院的教师。

还有一位赵邦彦（字良翰，浙江诸暨人），年龄比前几位略小，从王国维治文字学，成绩优秀，著有《说苑疏证》。毕业后与刘盼遂、周传儒、姚名达、吴其昌、何士骥、黄淬伯等一同被批准继续留校研修，后任职历史语言研究所。他对中国古代艺术很有研究，著作甚丰，有《中国壁画考》《调查云冈造像小记》《汉画所见游戏考》《九子母考》《唐代女子化妆考》等著译作。晚年因众所周知的原因，调至浙江萧山中学任教。他讲课分析深入浅出，举例旁征博引，吟诵抑扬顿挫，课堂气氛生动活泼，学生成绩直线上升。1957 年被错划，被彻底剥夺了上讲台的资格，三年后在农村劳动时失足落水而亡。闻之伤心。

当年的清华园是留美预备学校，西风初渐，学生一个个风华正茂，视天下事如拾芥。开办研究院，来了一群温柔敦厚的国学俊彦，飘逸洒脱，形成另一道对照风景线，这些老大哥们，正如刘盼遂所言，是清华园里的一剂“清凉散”，使人名利欲念顿消。毕业后，他们多在文化教育园地默默耕耘，育才无数，行谊知之者鲜，我们不应该忘记他们。

（载 2008.11.12《文汇报·笔会》）

一张老照片

清华国学研究院第一届学生共三十三人，经过一年的学习，于1926年夏天毕业。经导师评议，有杨筠如、余永梁、程憬、吴其昌、刘盼遂、周传儒、王庸、徐中舒、方壮猷、高亨、王镜第、刘纪泽、孔德、何士骥、姚名达、蒋传官等十六人评为甲等，各获得奖学金一百元。据吴宓日记，毕业典礼于6月25日举行，并照了合影。

摄入这张八十二年前的照片共有师生四十一人。因系毕业大典，学生大都穿上了中式礼服——长袍马褂，端庄凝重，古风袭人，而两位游学西方归来的师长——教务长梅贻琦西服领带，导师赵元任则着西便装，职员侯厚培也是西装，活泼潇洒，有现代风，师生服饰对映成趣。照片中人应该均已作古，经请专家用电脑与当年的个人照片比对，辨认出三十余人。

前排就座者多为教职员。前左8、9、10依次是梁启超、王国维、赵元任三位导师(陈寅恪尚未到任，其助教浦江清自然也没来)。王国维指导经学、小学、上古史、蒙古史、中国文学；梁启超指导诸子、中国佛教史、宋元明清学术史、中国文学等课程。赵元任指导的范围是音韵学、语言学、方言学。另一位人类学讲师李济，未辨认出，不知坐在赵元任左侧的(前左11)是不是他。李济是中国第一位人类学

毕业照

博士,本应聘为教授,但当时清华要求教授须专职,而李济正参加某个国际合作考古项目,不得脱身,故暂任讲师。前左6是校长曹云祥,左7是教务长梅贻琦,因吴宓已于3月辞去研究院主任职,由梅主持研究院。前左13是王国维的助教赵万里(1905–1980),著名的版本目录学家。前左12似是助教杨逢时。梁启超的助教梁廷灿,赵元任的助教章昭煌,我都没在照片上找到。前左5和中左1是职员周光午(助理员)和侯厚培(协助梅贻琦处理日常行政事务)。至于原研究院主任吴宓,却"以不愿见研究院学生毕业给凭(因被逼去职故)。遂于晨八时入城"。躲出去了。吴宓老与研究院的一段公案,另文再表。

三十三名毕业生,现在只依稀辨认出二十五人。前左1是姚名达(1905–1942),著名目录史学家,牺牲于抗日沙场,雷洁琼曾为之题字:"抗日捐躯教授第一人"。前左2杜纲百(1903–1983),四川广安人。他似是同学中最早接受革命思想者之一。毕业后回川从事革命活动。以后潜心研究经史,在各大学任教。左4似是刘纪泽(1901–?),目录学家,著有《目录学概论》《书目举要补正》《校勘学》,

毕业后到厦门集美国学专门学校任教。左 14 是王国忠，是从清华学校大学部结业，出国留学前先到研究院学习经史一年，毕业后入美斯坦福大学，治经济学。

中排左 2 似是杨筠如。他从王国维研究《尚书》及古史，著有《尚书覈诂》，王为之作序。他与余永梁(照片上未辨认出)交好，二人毕业成绩名列前茅，后一同到厦门集美国学专门学校任教，杨教史学、国文，余教文字学、文学，不久又同到中山大学。余对民俗学研究卓有贡献。中左 3 是罗伦(1900–1967)，也是大学部毕业转来的，后赴美治教育学，新中国成立后任西南师范学院教授。中左 4 李绳熙(1902–？)，河南人，是从武昌师范大学考入研究院的。中左 5 像是徐中舒(1898–1991)，四川大学教授，是得王国维学术真传而卓有成就的弟子之一，担任过中国科学院哲学社会科学部学术委员、国务院学位委员会委员等职。上世纪八十年代初，国家初建博士点，他一人就承担了中国古代史和考古学两个博士点的导师，在当时是极为罕见的。他还是《汉语大字典》和《甲骨文字典》的主编。中左 6 吴其昌(1904–1944)，是我的父亲。他师从梁启超，研习宋代学术史，又从王国维治古文字学及古史学，时人认为王国维的学问，吴其昌得之最多。又有说法：吴其昌著文，秉承了梁启超的文心。毕业后先随侍梁启超请益，任南开、清华讲师，武汉大学教授兼历史系主任。自 1931 年起，一直为鼓吹抗日奔走呼号，积劳成疾，过早逝于任所。中左 8 是王庸(字以中，1900–1956)，毕业后留校任研究院助教。新中国成立后任北京图书馆舆图组组长兼中国科学院地理研究所研究员，为著名的中国历史地理学家。中左 10 冯德清(字永轩，1897–1979)，毕业后任职于武汉中学，与董必武共事。大革命失败后，曾因掩护、资助共产党员而面临迫害，于是转徙新疆、陕西等地任教，1949 年后任武汉师范学院历史系教授。他留心搜集师友的墨宝，有哲嗣冯天瑜（著名文化史学者、武汉大学教授）编的《近代名人墨迹》（冯永轩藏品）传世。这张照片便是他的珍藏，我是托师兄马同勋教授向天瑜教授讨来的。我们今天得睹当年研究院师生的英姿，当拜谢冯氏父子之赐。中左 11 是赵邦彦（字良翰，1897?–1960），师从王国维，成绩优秀。毕业后与刘盼遂、周传儒、姚名达、吴其昌、何士骥、黄淬伯等同被批准继续留校研修。对中国古代艺术很有研究。曾在历史语言研究所任职，晚年调至浙江萧山中学任教，深得学生爱戴。1957 年被错划，三年后在农村劳动时失足落水而亡。闻者酸鼻。中左 12 似是蒋传官（字柱筠，1893? –? ），湖南人，是同学中年长者之一。中左 13 是黄淬伯（字涧松，1898–1970），著名的音韵学家，他的《慧琳一切经音义反切声类考》，极得王国维的赞赏，是音韵学的重要著作。新中国成立后是南京大学教授，有关音韵学著作甚丰，如《唐代关中方言音系》等。

后排左 1 是方壮猷（1902–1970），武汉大学教授。新中国成立后任湖北省文物管理委员会副主任委员，他晚年的重大贡献之一是主持鉴定了江陵出土的越王勾践剑。后左 2 谢星朗，四川梓潼人。周传儒称之为"醇醇儒雅，洁己爱人，今世之君子也"，其时评杂论，"精审绝伦"。广交游。有志于新闻事业，毕业后即回川任《大中华日报》总编辑。后左 3 刘盼遂（1896–1966），他以第一名的成绩考入清华，学问修养都极为同学佩服，在经学、小学、史学、文学等各方面造诣精深。他的《论衡集解》《颜氏家训集解》《世说新语集解》《天问校笺》及有关音韵学文字学的著作，在学术界影响很大。新中国成立后执教于北师大，桃李满园，1966 年夏死于一群年幼的暴徒手下，是那个疯狂年代最早遇难的教授之一，令人痛心。后左 5 闻惕（字惕生，1901–?），长小学音韵学，有《毛诗郑笺汉制考证》，曾任教中山大学。后左 6 王镜第（字芙生），浙江人。有《周官联事考》，曾在立法院编译处工作。后左7像是程憬(字仰之,1903–1950),曾任安徽大学教务长兼文学院长。后执教于中央大学,研究先秦及上古史,其《中国古代神话研究》独辟蹊径。后左8陈拔(字贞吉,1890–?),江苏海门人,是同学中的老大哥了,治颜李之学。后左9李鸿樾(1896–1974),浏阳人。曾任浏阳县立简易乡村师范学校初中部校长。后左11也许是孔德,有《汉短箫铙歌十八曲考释》。后左12似是何士骥(字乐夫,1893–1984),浙江诸暨人。历任北京大学、中法大学、北京师范大学讲师,西北师范大学教授。其《部曲考》在学术界有盛名。后左12有点像周传儒(字书舲,1900–1988),他的文史根基深厚,后留学剑桥、柏林大学,攻世界史及外交史。回国后在各高校任教。新中国成立后是辽宁大学教授,被错划为"右派",不肯受辱而辞职,失业二十一年,拾破烂为生。期间仍凭记忆写出许多论文,平反后方面世。

虽然尽力辨认,仍有数人未辨认出:余永梁(字绍孟,四川人,)、余戴海(字环宙,1892–?,河南淇县人,焦作工学院教授)、高亨(字晋生1900–1986,山东大学教授,治诸子之学,著作甚丰,我父曾为之作序)、史椿龄(字静池,河北人,治荀孟之学)、王竟(字啸苏,1883–1949以后,长沙人,同学中最年长者。久任湖南大学教授,诗人)、汪吟龙(字衣云,工诗词篆刻,著有《文中子考信录》,有吴其昌序。曾在中央大学任职)、杨鸿烈(字宪武,1903–1977,云南人,入学时迟到一年,著名法律史学家,其《中国法律史》,梁任公许为"必传之名著",果然,其多种中国法律史著作一再为海峡两岸重印或再版。)、杨世恩(字子惠,也是从大学部结业转过来的。诗人,与朱湘、孙大雨、饶孟侃合称"清华四子",惜毕业不久即溺水而亡。我父吴其昌曾撰文哀悼,称为"吾浙之拜伦")等。即使辨认出者也难免有误,谨抛砖引玉,望识者纠正补充。

关于《清华同学与学术薪传》

抚摸着新出版的《清华同学与学术薪传》，一本八十二年前薄薄的小册子，劫火余生，又加充益，有了新的生命意义，心潮长久不能平静。

1927 年夏天，当时清华国学研究院的第二届学生行将毕业，奔赴四方，时局动荡，导师王国维忽然自沉，而梁启超也身染重疴，需长期休养。同学担心"今天下方匈匈，一旦如云雾之散，必有求记姓名而不可得者"，于是萌发了编同学录的想法，推时任学生会副干事的先父吴其昌主其事。父亲编此书，很动了些脑筋，不仅记下第一、二届同学的永久通讯地址，而且每人留一帧照片，写一篇小传，或自述，或请人代撰。多篇文章都生动描绘出传主的风貌才学，文采飞扬，令读者兴味盎然。此外还印有师长的照片，并特将梁启超先生谆谆告诫学生做人、做学问的道理的《北海谈话记》置于首页，作为同学们永奉的圭臬。

少年时期，我睡在父亲书房里，喜欢瞎翻父亲的藏书。一天偶然翻到这本装帧精美小巧玲珑的小册子，里面的文章全是写我耳熟能详的伯伯们，音容笑貌，跃然纸上，越读兴致越高，爱不释手，偷偷藏在枕头底下。父亲去世后，叔叔吴世昌从桂林到乐山奔丧，带走了一些他有用的书。我怕他将此书拿走，便说："这本书我要了"，于是它就成了我的"合法财产"。抗战胜利后，我回到上海亲生父母家中，随身的宝物就是这本同学录和两册刚出版的父亲遗著《子馨文在》。

1949年，我离开学校，离开家庭，参加工作，斗志高昂地与过去告别，也将这本我曾经如此珍爱的小书、父亲的手泽毅然放弃了。那时这样愚蠢无知，现在想起不禁脸红。幸亏我爱书的彤弟默默将它收藏，精心保管了近五十年。我则以为它也许早被送进废品摊，永无相见之日。

书的失而复得是一个偶然的机会，彤弟搬家，我的儿子去帮着整理书籍，发现了这本书，举着对其舅说："你的许多书我最看重的是这本。"就这样，阔别近半个世纪，这本可爱的小书又回到我的手中。此书能出版，有我彤弟的一份苦心。八十二年前的那本《清华学校研究院同学录》，记录下一群即将步入学术、教育园地的青年学子，意气风发，摩拳擦掌，不可一世的精神风貌。他们离校以后，曾有十年较为平静的发展时期，多数人在文史研究上均有创获，有了一定的名望，前程正未可限量。其后，时局震荡，战火频仍，生活困顿，社会转型，思想改造，每个人都走过了极其艰难曲折的路程。如今出版的《清华同学与学术薪传》，收入了部分当年学子的学术历程和丰硕成果。这些文章，除少数自述外，又有不少作者是传主的学术传人。薪火代代相传，映照出上个世纪中国文史领域学术传承发展的路径。

我一直认为，早年的清华学校研究院是在二十世纪初教育转制过程中，各方因缘际会而开出的一朵奇葩。研究院给予学生的，不仅是知识，而是如梁启超所说：有做人的方法及做学问的方法两方面的规范，做人的不逐时流和做学问的适应新潮。学子们没有辜负导师的教诲，他们迈着坚实的步伐，坚守学人的操守，坚持在学术和教育的园地里默默耕耘、收获，成为我国文史界承先启后的中坚人物。这些，对于今日有志于献身学问的人，我想，会有一定的教益。

（载2010年三联书店《读书》第2期）

思亲

“九一八”事变后的吴其昌、吴世昌兄弟

1984年，吴世昌在《文史资料选编》第26辑上发表了一篇回忆录《一二·九运动的前奏》，回忆了“九一八”事变后燕京大学的学生抗日活动，并用相当的篇幅描述了各校学生赴南京请愿的活动。其中有一个关于他自己的情节，却略过未提，而陈翰伯在他的《巨浪，巨浪，不断地增长！》一文中提到了：“‘九一八’以后，他和他的哥哥吴其昌（当时清华大学讲师，后任武汉大学教授）曾登上南京中山陵，在陵前大哭一场。经报纸揭载，吴世昌一时名噪金陵……”

这件事的详细经过，现知之者鲜矣。我从小随其昌爸爸生活，耳闻目睹他为抗日撰文讲演，呕血流涕，直至殉职教坛，但也未听他说起此事。十五年前，吴世昌应邀撰写回忆录时，更绝口不提。因为他们都认为爱国乃国民天职，何足挂在齿边喋喋不休；而且绝食请愿这种行动，并不是解决问题的最好办法，不值得效仿。近年来不断有人问及此事，我询问了当时还在世的诸湘妈妈和戴家祥叔叔，并查阅了有关资料。今年适逢“九一八”事变七十周年，特将我所知道的情况记录下来，告诉后人，并以纪念其昌爸爸逝世五十七周年，世昌叔叔逝世十五周年，诸湘妈妈逝世十一周年。

吴其昌，字子馨，历史学家，清华国学研究院第一期毕业生，时

任清华大学历史系讲师；吴世昌，字子臧，当时还是燕京大学英语系学生。兄弟同是正直的爱国志士，有“国家兴亡，匹夫有责”的强烈责任心。东北沦陷以后，他二人悲愤难忍，奔走呼号，是世昌首先在燕大公开“九一八”事变的发生，因而被选为校学生抗日会第一届主席。“事变”两月，蒋介石还侈谈”国际公法”，幻想“国联”调停，日寇却继续向东北全境开进。当地人民奋起抗日，最著名的一支军队，便是驻守于黑龙江的马占山部队。他们苦战敌后，面对不断增兵的强敌，而得不到政府一兵一卒，一粟一弹之援，致使部队面临弹尽粮绝的困境。全国人民纷纷捐款声援，要求政府出兵，而当局仍无动于衷。1931 年的 11 月 19 日晚，世昌从燕大来到东城大羊宜宾胡同 29 号其昌家中，议论东北形势，全家悲愤欲绝，一致认为必须采取极端之办法，逼蒋抗日。次日上午，其昌、诸湘(时为北平女子西洋画学校学生)和世昌一起来到顺承王府张学良官邸请愿，请愿书全文如下：

呈为军机危迫，国亡在即，恳迅调大军，驰援待尽孤军，以卫民族生存，谨率全家绝食誓死请愿事：窃自倭奴日军入寇以来，茫茫神州，唯一黑省主席马占山将军不负为须眉男儿，以一旅孤军血肉之躯，抗数万狂寇猛烈炮火，自九月六日起，不分昼夜，苦战至今。阖家闻之，奋感泣下。今报载马将军因弹尽粮绝，有全军毁灭之忧。吾副司令高拱深邸，所司何事？半月以来，坐视马将军喋血沙塞，未闻发一兵一矢往援，致使忠勇烈士，陷于绝地。恐触忤国际公法之故耶？东京方面朝增炮兵若干师团，暮调飞机若干联队，公然形于奏折，宣之报章，猛弹毒气，潮涌而来。日本对于国际公约何其自由，中国对于国际公约何其尽忠；抑副司令对于狂寇日本何其谦恭忍耐，对于精忠将士何其残忍刻薄乎？今马将军已为张巡岳飞卢象升史可法矣，副司令其为贺兰俊明秦桧吴三桂马士英乎？婢妾受主妇虐待，不能忍受，亦有反抗之一日，堂堂华夏古国，受暴日之虐待四十年矣，以较婢妾更能忍受乎？如副司令亦以之为耻，请立刻执行下列三事：(1)急调大军，由昂热线昼夜趋进，捣日寇之背，以解龙江之围；(2)急电蒋主席，调首都空军飞黑，驱逐暴日；(3)急电巴黎施公使，在日军未退出洮昂线以前，拒绝任何调解。昔申包胥哭于秦庭七日夜，而楚国以存；今其昌亦谨率全家妻弟哭于张副司令之庭。马将军乃前敌将士，今已弹尽力折，其昌虽食，岂能下咽？上列三事，副司令一日不行，则其昌全家一日不食；副司令电发符行之顷，即其昌全家重行进食之时。如终不见允，或效马将军为国成仁，则其昌羞与副司令并立于此庄严神圣之禹甸，当即誓率妻弟全家饿死于副司令之庭，以彰我副司令遗臭万年之德。心情痛切，语失戆直，不胜迫切待命之至。谨呈陆海空军副司令张。

是日中午开始绝食。经与张学良及其下属副官长等十余人反复交涉，开始只接受第一条，答应立即电令吉林黑龙江各军，全部听从马占山将军指挥。但对于后两条，则不肯答应。连给南京打一个电报都不敢，这是为什么？原来是怕南京方面怀疑其昌等是被张学良收买来索要飞机的。官员内部反复开会研究，并不断动员三人吃饭。三人寸步不让。直到晚上九点半，张学良才勉强接受，但又说不好措辞。最后还是由吴其昌代为起草致南京电文，当夜拍发。

经过十多个小时的谈判，其昌三人虽然还不知道是蒋介石不许张学良抵抗，张是有苦不敢说，但也看清楚找张解决不了问题，于是决定不回家，不复食，立即到南京请愿。北宁铁路局捐赠了三张车票。当晚赶到前门车站，计划清晨乘车赴津转宁。由于火车误点，没赶上去南京的车。也就是滞留天津车站期间，他们从报上知道了表兄徐志摩遇难的消息，悲愤又加伤痛。这时，世昌给燕大校长及师友写信请假并表示决心。信的最后一段，阐明了他对这次行动的看法：

吾辈书生，无以报国，但有血泪，誓当挥洒。明知此等消极行为，必为爱吾诸师长所不许。但望能因此激发对国事漠不关心者之天良，古人所谓使懦夫立，贪夫廉者，亦此义耳。此诚天下至愚至傻之笨干，特恐中国数十年无以为国者，正唯聪明人太多耳……

11月23日清晨抵南京。因张学良事先已给蒋介石打去电报，蒋派教育部长李书华接待，送到旅馆并劝食，被拒绝。24日早上，三人拖着饥饿的身子，又到“国民政府”请愿。蒋介石才不得不在私邸接见。当时的报上这样登载：“吴等见蒋后，伏地痛哭，惨不成声。蒋亦还礼，频握吴手，恳挚面允，态度刚毅木讷。”蒋介石到底面允了什么，态度怎么“刚毅木讷”？十多年前我曾问过诸湘妈妈，她说：“时间太长久了。我不记得他说了什么话。印象最深的是他只反复讲‘一定！一定！’这几个字。”这大概就是他的“面允”，所谓“刚毅木讷”吧。随后，三人来到中山陵，在灵前宣读了《昭告总理文》：

我国自鸦片战争以还，应亡国者屡矣，至庚子之役，而中国实际上遂受凌迟。仰赖先觉先烈，戊戌诸贤，呼救于前；至我先生挺生，慈悲勇猛，做狮子吼，巨伟人格，照耀寰宇，赤忱精诚，感格灵蠢，使我中国，白骨重肉，是皆依赖我先生一人之光明也。今哲人萎谢，不及七年，而暴邻凶戾，遂肆掠劫。最近东省沦亡，平津起盗，国家存亡，危系一发。其昌不忍见我祖国宗社沉沦异族,誓率我妻我弟全家绝食,以促元首觉悟。计自二十年十一月二十日上午十二时起绝食,由北平忍饥匍伏晋京,至二十四日上午十二时止,凡绝食八十四小时。而蒙主席蒋中正、副司令张学良分别当面答复,全部诚意接受,对于国家,有最后彻底决心。吾先生在天之灵,实昭闻之。谨率全家拜告于先生灵下:此后如蒋主席张副司令果能实践前诺,毅然御侮,是不愧为先生肖徒,尚望先生在天,明神佑之。如蒋中正张学良背言卖国,或食言误国,是甘心为先生之罪人,尚望先生在天,明神殛之!谨率吾全家即在先生陵下开始复食。并当锻炼此躯,为国家尽虫蚁劬瘁。

读罢,又痛哭,诸湘妈妈晕倒在灵前。在南京时,清华学生会、燕大全体学生、清华教职员工会和清华历史学会纷纷拍电慰问声援,历史学会还专程派人到南京看望。

滞留天津车站时,吴其昌曾给清华大学写信请假并希望同学们给予声援。清华大学学生会随即召开全体大会,议决组织请愿团赴南京。请愿团共二百人,于11月24日出发。行前发表宣言,声援吴氏全家的行动,并向"国民政府"提出派大军援黑、对日断交、如"国联"不制裁暴日则退出"国联"、通缉卖国贼四项要求。在此前后,各地学生请愿活动络绎不绝,把个不抵抗的南京政府吓坏了。开始蒋介石还出来见学生做点空头保证,继则派些秘书随员来敷衍,最后干脆诬蔑请愿是别有用心,并设计暗害学生,制止学生的爱国活动。

从南京回来以后,其昌被清华大学借故解聘,离开了他心爱的故都,来到武汉大学任教。世昌则全力投入学生抗日会的工作。虽由于他在经籍研究中的创见,被哈佛燕京学社国学研究所破格接受为研究生(他读的是英文系而非国文系),但因为第一年就没能完成研究任务，丢掉了每年五百银圆的奖学金，只好靠稿费生活，他说："这倒逼我多写了几篇文章。"尽管如此，兄弟二人仍口诛笔伐，积极宣传抗日。

爸爸来到武汉大学，他把授课、研究与抗日宣传紧密结合起来，他埋头著作，胸中燃起的是抗日救国之火。从1932到1936年前后四年间，他著《金文世族谱》《金文氏族疏证》《金文历朔疏证》《殷墟书契解诂》等书，自序："于禹域神州行将碎沦之日，冥心孤索我羲黄神胄之种姓族源，苦懑烦悲，不可忍堪。'金文世族谱'乎，我乃自比于屈子哀郢，韩非孤愤之笺注也。"他讲演撰文，以爱国主义精神教育学生，有《民族危机的认识和救国治学的态度》《开国的士风与亡国的士风》《开国的建国的根本精神》《民族复兴的自信力》等。1935年11月，他写了《历史上国难的教训》，在《大公报》发表。有一位"止止堂主人"自费印刷此文，广为传布，并加按语："吴其昌先生近作《历史上国难的教训》一文，搜罗宏富，用意深长，读之令人增无穷感触……惜其文仅见《大公报》载，知者尚少，特印刷多份，装订成册，分赠同好。"书后并附有文中提到的孟珙、李庭芝、熊廷弼三人事迹。

他还将1930年前后在故都之吟咏，集为《燕都八哀辞》，并缀以小序："燕都，我禹域神州之辰枢也。建中立极，庄严崇焕，我羲皇神胄精神文化之所永寄，当其盛时，车书八弦，冕旒万国。而五十年来海夷欺凌，叠沦异族，至今而几三矣。余，海陬贱士，宾觐上京，目结心悲，不能自胜。南浮江汉，魂萦魄系。因料拣故箧，得昔所为词，最录其次，以为燕都八哀辞云。"在报上发表。其中如《八声甘州·哀长城》："望神州万里，动春风边柳抽新痕。对苍茫落日，纵横热泪，一片孤城。胡马几时去尽，戍骨已成尘。破碎山河在，无语青青。　不见将军射虎，见万山乱簇，高垒摩云。堆残峰断堠，沟壑填渐平。何处寻当年战血，换天涯春草几丛生。更眼底艰难故国，登眺魂惊。"为一时传诵。

及抗战军兴,爸爸兴奋异常,不顾患肋膜炎初愈的病体,立即投入到抗日活动中去。据戴家祥叔叔回忆:“子馨却不顾病躯初痊,电冯治安部请缨杀敌。”我亲读到他的一通电报稿要求带领妈妈和我一同上前线打日本。他还为抗日军官讲“历史上的国难教训”等课。几年中写抗日文章数十篇,三十余万字。最后终于积劳成疾旧病复发,咯血不止。亲友劝他节劳珍摄,他辄以“国难深重,前方将士效命疆场,后方教授当尽瘁于讲坛”为答,扶杖上课,倚头撰文,十余年未曾休假,用他的话说:“不至抗战胜利之日,决不休假。”

过度劳累及贫困的生活,终于夺去了他的生命。1944 年 2 月 23 日,爸爸永远离开了我们。年仅四十岁。他没能见到抗战胜利那一天。25 日,重庆《新华日报》第二版刊登中央社消息,并加编者按说:“吴其昌教授,抗战前曾任清华大学教授,对本国史造诣很深,深得学生敬爱。吴先生刻苦力学,平易近人,富于爱国思想,廿四年榆关事变,敌势猖獗时,北平学生南下请愿,吴先生极为同情,并且曾以报国无方,企图自杀。学人逝世,极堪哀悼!”

1996.9.9 起草

2001.4.16 改定

(载《北京文史资料》2001 年 64 辑)

沸血胸中自往来

——追忆父亲吴其昌教授短暂而闪亮的一生

2004年是父亲吴其昌(子馨)教授的百年诞辰,也值他辞世六十周年。他以海陬一介贫困失学少年,坚持顽强自学,寻访名师,最后进入清华国学研究院,受业于梁启超、王国维、陈寅恪诸大师门下,终成中国古史领域的专家;同时,他又是一位正直、热忱的爱国者。他的英年早逝,令学人为之扼腕太息;他的人生轨迹,为后人留下诸多启示。

一、断肠回首忆儿时

父亲1904年4月26日生于浙江省海宁县硖石镇一平民家庭。自幼体弱多病,十二丧母,十六丧父,生活贫困。但其小学老师是一位饱学之士、桐城派古文家张树森(仲梧)先生。父亲被称为张先生的三位古文高足之一,另两位是:父亲的表兄徐志摩,以及许国葆。张先生不仅给父亲打下深厚的古文基础,培养他酷爱读书的良好习惯,还灌输以强烈的爱国主义思想。二十多年后,父亲犹念念不忘张先生授课的动人情景:"童子智虚心白,端坐竦听先师讲述甲午韩藩丧师、台疆胁割之痛,左宝贵、邓世昌之义烈,刘永福、唐景崧之孤忠，聂士成、马玉昆之壮勇，气荡肠回，热泪横决。我先师继复讲述戊戌以来先觉先烈流血抛头，成仁取义之壮行，则二三小子又复沸血潮动，厉箅尺以当匕首，齿啮唇而思挺起，亦不复忆清社之已屋矣。盖我先师植志之深，感人之力，似可以武湘贤左罗之前踪……”(《先师海宁张仲梧先生遗稿序》)因家贫，父亲小学毕业后即辍学。但他不肯像其他少年一样去“学生意”，便自己在乡里中借书读，从字纸篓里拣书看。比他小四岁的弟弟世昌(子臧)小学未毕业即被送到杭州一参行学徒，父亲去信鼓励他不可因学徒而放弃读书，将来会帮他继续学业，并寄去半部扫叶山房石印的《文选》，促其自学。

1921年，十七岁的父亲考入无锡国学专修馆，从太仓唐文治(蔚芝)先生治宋明理学，甚得唐先生关爱。当时父亲在馆中年最少而学甚勤，每值休假，必怀炊饼进入各公私图书馆，终日不出，三年如一日。寒暑假复至富阳请益于夏灵峰先生，并与学友赴苏州受教于曹叔彦先生。据同学王蘧常回忆：他体弱多病，常忧寿命不永，事业无成，故勤奋超于旁人。他的博闻强记，才思敏捷，与王蘧常(瑗仲)、唐兰(立厂)同被称为“国专三杰”。当时国专规定，学生凡课题作文优秀者可得奖金，大约三五元钱。父亲就常常得奖，够一月的饭费了。我亲见唐先生对父亲两篇作业的批语。一篇评《屈原论》，戏改杜诗赠之曰：“拔剑斫地歌莫哀，吾能拔尔郁塞磊落之奇才。”一篇评《释知觉》：“剖析精微，笔力矫健。陆士衡云‘论精微而畅朗’，斯文得之。”在国专学习期间，父亲养成了严谨的治学态度，不盲从前人权威的结论。如在研究宋明理学方面，他先认真考证宋人著作的作者、年代、讹乱变化等等，作为研究的前提。例如程明道的《定性书》，朱熹定为程二十二三岁时在鄠县作，于是千年来无人再深加考辨。父亲作《明道先生定性书年代考证》，考定此书为明道二十七岁时作。王蘧常尝笑他：“理学而尚考据，自君始”，但父亲终不为所动。他认为:做研究的先决条件是将史料做精密的考定,否则捕风捉影,高谈玄虚,必堕入“瞽说”“梼谈”之流;并以此告诫自己的学生。国专三年,他已写出程明道、程伊川年谱及朱子著述考等初稿各若干卷,并重辑张载《崇文集》四卷。1923 年 10 月,《学衡》第 22 期发表了父亲的第一篇学术论文《朱子传经史略》,约二万字,时年十九岁。

国专毕业后,父亲南投广西,北上天津教书谋食,但始终坚持学业。从不懈怠。

二、感激深于羊别驾

1925 年,清华国学研究院开办,被录取者皆一时国学俊彦。父亲以第二名之学力考入为第一届研究生。第一名是河南刘盼遂。第二届第一名河南谢国桢(刚主),第二名浙江刘节(子植),一时研究院流传“河南出状元,浙江出榜眼”的佳话。父亲从新会梁启超(任公)先生治文化学术史及宋史,复从海宁王国维(静安)先生治甲骨金文及古史学。梁先生指定父亲与姚名达、周传儒三人负责记录其讲词;而王先生的满口海宁土话,全班也只有父亲一人能完全听懂。有这样两则类似的故事:其一,谢刚主问父亲:“王先生讲课常说‘呒啥’,这‘呒啥’是什么意思?”父亲答:“没什么。”谢又问:“‘呒啥’怎么讲?”父亲仍答:“没什么。”最后谢急了:“我问的是‘呒啥’这两个字是什么意思?”父亲也笑了说:“‘呒啥’就是没什么。”其二,陆侃如问父亲:“王先生说‘格强’是什么意思?”父亲答:“什么。”反复多次,如前。这是我与表兄徐璇教授分别回忆父亲所讲,不知是一个故事因记忆出入而演化的不同版本,还是两件事。因此,梁、王二先生的讲稿(如梁先生之《读书法》《读书示例——荀子》《古书真伪及其年代》,王先生之古史新证、尚书、仪礼、古金文字讲授记等),多由父亲记录整理发表。在清华,父亲贪婪地吮吸每一位大师的学术乳汁,如婴儿依于母怀。时人说,王国维的学问,吴其昌得之最多。又据我表兄徐璇的回忆,他在西南联大上学时,也曾听老教授说:吴其昌研究学术,继承了王国维先生的衣钵;发为文章,则一秉梁启超先生的文心。

当时清华国学研究院的学术空气自由浓郁,同学思想活跃开放,每个人都有丰硕的学术创获,极需充足的发表园地。入学仅一个月,父亲即和同学刘盼遂找到研究院主任吴宓先生,申请办刊物。其后,他便和汪吟龙、刘盼遂、闻惕、高亨、杜纲百等着手筹办《实学》杂志,于1926年4月面世。一群穷学生,为办杂志,倾囊典贷,以至进城办事无钱买车票,只得步行。至夜,无处投宿,数人蜷缩于会馆小屋里。将晓,共搜囊得铜子数枚,至城根下买烤红薯,味甘如醴,情暖似火,其患难相共创业如此。父亲笔耕勤奋,在《清华学报》《清华周刊》《实学》《国学论丛》《国学年刊》等刊物上常能见他的论文,有《两宋历朔天文学考》《三统历简谱》《经义述闻志疑》《象形古义考》《宋代学生干政运动考》《宋三京图考》《宋之地理学史》《朱子著述考(佚书考)》《裒香廔校辑宋儒佚书序目》等,还写了不少理学考证的文章,如《伊川先生颜子所好何学论及上仁宗皇帝书年代考证》《河南程氏遗书第十七卷跋尾》《嘉兴沈氏日本长尾氏所藏朱子论语注稿三种跋尾》等。

清华园里的三年,是父亲感到最温馨的日子。1929年1月19日梁启超先生去世,同年9月9日安葬西山。研究院同学临阙宫永诀先师,父亲在代表同学会写的《祭梁启超先生文》中细述三年受业的感受:"忆我初来,稚态未薙。如拾土芥,视天下事。拨(泼)沺疾书,一文万字。古杰自侪,时贤如沫。读未盈卷,丢卷思嬉。清华芳树,故解人媚。况有晚风,往往动袂。华镫初上,新月流睇。呼其朋雠,三四为队。师家北苑，门植繁李。率尔叩门，必蒙召趋。垂诲殷拳，近何所为？有何心得？复有何疑？教治考证，得证凡几？群嚣杂对，如侩呼市。画地指天，语无伦次。师未尝愠，一一温慰。亦颇有时，伸手拈髭。师居慈母，视我骄儿。虽未成材，顾而乐之。”清华园内如沐春风的师生情谊，跃然纸上。数年后，父亲从武汉重到北平，过王国维、梁启超二先生旧居，有诗：“三年请业此淹留，二老凋零忽十秋。感激深于羊别驾，哀歌陨泪过西洲。”感情之深，可以想见。

研究院修业期限本为一年，但良好的学术氛围使许多学生不愿离去，申请继续留校深造，父亲也是其中之一。后来王先生自沉，梁先生染疴，邀父亲去协助办理文案，父亲也为了便于就近请益，随梁到津，自此时起，父亲一直追随梁先生左右，直至梁先生易箦。同时经梁师推荐在南开大学任教。但每逢陈寅恪等名师授课，必乘火车回校随班听课不辍。奔波于平津道上，父亲的学术研究向多方面拓展，创获颇丰，除继续宋代哲学著作考证外，还写了有关古代历朔、地理、音韵、制度等方面的文章：如《古星经跋尾》《汉魏刊石跋尾》《殷周之际年历推证》《新城博士周初年代之商兑》《古彝籀历》《浙西村舍丛书本卫藏通志跋尾》《印度释名》《说椐樻声例》《先秦入声的收声问题》《来纽明纽古复辅音通转考》《矢彝考释》《中国家族制度中子孙观念之起源》等。其中或纠前贤之讹谬，或网师辈之疏漏，有同道之间的商榷辩驳，有个人研究之心得创见，许多文章得到梁启超、罗振玉、陈寅恪先生的赞赏。据《学人魂——陈寅恪传》，寅恪先生曾写信向辅仁大学校长陈垣先生推荐父亲，信曰：“吴君其昌，清华研究院高才生……吴君高才博学，寅恪最钦佩，而近况甚窘，欲教课以资补救。……如有机缘，尚求代为留意。吴君学问必能胜任教职，如其不能胜任，则寅恪甘坐滥保之罪。”此信首先体现了陈先生奖掖后进之高风，亦说明父亲学术造诣之深。有文章说，父亲曾在辅仁大学执教,应该在此时。1930年,父亲被聘为清华历史系专任讲师,讲授中国文化史等课。

三、故国平居事渐非

当年的父亲,清癯的面庞,挺拔的身材,倔强的头发根根冲天竖立,身着一袭半旧长衫,戴黑边近视眼镜,满口浙江官话,一副老学究样。因在全校联欢会上演唱《道情》而被戏称为"研究院,三宗宝,高叟(高亨,每日清晨在盥洗室擦身,寒暑不变)杨妃(杨世恩,曾在京剧《贵妃醉酒》中饰演杨贵妃)吴其老"之一的他,却是同学会的活跃分子。他连任研究院同学会副干事,兼校学生会评议部副职。当时研究院发生过两件事:一是1926年1月5日,校务会议通过提议,要改变研究院性质,缩小范围,当即遭梁启超、吴宓先生坚决反对。3月8日,学校公布了校改组委员会所拟"清华学校组织大纲",取消研究院,遂引起轩然大波。同学会正副干事杜纲百和父亲代表研究院全体同学立即做出反应,发表《否认清华改组委员会破坏研究院宣言》及《研究院同学致教职员全体大会公函》,请求复议,维持研究院独立存在。此事后来不了了之,研究院又陆续招了三届学生。另一件事在1927年秋,传校长曹云祥贿买研究生王某反对外交部聘梁启超先生为庚款董事会董事。事泄,研究院同学大哗,向当局控告。戴家祥回忆说,以研究院"不满三十人的群体力量,使大权在握的曹云祥校长不得不承认行政错误,引咎辞职。""我那时身为研究院同学会的文书,负责草拟呈控公文,这不能不归功于子馨(父亲字)那字斟句酌的负责精神……"

1927年夏天,父亲还主持编辑了《清华学校研究院同学录》。梁启超先生题笺,师生均有照片,首刊王国维导师遗像、手迹,同学各缀小传。父亲亲自撰写了刘盼遂、程憬、王庸、周传儒、方壮猷、闻惕、汪吟龙、刘节、郑宗棨、侯堮、陈邦炜、戴家祥、吴金鼎、全哲、颜虚心、陶国贤、杜纲百的小传十余篇，文字或文或白，口吻亦庄亦谐，读来饶有趣味。卷前收入父亲等记录之是年初夏梁先生邀同学做北海游时做关于做人做学问的长篇谈话。这本设计印刷精美、蓝布烫金封面的小书，现存世绝鲜。据研究梁启超的夏晓虹教授告我，她曾遍查清华、北大及国家图书馆，均未找见。梁之讲话，亦未见在别处发表过。我还有幸保留此可能的孤本。

中国百年积弱，饱受列强欺凌，"爱国主义"是缠绕父亲心头的情结，萦环于全身，沸腾于胸怀。"国家兴亡，匹夫有责"，对国家民族强烈的责任感，使他走出书斋，投入爱国活动；又拿起笔，写下救国文章。1926 年，北平学生因抗议日本等八国要求北洋政府撤出大沽口军备的无理通牒，举行"三一八"请愿游行。父亲举大旗行进于队伍前列，到段祺瑞执政府门前，军警开枪，子弹从耳边掠过，急匍匐在地，旋越墙而走，得免于难。是日清华同学失踪者数十人，父亲与学生会黄仕俊连夜走遍各医院寻找，五入协和医院地下停尸间辨认无名尸。大学部一年级生韦杰三下腹部被枪伤四孔，三日后去世。父亲悲愤不已，作《祭韦杰三烈士文》。数月后，大学部学生、学生会评议部长何鸿烈也因受伤染病不治逝世，父亲又写了《何君一公哀辞》。游行回来后，父亲连夜撰成《宋代学生干政运动考》，二万八千字，发表于《清华学报》三卷二号，是研究中国古代学生运动的最早之作。

对于新文化运动，父亲一直看作是民族复兴的希望所在。1930 年 12 月，逢胡适四十寿辰，学界组织祝寿活动。父亲因赶赴天津接北上的母亲，未能与会，特从天津发信致贺，信中说："我以为一种政治运动，纵是'涵盖一世'的功业，也不过涵养一世而已，只有文化运动是百世的……我相信不是整个新文化产生，中国的乱源是永远不会消灭。‘五四运动’，才是新文化的种子的坼甲。像‘五四运动’那样的运动，不断的努力继续五十年或一百年，真正的中国的第四次的新文化产生，中国或者有最后的希望……现在似乎刚开头而便夭折……因这样的文化运动，而先生被人嫉妒放逐，我们真的十二分的为先生致贺，等先生五十初度，或者在海外或者在狱中的时候，我们以我们的热血当一个圣冕来献给先生。”并撰寿联：“加紧继续千百世以后的文化运动；切莫误会四十岁便过了青年时期。”

1931年的“九一八”事变后，尚在燕京大学就学的叔叔吴世昌在校园首先贴出东北沦亡的大字报，惊醒全校，被选为燕大学生抗日会第一任主席，积极组织请愿、募捐、慰问等活动，并主办《火把》杂志，鼓吹抗日。父亲也悲愤难忍，奔走呼号。当得知马占山将军在黑龙江孤军抗敌，粮尽弹绝，处境危急，兄弟二人痛心疾首，为逼当局抗日，他们决定和母亲诸湘一行三人于11月20日中午到张学良官邸绝食请愿，提出急调大军驰援、请南京派空军支持及拒绝巴黎和会调解等三项要求。从中午十二时到晚八时，张只允第一条，谓已电令吉黑各军悉就马将军指挥；至于请调空军，张顾虑南京方面会误以为是张收买人来乘机索要飞机，坚不应允。父亲也寸步不让。双方反复磋商至晚九时半，张才允发电南京请示，又说不好措辞，最后还是由父亲代拟电文，当夜拍发。经过十来个小时的谈判，父亲明白了张学良做不了主，于是连夜忍饥赶赴南京见蒋介石。得到蒋的肯定答复后，谒中山陵发表《昭告总理文》，提出：“如蒋主席张副司令果能实践前诺，毅然御侮，是不愧为先生肖徒，尚望先生在天，明神佑之。如蒋中正张学良背言卖国，或食言误国，是甘心为先生之罪人，尚望先生在天，明神殛之！”才恢复进食，共计绝食八十四小时。为声援父亲，清华大学组织学生请愿团二百余人于24日赴南京。此事经报章披露，成为著名的“绝食哭陵”事件，全国民众对此反应强烈，各地抗日请愿活动风起云涌。次年，父亲被清华解聘，旋为武汉大学聘为教授，离开了他魂魄依恋的古都，南浮江汉。不久，他心爱的外甥降生，他为新生的婴儿取名“彤”，就是希望他像东汉大将祭彤一样，为祖国镇抚辽东。

四、忆辽常梦鹤重还

在武汉大学，父亲讲授《古代文字学》《商周史》《中国通史》，以后又轮换讲授《中国文化史》及《宋元明清学术史》。他认为，中国古史过去建立在“古经籍”的基础上，而许多典籍经秦汉间人篡改伪造，不足征信，故主张在新出土之彝器文物上，重建中国的古史统系。这阶段他的研究重点放在先秦史料的疏证方面，写下《丛碎甲骨金文中所涵殷历推证》《驳郭鼎堂先生毛公鼎之年代》《金文历朔疏证》《金文氏族疏证》《金文世族谱》《金文名象疏证——兵器篇》《殷墟书契解诂》《卜辞所见殷先公先王三续考》《殷代人祭考》等著作。1937年1月，《张菊生先生七十生日纪念论文集》出版，其中收入了父亲的《甲骨金文中所见的殷代农稼情况》，二万五千字。此论文集是由蔡元培、胡适、王云五等先生具名征集并编辑，所收论文有胡适《述陆贾的思想》、张君劢《中国学术史上汉宋两派之长短得失》、叶恭绰《历代藏经考略》、吴经熊《过去立宪运动的回顾及此次制宪的意义》、谢国桢《近代书院学校制度变迁考》、王云五《编纂中国文化史之研究》等，皆一时之名文。作者共二十一人，张元济先生一一备信赠书致谢。其中对蔡元培、胡适之、黄炎培、王云五及父亲五人则亲笔作信感谢。亦可见其对父亲学术造诣之推重。

在潜心学术研究的同时，父亲一刻也未尝忘记民族安危。他在

《金文世族谱》的序中说:“前后四年(1932-1936)之间,于禹域神州行将碎沦之日,冥心孤索我羲黄神胄之种姓族源,苦懑烦悲,不可忍堪。‘金文世族谱’乎,我乃自比于屈子哀郢,韩非孤愤之笺注也。”1936年暑假,他重到北平,有《燕京杂诗》,前二首云:“行到卢沟画角哀,贞元朝士我重来。无人解识遗山恨,葵麦青青绕燕台。”(注:“卢沟桥车中望见异族军队。”)“芳树轻尘旧御街,明灯如雪拟秦淮。人人尽道江南好,慢把神京投虎豺。”(注:“御河桥夜行望见东交民巷异族军队。”)他不停为救国呐喊呼号、讲演撰文,如:《开国的士风与亡国的士风》《民族危机的认识和救国治学的态度》《民族复兴的自信力》《开国建国的根本精神》《文人对于国家的责任》《历史上国难的教训》(此文《大公报》发表后,有武昌止止堂主人自费印刷,广为传布)等。终因积劳成疾,于1937年春患急性肋膜炎住院,抽出胸中积液盈盆,医嘱需长期休养。而他魂牵梦萦的仍是国家的安危,民族的苦难。有《武昌医院中疗肋膜炎》诗为证:“寂寞帘扉起暮埃,江城迢递卧荒莱。离离瘦骨媚孤影,劳劳人间滋百哀。忧国不辞身独瘠,忆辽常梦鹤重还,何须金篦苦针灸,沸血胸中自往来。”他的血始终在沸腾!

五、忧国不辞身独瘠

抗日军兴,父亲兴奋异常,病痛全忘,全力投入繁忙的抗日救国宣传中。他到处讲演,对青年学生讲,对抗日军官讲,对大小官员讲;讲日寇对我侵略的历史,讲历史上的国难教训,讲抗日必胜的信心,讲中华民族的英雄人物,讲国民特别是“士”对国家民族的责任。他白天演讲,深夜撰文,完全不顾自己病弱的身躯。母亲担心他的健康,劝他适当休息。他说:“我在南京对蒋先生说过,只要他抗日,我必为之奔走呼号,决不懈怠。现在有希望了,我不能食言。你不也在中山陵前发誓了吗?"我还曾在父亲稿件中发现一通电报稿,不记得是发给谁的,要求携妻率女上前线杀敌,使我少年的心为之亢奋不已。后来戴家祥先生告我:那是打给冯治安部的。在听父亲讲历史课的众多抗日军官中,有一人名叫胡琏。1944 年,父亲去世,在桂林师范学院任教授的世昌叔叔到乐山奔丧,回去时带走了父亲常用的一部大书《三代吉金文存》。是年夏,日寇进攻湘桂,全家逃难。途中叔叔接到中央大学聘书,只身徒步从独山走到贵阳,再转重庆。图书长物,委弃路旁,但仍随身带着这套大书。最后实在带不动了,准备放弃。在道旁,他恋恋不舍地最后翻阅这部书。这时想不到的事发生了。一位军官走到他面前,问他看什么书。了解情况后,这位军官说:"我叫胡琏,吴先生在我们军官训练团讲过历史课,我也就是他的学生。你若相信我,我帮你将这套书带到重庆。"以后又几经转折,此书奇迹般地保存下来了,现存于浙江海宁高级中学吴世昌藏书室。关于胡琏,还可以提到的是:他是黄埔四期生。抗战中他率领的十一师在鄂西的石牌战役英勇抗敌,立下汗马功劳。十一师与新一军、新六军、五军、七十四师合称国军抗日五大主力。父亲的课没有白讲。1974 年,高龄六十八岁的四星上将胡琏,居然进入台大历史研究所当起研究生,和一群二十多岁的青年一起研读宋史和现代史。也算绝无仅有了。这是题外话。

武汉大学西迁四川乐山,父亲又兼历史系主任。为使学生广沾名师雨露,他接连敦请史学专家给学生做学术讲演,先后请顾颉刚先生讲"古史整理问题",商承祚先生讲"考古学与实际考察",王恩洋先生讲"佛学",郭沫若先生讲"先秦学术的发展"等,还专请钱穆(宾四)先生讲授"中国政治制度史"及"秦汉史"两月。历史系学生严耕望、张继平、钱树棠由此转学于钱先生门下,成长为著名的史学家，严耕望并成为台湾中央研究院院士。父亲教育学生，也看重做人和治学的态度。他的得意门生，追随父亲七八年之久的马同勋教授，在父亲的爱国主义精神影响下，于抗战初期奔赴战区，亲身参加抗日活动，品学兼优，1942 年荣获教育部全国大学生学业、操行、体育三优竞赛第一名。马现为武大历史系教授(已退休)。

繁忙的工作，清贫的生活，当地气候潮湿，气压低，父亲的身体彻底垮了，从 1939 年起，即断续咯血。但仍白天扶杖上课，深夜支头撰文。我睡在父亲的书房里，深夜常被猛烈的咳嗽声惊醒，只见一灯如豆，荧荧闪烁，父亲独自在案旁扶头撰文，直至天明。亲友劝他节劳，他说："不至抗战胜利之日，决不休假"，"前方战士效命疆场，后方教授，当尽瘁于讲坛。"以至陈寅恪先生自香港脱险安抵桂林后，来信婉劝父亲："尊恙想是过劳所致，不知能稍休养否？念念。"但他仍不肯稍加懈怠。乐山图书寂寞，资料匮乏，他除继续进行《中国田制史》《王会篇国名补疏》等研究外，把更多的精力放在了"以史为鉴"方面，将历史研究与抗日形势结合，如《历代边政借鉴》《中华民族生存发展的斗争》《一千年来民族文化盛衰之症结》《中日战争的一个历史看法》《国史上安南暹罗缅甸之地位》等，还筹划成立东亚史研究会。1944 年 2 月 23 日，父亲逝世于乐山。临终前一月，还一口气完成了《梁启超》上半部的写作。

六、血缕微文献一真

父亲平生为学，最尚"求真"。这是他青年时期就养成的学术品格。在他为同学高亨(晋生)《诸子今笺》作的序中，明确指出：中华民族近古一千年来先哲学风之因革转变之动力即是"求真"。前文述及他研究宋代哲学必先考定材料真伪，可为一证。又如为讲中国经济史，先尽读二十四史中之《食货志》，又必先自罗集善本，校勘误文始。故发愤以武英殿本为底本，尽校群史中之《食货志》，终日埋首于中南海居仁堂善本书库，共校《魏书》《新唐书》《宋史》《辽史》《金史》《元史》六种，整理成《群史食货志校勘记》。他倡导在出土文物基础上建立新的古史系统，亦是为此。为了求真，他虽尊师说，但也坦率指出老师的疏漏或讹误。他重视同道朋友间的切磋，即使在交通邮电不畅通的大后方依然如此。父亲研究殷周历朔，董作宾先生研究殷历有新得，连忙修书告知。父亲解诂甲骨金文，杨树达先生自辰溪湖南大学寄来《关于甲骨文札记》一文，征求意见。父亲也无私地将自己的研究新得告知朋友，互献诤议。学人治学，观点不必一律，甚至完全相左，可以争得面红耳赤，而无伤友谊。郭沫若先生流亡日本，初涉古文字学，写下释《汤盘》“苟日新，又日新，日日新”为“兄日辛，父日辛，且日辛”的论文，寄《燕京学报》。父亲时正应学报之请，代审部分稿件，发现郭文，大为赞赏，认为是一大发明，力荐刊出，并亲自校对。后来，郭为文批评父亲的《金文历朔疏证》，父亲采纳了他的一些正确意见，又反批评郭的《毛公鼎之年代》等文中之错谬。言词都很激烈，但二人友谊如常。父亲至少两次请郭到武大讲演，郭也曾请父亲提供关于戚继光之生活细节史实考证，协助友人编剧。

父母亲没有亲生儿女。在血统上，他是我的舅父。我是两岁多来到他的膝下，受他抚育。十年多的光景，父母亲给了我全部的爱。也许是因为年纪太小，我从不记得他们要求过我得多少分、考第几名，也不记得向我灌输过哪些高言大论。耳濡目染父亲的“身教”，在我心中深深埋下的是“爱国”的种子，养成的是酷爱读书的习惯。说到“言教”，我记忆最清楚的是八个字：“做事负责，不要撒谎”。这是他给令徽妹妹（世昌叔叔的大女儿，时也由父母亲抚养）规定的做好孩子的重要条件。讲真话，负责任，也是我终身为人尊奉的圭臬。

七、故园望断失归期

父亲是带着诸多遗憾走的，他拟革新中国古史研究的课题没有完成，“东亚史研究会”尚未建立，还留下了“金文方国疏证”“习语疏证”“职官疏证”“礼制疏证”“华族亚细亚国群史表及考证”等未成稿盈棜。他没能看到抗战的胜利，胸中的热血始终在沸腾，癸未除夕(1944 年 1 月 24 日)他还赋诗：“儿女欢喜迎好春，梦粱旧事酒边温。笙歌匝地哀黄竹，灯火盈城忆白门。血肉长城连海漠，冕旒盟约灿天阍。七年此夕团栾饮，手植榴花已见孙。”一个月后，父亲撒手西去。中央社发表消息称：武汉大学教授吴其昌，23 日病逝歌(误文)乐山。按吴氏在清华大学研究院毕业，对于国学研究很深，著作很多。重庆《新华日报》第二版转载了中央社电讯，并加编者按：“吴其昌教授，抗战前曾任清华大学教授，对本国史造诣很深，深得学生敬爱。吴先生刻苦力学，平易近人，富于爱国思想，廿四年榆关事变，敌势猖獗时，北平学生南下请愿，吴先生极为同情，并且曾以报国无方，企图自杀。学人逝世，极堪哀悼！”

2004.2.23 改定于北京

(载《清华同学与学术薪传》，三联书店 2010 年出版)

怀念父亲吴其昌教授

父亲去世已经五十八年了，当时我刚满十三周岁。他的学问事业，我是后来才慢慢知道的，但他的音容风貌，却时常浮现在我的眼前……

1931年“九一八”事变后，时任清华大学讲师的父亲为了逼蒋抗日，率妻弟绝食，南下请愿。次年暑假，学年终了，校方借故将父亲解聘。但父亲旋即被武汉大学聘为历史系教授。1932年秋，他告别了心爱的故都，偕妈妈来到美丽的珞珈山。这年父亲二十八岁。

远离人文荟萃的北平，父亲的心情是郁闷的。临走前夕，他深夜徘徊于中山公园社稷坛，归来吟成一阕《好事近》：

深夜人定独游社坛。于时月寒如水，宵沈比海，四玉关双金鼎无语相对，寂寥伤神。绕行三匝，作是思维：此是我庄严故国，他日魂魄犹当恋此。归作此解，自为息誓云尔。

玉陀浸凉烟，仔细认吾故国。惊起五朝断梦，无一丝痕迹。
寒星苦月向人啼，四顾茫茫白。欲慰更无片语，只对君泪滴。

当时的武大有一股蓬勃向上的朝气。学术空气良好，环境十分优美,又得与在北平相识的老友陈通伯(源)、凌叔华等共事,父亲的心很快平复过来,全身心投入到教学及研究中去。但他始终不忘抗日前线,牵挂社稷江山。下面二词,道出他的心声:

减字木兰花(黄鹤楼放歌二十一年作)

风前雪涕,脚底大江东逝水。莫倚危阑,阑外青青无数山。
登临纵目,万里中原正寥廓。肠断天涯,独立城头听暮笳。

采桑子(恸哭一首武汉作)

也曾死作中兴望,碧血吴淞,白骨喜峰。抢地呼天一梦中。
抚膺家国无穷事,塞外沙虫,江上哀鸿。煎迫灯前叠万重。

他为此时新出生的外甥取名为"彤",就是希望他像东汉大将祭彤一样,长大为祖国镇守辽东。

1933年暑假,他和妈妈回到故乡硖石。在那里,应他的表哥徐志摩的父亲申如老先生之求,转请志摩的挚友凌叔华女士为志摩墓题一块诗碑。凌的题词很快寄来,是一句凄美的诗:"冷月照诗魂"。诗句被镌刻在一块略呈长方形的碑石上,立于志摩墓侧。这是父亲为他表兄做的最后一件事了。可惜诗碑在战乱中失去。如今,当事人均已驾鹤西去,许多志摩的研究者或不予理睬,或语焉不详;而亲闻此事、亲见此碑并曾在廿多年前回硖石寻访此碑的我的表兄徐璇教授,如今亦已八十四岁高龄。难道这桩文坛佳话将会永远泯没吗?

也在同时,不满三岁的我离开生身父母,拜在吴其昌的膝下,随他们来到珞珈山麓,住在新二区三百七十七号。那真是一段至今犹令我沉醉的幸福日子。爸爸那间宽敞明亮的书房,是我心中最神圣也最有趣的地方,倚墙排列的高大书橱,里面有多少知识的宝藏,永远也挖不尽。白天,爸爸读书写作的时候,我是不许进去捣乱的,说话走路都得轻轻地。但只要书房传出吟哦之声,或是悠闲洒脱的“道情”:“老渔翁,一钓竿。靠山崖,傍水湾……”或是昂扬有力的清华校歌:“自强!自强!行健不息当自强!”这表示爸爸休息的时间到了。我便飞快跑进书房,爬到他膝上。今天翻开古代器皿的图册,学着辨认“角”“爵”“鼎”“鬲”“西”“豆”等彝器,以至有些伯伯叔叔夸我是小文物学家;明天又拿起唐诗,随着他摇头晃脑,用浙江音吟诵我似懂非懂的诗句。我弄不懂的句子就随音编词,滑稽处父女俩开怀大笑,把在另间屋里忙活的妈妈也吸引过来分享欢乐。结合诵诗识图,爸爸还给我讲许多历史故事。后来,爸爸写了一首诗,起句便是“膝上娇儿问旧俗”,说的就是这种天伦之乐。晚饭后,爸妈双携我手到屋前马路上散步。暑假或到北平避暑,或回故乡在西子湖边休憩,爸爸把这称为“倦息家山当母怀”。

这时期,父亲的学术收获颇丰。继原来发表的《金文历朔疏证》初稿,又发表《金文历朔疏证续补》《丛碎甲骨金文中所涵殷历推证》,连同《金文疑年表》《新城博士周初年代之商兑》《驳郭鼎堂先生毛公鼎之年代》等文,完成了殷周历朔研究的系列。他将其中部分文章编为《金文历朔疏证》八卷出版。另撰《金文名象疏证——兵器篇》《殷墟书契解诂》发表。结合授课又陆续编出《中国文化史国民经济篇田制章》等讲义。还应老友凌叔华之请,写了他唯一的一篇词学论文《读词》。而倾入心血最多的,要算是八卷《金文氏族疏证》和四卷《金文世族谱》了。他把对国家命运、民族存亡的忧愤,全部融于写作之中。在《金文世族谱》的序言里,他自述写此书“前后四年之间,于禹域神州行将碎沦之日,冥心孤索我羲黄神胄之种姓族源,苦懑烦悲,不可忍堪。《金文世族谱》乎,我乃自比于屈子哀郢,韩非孤愤之笺注也。”可惜的是,八大卷《金文氏族疏证》的付梓稿,毁于日军战火,未能面世。今天,我整理爸爸的手迹草稿,仍无由窥见此书全貌。

“西安事变”后，爸爸很高兴。他对妈妈说，看来终能一致抗日，东北收复，民族复兴有望了。1937 年春天，爸爸积劳成疾，患了肋膜炎，住进医院，抽出胸中积液盈盆。而他魂牵梦萦的仍是国家的安危，民族的苦难。有《武昌医院中疗肋膜炎》诗为证：

寂寞帘扉起暮埃，江城迢递卧荒莱。离离瘦骨媚孤影，劳劳人间滋百哀。忧国不辞身独瘠，忆辽常梦鹤重还，何须金篦苦针炙，沸血胸中自往来。

出院后，他的体质极孱弱，面色惨白，走路摇晃，医嘱须长期静养。正好世昌叔叔来信要在暑假结婚，爸爸决定这年暑假不回浙江，到北平参加婚礼。为此，妈妈做了精心的准备，其中包括给我定做了我认为是最漂亮的梅花纱裙衣。我兴冲冲地等待出发日子的来临。那天，应该是 7 月 8 日，接我们去车站的汽车已到门前，我忙不迭地钻进车里，催着大人：“快上车！”就在这时，送报的叔叔到了。爸爸接过报纸一看，忙叫我下车：“日本人开仗了，北平去不成了。”然后，爸爸坐车去退票，我的好梦破碎了。

其后，爸爸亢奋异常，病痛全忘，全力投入繁忙的抗日救国宣传活动中。他白天演讲，深夜撰文，完全不顾自己病弱的身躯。妈妈担心他的健康，劝他适当休息。他说：“我在南京对蒋先生说过，只要他抗日，我必为之奔走呼号，决不懈怠。现在有希望了，我不能食言。你不也在中山陵前发誓了吗？”从此，爸爸几乎不再有休息的时间，也听不到他唱“道情”。我们父女间的游戏也自然停止。偶尔有空，他教我背《木兰辞》，读王昌龄的《从军行》：“黄沙百战穿金甲，不破楼兰终不还。”

爸爸喜欢收藏文物。他对祖国瑰宝被列强掠夺，痛心疾首。在一幅元代崔舜举的《应真渡海图》的长卷上，爸爸题了一首长诗，历数文物丢失情况，最后说："我亦旅食武昌鱼，天涯流转徒啜哺。竭俸买画未舍痴，万叠孤愤借一吐。君不见，腥风一夕掀三岛，千里辽东血成沮。国家陵夷垂世纪，破碎金瓯久非故。赤县方更忧陆沉，玄菟今仍被贼据。书卷消磨止沸血，际地蟠天谁与诉？欲斩楼兰苦乏力，欲塞黄河奈无土。持此故纸降国魂，先民血缕所凝注。上为祖宗留文献，下为子孙惜颜鬴。风雨摩挲三叹息，哀歌激烈有臣甫。"

抗战开始，武大决定西迁四川乐山。爸爸将带不走的图书文物分装在三十二只大箱子里，存放于汉口英国人开的平和洋行。最后撤离珞珈山前的一天夜里，他又和一位亲戚王叔叔将一匹断腿的汉（？）代泥马及其他一些实在无法带走的东西装箱深埋在地下。爸爸为之唏嘘良久，对我说："华华，记牢，这些东西，都是吾中华的宝物，吾们将来是一定要收回的！"后来，太平洋战争爆发，洋行来信说日本人侵入，存物无法保全。此事对爸爸打击很大，多日不发一语。抗战胜利后，妈妈和叔叔持存单到汉口取物，洋行说全部丢失，一件也没收回。

乐山是一座美丽幽静的小城，凌云寺的大佛，乌尤寺的绿荫，使喜爱文物和旅游的爸爸流连不舍。第一次游大佛寺，爸爸领着我从佛身后爬上大佛头顶，还拍了一张照。事后听当地人说，此事太冒险，有不少人因此丧命，而其时我们却浑然不知。游大佛、乌尤，在河滩拾彩色鹅卵石，是那几年全家最大的娱乐。

当时乐山军阀、袍哥横行，社会秩序混乱。爸爸和我有过两次"历险"。一次是刚到不久，五六户挤住在一家当铺的后院。有一位教授找到房子了，爸爸带我去贺新居，回家也就八点来钟。快到巷口，忽然发现巷内两侧各站一排兵，刺刀上在枪尖，举枪对峙，中间只有一个人行走的间隙。我们退到拐角一家绸布店打听，方知是川军某长官寻仇家。过了一会儿，绸布店要打烊了，我们只好出来。爸爸走到一个军官模样的人面前，对他说："我是武汉大学教授，住在巷内。

这是我女儿。能否让我们回家?”那个军官似懂非懂地听着爸爸的浙江官话,上下打量我们一番,突然掏出手枪,朝天放了一枪,大声叫:“让这位先生过去!”巷子那头答:“要得!”于是爸爸拉着我的手,头挤在刺刀的夹缝中走到了家。另一次是随爸爸去看电影。那时乐山还没有电影院,不知从哪里来了个放映队,放的好像是苏联电影《夜莺曲》,电影正演到紧张处:一位女工爬到楼顶用手帕向红军发信号,被敌人的子弹打中,她倒下了,鲜血将手帕染成了革命的红旗。红军立即发起进攻,枪炮齐发。这时电影场内也枪声大作。观众纷纷外逃,乱作一团。后来听说,又是某个长官的小妾偷着出来与情人幽会,惹出这一场乱子。

1939年,爸爸陪故宫博物院的马衡院长第二次上峨眉山,回来即开始咯血,时轻时重,迁延不断。加之他又任历史系主任,忙碌异常。但他只要能起床,就从未停止上课和笔耕。数年中发表有关宋元明清学术史、古史国名考证、古音韵学、历代边政借鉴、民族抗御外侮史鉴,及纪念梁启超、王国维、姚名达等师友学术精神的论文三十余万字。还写下宣传长期抗战、鼓舞士气的时论文章百余篇。他还为高中重编历史教科书,又打算写一部《抗日英雄贤豪传》,搜集了许多资料,并已写出郝梦麟传等两篇初稿。为爸爸抄稿,是我假期中的一项任务。爸爸的文章,感情充沛,一泻而下,铿锵有力。我表兄徐璇在西南联大上学时,曾听师友说过:吴其昌继承了王国维的学术和梁启超的文章风格。我至今清楚记得:在西川偏僻小城的深夜里,宁静安谧,只闻大渡河水奔腾不息,汹涌澎湃,只见爸爸书房里一灯如豆,荧荧闪烁,爸爸独自边咯血边支头撰文,直至天明。亲友劝他节劳,他说:“国难深重,前方将士效命疆场,后方教授当尽瘁于讲坛。”“不至抗战胜利之日,决不休假。”他胸中的血永远在沸腾。

爸爸是性情中人,重情义,重然诺,轻物质,轻虚名。每逢祖父母的诞辰忌日，必设家奠，作诗纪念：“万里关山投剑外，一家风雪忆江南。思亲泪落三遗戒，媚世心知七不堪。”“已无亲养贫何辞，久络人韁血尽枯。”爸爸和世昌叔叔自幼父母双亡，兄弟相依为命，感情更超乎寻常。但离多聚少，爸爸常有诗怀弟，如《金缕曲》云：

> 四海两兄弟。廿年来相依为命，回肠酸肺。母氏逝时弟八岁，我亦年仅十二。忽又已十余年矣。伏腊归来怜老父，谋斗升瘦骨根根起。摩儿顶，几行泪。　当时剜肉喂儿易。到后来肉消都尽，一瞑长逝。月黑风寒相提挈，宛转泥涂憔悴。更逐逐饥狼环俟。万艰千劬弟休辞，算人生原也应如此。弟不见，陇头水。

爸爸小学时的老师张仲梧(树森)先生去世，他得信后热泪走面，提笔为其遗稿作序，深情地回忆当年老师授历史地理课，讲甲午之辱，邓世昌等壮烈殉国的事迹，对张先生教育植志之深，感人之力推崇不已。爸爸曾因家贫失学，后得考上无锡国专，受教于唐文治先生门下。唐先生对他的关爱，他一直铭刻在心。至于对清华研究院的导师，他的恩师梁启超、王国维先生，感情之深更难以言表。“三年请业此淹留，二老凋零忽十秋。感激深于羊别驾，哀歌陨泪过西洲。”这是1936年爸爸最后一次到北平所咏。陈寅恪先生的八弟登恪先生在武大教法文，爸爸和他交往不太多，但每逢年节，必带妈妈和我前去问候，恭敬地称之“八先生”。爸爸的老同学侯堮伯伯，以及高亨伯伯在乐山的日子，爸爸都与之竟夕长谈，胸膈尽吐，时为学术观点，争个面红耳赤，时又击节赏诗，互相你唱我和。对其他朋友亦如是。1939年8月19日，日寇轰炸乐山。爸爸正在重庆开会。一颗炸弹落在我家后院，弹片飞进屋内，幸未伤人。爸爸自渝回来，不问家中有无损失，只问朋友谁家遭难。听说叶圣陶伯伯家房子被烧，叶奶奶差点逃不出去,爸爸饭也不吃,赶到叶家问候。

轰炸后,爸爸和别的教授一起,在乡下租了间房子躲警报。那里驻有一支新兵部队,正进行上前线前的训练。乡下写作条件差,爸爸有空就去和战士谈天,给他们上历史课,鼓励他们英勇杀敌。后来我们在乡下的房子失窃,一只最重的手提箱被盗。那小偷逃到半路,大概急于想看看偷到手有多少金银宝物,便打开箱子,谁知里面全是"字纸"! 只好扔在苞谷地里逃走了。爸爸听说手提箱被盗,心急如焚,那里面放的是他的心血所注、他的手稿啊!新兵们听说吴先生家被盗,都跑到苞谷地里帮着找"字纸"。最后被抛散的手稿大部找到,真是万幸。

爸爸对学生也是爱护备至。我记得有一位学生开始听不懂他的浙江话,每次下课都来家请教。爸爸总是耐心地慢慢地再讲一遍,实在不懂的字就用笔写。于是我每次只要见这位学生来,就准备好纸笔放在茶几上。

君子可欺以其方。爸爸也有上当的时候。有一次,爸爸带回一个小伙子,说是在浙江同乡会上认识的,是个空军,负伤来到乐山;又说是南洋华侨,在此举目无亲,衣食无着。爸爸敬爱抗日英雄,就将他带到家里,为他租旅店,送衣被,管饭食,还给钱,并叫妈妈和我常去照顾他。最后发现那个人是个骗子,卷钱物逃跑了。妈妈埋怨爸爸轻信,爸爸却说:下次遇到抗日将士落难,我还要帮。

流寓西川,爸爸不由得想起一千二百年前的杜甫,日吟杜诗以遣怀。1938 年春,他初次游杜甫草堂,即填了一阕《鹧鸪天》:

涕泪乾坤剩一身。草堂修竹倚斜曛。凄凉庭除苔痕碧,创艾神州血渍新。　蒲芽白,柳烟昏。浣花溪水绿环门。锦官城外春三月,臣甫重来拜帝魂。

每年春节，他都集杜诗为春联。我记得有一年是："海内风尘诸弟隔，锦江春色逐人来。"

战事胶着，内政腐败，病中的爸爸感时伤乱，孤愤填膺。他盼望中兴，而屡屡失望，身染重病，心志难酬，生活穷困，医食无保，在诗词中不时流露出悲苦之音：

腊鼓梅华岁又新，偶因儿女觉春温。匈奴未灭家徒在，饥溺同深耻不贫。心事无穷搔短发，万方多难看浮云。明年四十惊无闻，髀肉抚摩负此身。（壬午除夕）

相遇天涯魂已消，况于病榻闻嗷嗷。三年作嫁嗟无补，一字为行悲独高。鸂鶒稻粱甘自受，鹓雏腐鼠亦何劳。沙清月白江流碧，我欲从君趁暮潮。（秋宵闻雁）

西郊路似弹棋局，渐近中心益不平。白屋低檐凄抱铗，朱楼夹道竞调笙。藏蕉郑鹿迷离梦，逐兔韩卢踔踯行。众庶长勤蘽独醒，微波落叶拜湘灵。（西郊野步）

家中屋檐上，燕子年年来垒巢育雏。爸爸在病床上吟成《水龙吟·嘉定寓宅感双燕赋》两首：

同君流浪天涯，偶然相遇瘴烟土。荒城巷陌，残春院落，飘零宾主。一样嗁瘏，育雏含哺，漫天风雨。但楼头高处，关河望远，问见否，家山路。　软语呢喃商略，似重期新秋归去。我归何日，深怀密意，向君低诉。覆手炎凉，输心冷暖，眼中可数。愧门非王谢，交成张范，三年如故。

与君创业差同，往来口血千回吐。不因人热，自家缔造，自家经护。痴绝如君，朱楼何限，亲吾寒素。许误君青眄，砺吾峻节，都不肯，傍门户。　来岁春分重到，想王师已收吴楚。紫金陵阙，乌衣坊巷，任君翩舞。我亦卷书，放歌白日，一舸东注。指敝庐原在，钱塘江上，君能来否。

1943年春夏之交，爸爸带病到重庆开历史学会及史地教育委员会，归途即感不支，到家大口咯血，但仍扶杖授课。冯玉祥将军到乐山为抗战募捐，给爸爸送药，并要求为文宣传。爸爸带病撰文，又写了几幅金文书法，参加义卖。岁末，他又应出版社之约为青年著《梁启超》一书，从12月中旬开始，搜集史料，规划结构，创造体例，起打草稿，虽在发烧吐血之日，亦几未间断，至1944年1月19日完成上半部五万余字。此书实为父亲呕心沥血、竭尽生命之作。是年除夕，爸爸照例有诗："笙歌匝地哀黄竹，灯火盈城忆白门。""七年此夕团栾饮，手植榴花已见孙。"进入2月，他完全卧床了，最后昏迷。23日凌晨，爸爸忽然清醒，大声说："快快做饭，我吃了要去开会。"妈妈问："去哪里开会？"他拉过妈妈的手放在额上，说："这里——学堂里。"随即又昏过去。早上六时许，爸爸永远离开了我们，时年还不满四十岁。他没能等到杜甫"漫卷诗书""白日放歌""青春作伴好还乡"的日子。爸爸还这样年轻，正是学术创研的丰收年华，他还有多少著作没有完成，仅金文研究方面，"名象疏证"的其他篇章尚待续作，还有"方国疏证""习语疏证""职官疏证""礼制疏证"……的资料等待整理充实，以及《华族亚细亚国群史表及考证》等等，他怎么能走呢？他一定是到学校开会去了……

2002.6.30 于马虎居

（载《北京珞嘉》2002年第2期）

以生命换学问

武汉大学的马同勋教授寄我一本《武大名人名师讲演录》，其中收有先父吴其昌的几篇讲稿。我正在整理父亲遗著，便急忙展读。第一篇是《民族危机的认识和救国治学的态度》，1932 年 11 月 21 日在武汉大学讲演。谈到“我们治学的态度”，几行字吸引了我的眼球：

要有“贡献生命的诚恳”，“‘诚恳’，是一切一切学问的根本态度。无论哪一种学问，我都情愿用我的生命去换这种学问，我就把我整个‘身’和‘心’贡献给这一种学问，我就拼命去做这一种学问，我就真用我的生命去换这一种学问。立了这样一个诚恳真挚忠实的宏愿，学问决计不会不造到最高一层。”

接着列举几位用生命换取学问的古人：“别人做词，风花雪月的玩意儿罢了，而纳兰成德呕出心血来换它；朱子注四书，到死的那天，还修改《大学》‘诚意’章；高则诚做《琵琶记》，填到‘吃糠’一句，滚在柴堆里哭得不能起来；王实甫做《西厢记》，到‘西风紧，北雁南飞’，呕吐鲜血晕倒。我举的例，固为不伦不类，但他们都是用整个生命去换他的学业。所以他们能在各个不同的方面，造占各个至高顶峰，永远不朽的地位。做学问第一个根本态度，应该如此。不但做学问，而且同样适用到做人。”

用生命去换学问！读到这里，我的心为之震撼。且不论宋明先贤，遥想父亲当年，治学做人，无不满含“贡献生命的诚恳”。

“三一八”抗议军阀卖国，他举大旗在前，子弹从耳旁飞过，不计个人生死。

“九一八”为逼蒋抗日，绝食谒陵，他甘愿奉献全家的性命。

谈到做学问，他做这次演讲时，正潜心写《金文世族谱》。一部探究上古种姓族源、仅仅十万字的著作，他却写得“苦懑烦悲，不可忍堪”，“自比于屈子哀郢，韩非孤愤之笺注”，前后四年，三度校补，直至积劳住院。

就是写诗，他也是从生命之深处发出：“寂寞帘扉起暮埃，江城迢递卧荒莱。离离瘦骨媚孤影，劳劳人间滋百哀。忧国不辞身独瘠，忆辽常梦鹤重还。何须金篦苦针灸，沸血胸中自往来。”（《武昌医院中疗肋膜炎》）

父亲谈到治学态度的第二点是荀子说的“真积力久”，并做出自己的解释：

> “真”，一点不虚空；“积”，一点不放弃；“力”，一点不躲懒；“久”，一点不怠息。

有了“贡献生命的诚恳”，便要“真积力久”以行之。

他治学，首先辨清材料的真伪，这是早年就养成的习惯。无锡国学专修馆的同学王蘧常曾笑他：“理学而尚考据，自君始”，而他始终认为做研究的先决条件是将史料做精密的考定，否则捕风捉影，高谈玄虚，必堕入“瞽说”“梼谈”之流；并以此告诫自己的学生。

为求“真”，他早年就纠正过被朱熹误断而因袭千年的考订，尽管他对朱熹十分推崇。

他的学问继承了王国维，被时人称为“王国维的学问，吴其昌得之最多”，但他在研究中常注意网王之漏，匡王之失。

他首先发现郭沫若对释“汤盘”“苟日新，又日新，日日新”为“兄日辛，父日辛，且(祖)日辛”之文，大为赞赏，极力推荐，而又为毛公鼎的年代问题与之激烈争辩。

他短短不满四十年的生命，从十九岁发表第一篇学术论文算起，治学生涯最多二十一年，后七年又值国家危难关头，个人疾病缠身，而坚持完成了“金文历朔”“金文氏族”“金文兵器”等系列研究，并写下“殷墟书契”、古音韵、田制史、历代边政、地理、宋元明清哲学史等论著一百八十余万字，抗日救国文章数十万字。其勤其力，可以想见。

他最后的著作是《梁启超》，为了纪念恩师，他以仅存的一点气力，从搜集史料，规划结构，创造体例，起打草稿，虽在发烧吐血之日，亦从不息息，一口气完成上半部五万余字。写作中坚守负责、确实、认真三义，虽片言只字，未敢稍苟，此时离他辞世仅一个月的时间，真做到了“呕出心血来换它”。父亲是在以生命殉他的事业学问啊！

2004.4 于北京

(载 2004.5.16 香港《大公报》)

学人的批评

学术研究的目的是探求真理。真理如深埋的真金，经反复水淘火炼，也难得百分之百的纯金。学术亦如是，一个人倾毕生之力，也未见得能掌握全部真理，只能越来越接近。这里，同道之间的赞赏、启示、补充固然是对作者极大的安慰鼓励，而尤其不可缺少的是切磋、驳难、批评，甚至推倒，它能将你的研究推进到一个更高的层次。让我们看看老一辈学人是如何对待学术批评的。

话说当年大革命失败后，郭沫若(鼎堂)逃亡日本，对古文字学产生了兴趣，并以之为工具，进而研究中国古代社会。同时，在国内，一个比他小十多岁的青年学子、清华国学研究院王国维的学生——吴其昌，也正在继承老师的事业，从解诂古文字出发，梳理上古社会，已经成果累累。

1931 年春，《燕京学报》收到了一篇论文，郭鼎堂的《汤盘孔鼎之扬榷》，很可能是本校古文字学专家容庚教授介绍的。那时《燕京学报》有个很好的做法，即请一些专家代审部分专业性强的稿件，以保持学报的学术水平。时吴其昌在清华大学任教，学报便将郭文请吴代审。郭文质疑两千年来认定《汤盘》铭文为“苟日新，日日新，又日新”。其实“汤盘”这宝物谁也没见过，是两千多年前的老祖宗对其铭文作如是解，载入《尚书·大学》，并被奉为人生经典。郭沫若从殷器铭文内容通例及字形，推测或因纹裂蚀损致被误认，画图演示，提出铭文当是“兄日辛，且(祖)日辛，父日辛”三代人名。吴其昌见此文大为赞赏，认为是一大发明，力荐发表。于是此文登于《燕京学报》第九期。

几乎同时，两位古史学家又发生了一场争论。

从1926年起，吴其昌就开始研究殷周时期的历法，陆续发表《三统历简谱》《汉以前恒星发现次第考》《殷周之际年历推证》《新城博士周初年代之商兑》《金文历朔疏证》等论文，成一家言。其时，学术界对上古历朔众说纷纭，吴曾在《殷周之际年历推证》手稿后记写下：“……举世以不攻刘歆为不入时，以不敬外儒为不科学，我此文成，唯陈寅恪师、刘子植兄二人为然耳。”(1930年6月)当他正积累资料，准备再作《金文历朔疏证续补》时，郭沫若的《两周金文大系》出版了。二人所考有甚合者，有绝不同者，有差异不远者。同道对郭书亦多有评议。于是，吴其昌与刘节、唐兰、徐中舒、商承祚等友人反复切磋商榷，常至深宵。在刘节的建议下，吴决定缓作《金文历朔疏证续补》，先制《金文疑年表》等数表，稍献铮议。随后，郭沫若又发表《毛公鼎之年代》，批评吴之《殷周之际年历推证》及《金文历朔疏证》。其言曰：“近人吴其昌……于周初之历朔，考定颇勤，初著《殷周之际年历推证》……继著《金文历朔疏证》……浅识者颇惊其成绩之浩大，然夷考其实，实无一是处。”啊，“无一是处”！全盘否定！

吴其昌也是个好辩之人，自称“辩不胜不休”，但他的老同学王蘧常又指出他有“能服善”的优点。他见了郭文，没有觉得这会影响自己的学术生命，生不如死；没有暴跳如雷，破口大骂，而是细细地阅读，静静地思考。他采纳了郭的一些观点，适当调整自己的历谱，基本论点不变，再与鼎铭核对，发现二者更加密合，历谱的可信度更高了。于是，吴氏写了《驳郭鼎堂先生毛公鼎之年代》，先拜谢郭氏之"嘉惠"，"为我历谱增厚证力"，还谦虚地说："'成绩浩大'，愧不敢当"，也淡淡扫了一句："'无一是处'之讥，亦希其稍慎施于他人也。"接着又从毛公鼎之语言文字、历史事实、形制花纹方面与他器比勘，举证十五，对郭考定的毛公鼎的年代提出了异议。

周代历谱也好，毛公鼎年代也好，至今并未定谳，也许还得几十年、上百年的讨论。而学术正赖有攻错，方得进步。吴其昌随后将《金文历朔疏证》大大增补修正出版了。至于郭沫若，他批评别人，率真犀利，笔不留情，但善对不同意见。记得是1958年，吴其昌介弟吴世昌给他写了封信，对郭的《盠器铭考释》提出几点不同意见。郭即把这封私人信件给了《考古通讯》发表。

这就是老一辈学人对待批评的风度和器量。

2008.3.27 于马虎居

(载 2008.5.14《中华读书报》)

诗书友谊渡时艰

年末检点陈物，几页华笺映入眼帘。那秀丽的笔迹，隽永的诗句，引我回到七十多年前的乐山，父亲吴其昌和王献唐（凤笙）、高亨（晋生）二先生的诗酒交往。

抗战前一年暑假，父亲自武汉先到北平，旋游山东，到青岛做《民族复兴的自信力》演讲。在济南，获交于时任山东省立图书馆馆长的王献唐先生，晤谈甚欢。抗战起，父亲抱病随武汉大学内迁四川乐山。王献唐先生则将图书馆馆藏善本典籍、金石宝彝，装箱运载，移曲阜，过铜山，经汉口，上万州，抵重庆，复西行，计程七千余里，于1938年底达乐山。图书文物妥藏于乐山凌云寺俗称大佛寺侧的岩洞内，而看守人员的工薪一直由王献唐个人负担。在乐山，王曾执教武大，不久，辞去教职，专事著作，寓居于凌云寺下院。

说来也巧。父亲的清华同学、被恩师梁启超先生许为“白山黑水之间，绝塞荒寒，文献种子，以高君为第一人矣”的高亨先生，几经辗转，此时也到武大任教，也住在大佛寺，与王献唐朝夕过从。同时，马一浮老也把他的复性书院迁到了乌尤寺。

这时父亲可兴头了，授课撰文之余，不顾新染咯血重症，时而踏乌尤，与马老入藏经阁读经，吃斋饭，时而登凌云，与王、高谈史说文，煮老酒。乌尤清幽，凌云高阔，嘉州美景，尽收眼底。国难时艰，朋友相聚，诗书唱和，极文史之乐。高亨抗战前即已撰成《诸子今笺》一书，父亲曾为之作序，此时更加以补充，指出："中华民族近古一千年来，先师先哲学风之因革转变的动力是'求真'。宋明学者之非汉唐，清贤之否宋明，都只是为'求真'。"对学术界有些人认为中国传统文化缺乏求真的科学精神提出了不同的见解。另外，我手头还存有一纸词作，可惜没有落款，但我依稀记得是某次高亨先生来我家饮[illegible]时用我的作业纸笔写的：

沁园春

休说嘉州，苏子楼空，尔雅台荒。叹金瓯形缺，铜驼影暗，沙虫泣月，猿鹤惊霜。河浪膻风，江潮羯雨，不敌英雄血迹香。涂毒处，是千秋涕泪，一度沧桑。　思量。往事堪伤。记当日仓皇去沈阳。更燕台飘泊，梁园羁旅，武关南下，鄂渚西航。万里流萍，八年零雁，直把他乡作故乡。家何在，有愁云漠漠，大野茫茫。

子馨大兄哂正

"八年零雁"，原为"十年"，随更为"八"，可证此词作于1939年。高亨先生是吉林人。清华毕业后，他在沈阳教书，"九一八"事变起，全家陷贼，他只身逃到北平。八年流浪，家国之痛，无过于此。如果我少年时的记忆无误，不知高亨先生的诗词集中除有"掌上千秋史，胸中百万兵"外，是否还收有此阕？

1940年夏，高先生要去川北，王先生也要到重庆国史馆任职。知音告别，何况又是离乱时期，分外伤感。王先生取出他珍藏的两册"清贤手札"，是清代朴学大师如戴东原、章学诚等十八家的遗翰。他对此书十分珍爱，特写了题识及两首绝句：

青李来禽故不如，风流还似永和初。昭陵劫后铜驼冷，珍重儒林尺素书。（其一）

虫鱼注罢便相寻，一炷清香直到今。正是乾嘉全盛日，论交如见古人心。（其二）

郑重约请高、吴二人题咏。高亨先生的题记畅叙两年相聚之欢：“揖峨庐中，三峨曦曜，孤塔月华，九峰秋云，两江春雨，相与啸敖，时而商论古籀，摭谈经史，杂以谐言，共为拊掌，亦避寇旅居之胜概也。”并期望战后重逢：“异日千佛山边，大明湖上，重开此帙，当别有会心也。”父亲则题四绝句（二和原韵）：

奉题凤笙太史所藏清贤手毕

湖上相逢记昔游，历城亭子饮清秋。兵戈今日西南见，恰似杜林客益州。（余于二十五年秋薄游济南，始获定交于献唐先生。觞余于东鲁酒家，甚欢。今因国难故重邂逅于川南之嘉州，至可感也。）

赤文青简传奇书，戴孔邵章到硕甫。何必来禽珍逸少，尽堪朴学驾黄初。（集中有戴东原、孔巽轩、邵二云、章实斋、张介侯、周书昌、刘楚桢、刘孟瞻、冯鱼山、何子贞诸帖，下逮陈硕甫，东原再传弟子也。）

张许南雷万代芳，东来寇盗正披猖。纲常忠烈无今古，我欲笵金铸陆娘。（内三浦张庚一帖，表章唐张睢阳之姊氏陆家姑忠烈殉国一节，尤使余心感动不置。）

野史亭荒不可寻，中兴实录草自今。集贤清閟应多暇，独注虫鱼别会心。（最近中枢新创国史馆，征献唐为史官，不日即上渝都矣。）

并在后记中表露依依不舍之意。值得玩味的是,三人的诗文中,都提到了“会心”“见心”之语,可见相知之深,友情之重。三年多后,父亲谢世。王先生闻知,伤感不已。

多年后,他检阅旧藏,重睹故人手迹,又写下一阕《醉蓬莱》:

> 更几番尘劫,踏遍西川,又来东土。倦眼重开,看海宁题署。细字蚕眠,孤灯残腊,梦向黄炉去。羽换宫移,天荒地老,问君无语。
>
> 回忆昔年,凌云峰上,煮酒谈经,乱红飘絮。一曲高歌,欲行行还住。喋血疆场,欧心坛坫,报国身同许。如此江山,重翻旧恨,凭谁听取。
>
> 亡友吴子馨先生,治卜辞金文为世推重。所《金文世族谱》《金文朔历谱》《殷墟书契解诂》诸书多已刊行。“九一八”事变,方执教清华,绝食三日,生徒哭劝乃止。继执教武大。抗战入川,与余同居嘉州,过从甚密。时患欧血,仍日授课,曰:“战士死于疆场,教师应死于讲坛。”哀其言,不忍卒听也。箧中旧蓄《清儒手翰》两册,将去嘉州,为余题四截句。月前由川寄来,灯下展读,怅触万端,念子馨之墓木已拱矣。寒夜不寐,为赋此解。时庚寅大除夕,越岁元月三日书之。献唐

庚寅除夕,是1951年初1月底,王时任山东古代文物保管委员会副主任、研究员,他所护卫的古籍文物,此时方从四川运回点检。

今年是父亲一百一十年冥诞,离世七十周年,记下这段佳话,以为深切的纪念。

2014年岁阑

(载2015.2.11上海《文汇报·笔会》)

吟旧句念平生奉圭臬

——纪念舅舅吴世昌①

舅舅离开我们一年多了。在清理他的遗稿时，我重读了他的诗词。舅舅谈词，讲究一个"真"字，"一晌太情真"(《临江仙》)。他的诗词保留下来的仅二百余首，但句句是真情流露，记录下这位爱国志士、正直学者的一生轨迹。

舅舅"少小无家"(《鹧鸪天》)，以贫寒之身考入当时富贵子弟云集的燕京大学，自号"燕京布衣"。凭他优异的学力，他本应潜心读书，以期毕业后保送美国哈佛大学，求得前程万里。但当时的中国，"百年魔舞，夜长难晓"(《忆秦娥》)，"万里河山看破碎"(《题友人毕业小照》)，他怎能安心读书？"开卷长吟，掩卷浩歌，甚计避愁？奈前贤著作，多谈名利；骚人讴咏，也羡封侯！天下兴亡，匹夫有责，几辈英豪抱此忧？千秋下，叹元龙独卧，百尺高楼。　平生湖海淹留，听一片哀嗷动九州。况孤云缥缈，烽烟塞外；疏星明灭，刁斗城头。滚滚黄河，滔滔白浪，可有狂夫挽倒流？关情处：正燕巢危幕，鼎沸神州。"(《沁园春》)他与好友彻夜长谈："早识此身非我有，敢将肝胆照生平。

---

① 作者吴令华为吴其昌养女，故对其弟吴世昌的称呼有"舅舅""叔叔"两种，后文亦如此。——编者注

诸公尽被聪明误，吾辈岂求当世名！未学神仙先学佛，不关风月总关情。文章余业真何用，掷与江潮万古鸣。”

“九一八”事变后，他第一个在燕大张贴《告全体同学书》，披露了被当局封锁的沈阳陷落的消息，点燃了大学抗日活动的熊熊之火，并被选为燕大第一届学生抗日会主席。他舌战学校当局某些人，冒着被开除的危险，与其他委员一道，在北平首先组织了学生抗日游行。“游人尽说江南好，哀兵却忆辽东道。辽东道：千山胡马，一轮残照。”（《忆秦娥》）塞北天寒地冻，战士衣单，学生抗日会发动各界为前方壮士捐了五千件皮背心，学生们亲自驱车送到长城各口驻军手中。谁知回程竟发现许多背心堆在路旁，蒙满尘土，战士们却穿不上，同学们大为震怒。他借了司徒雷登的小卧车，长驱直入中南海居仁堂门前，找当时坐镇北平的何应钦当面提出强硬抗议。长城劳军归途，他愤而作《减字木兰花》，喊出：“文章误我，赤手书生无一可。我负文章，只向高城赋国殇。　江山如画，到处雄关堪驻马。水剩山残，任是英雄泪不干。”真是字字血泪，痛彻心扉。因为忙于抗日活动，影响了他的研究工作，把每年五百元的奖学金也丢掉了，自然哈佛也去不成了，只好靠卖文为生，但他毫不介意，全身热血沸腾：“不见班超投笔，拜伦悔作诗人？”（《清平乐》）

研究生毕业后，他在北平研究院史学所任编辑，在顾颉刚的支持下，和杨刚等人办《大众知识》，继续鼓吹抗日。这时，国事日益艰难，华北危急，而当政者还是一味退让，“何梅协定”“秦土协定”等屈辱事件接二连三。他痛心疾首，把满腹悲愤向在武汉任教的哥哥吴其昌倾诉：“此意兄知否？自重阳孤怀寥落，倦歌金缕。故国登临长啸客，纵目关山非旧。渐凋零御沟枯柳。闻道团城移玉佛，想而今佛也眉儿皱。谁怨得，黄花瘦？　倾城消息今初透。又无非和亲策妙，岁金输够。叔侄君臣前日事，此日舆图换绣。费几度新亭沾袖。书卷生涯兄莫问，算书生到此真何有！南去雁，屡回首。”1936年春，他南下路经南京，见当时的“首都”仍是歌舞升平，香风沉醉。痛心之余，又写了一首《满庭芳》：“玉树声消，台城烟散，绿杨还映朱楼。旧时王谢，归燕觅新俦。楼外哀鸿惨切，未吹到歌舞楼头。偏安久，辽阳信断，情味似杭州。　悠悠。休更说南朝旷达，东晋风流。但秦淮吞恨，钟阜凝愁。妆点升平景色，有娇客陌上春游。凭谁问：河山万里，几处缺金瓯？”果然，次年平津沦陷，舅舅和舅母严伯昇匆匆结婚，化妆逃出北平。“谋国年年说帝秦，芦沟战起尚和亲。北门锁钥今何在？南渡衣冠委路尘。　排队久，点行频。都无片语话酸辛。谁知送往迎来者，几度生离死别人？”（《鹧鸪天》）

抗战八年，他先后在西北联大、中山大学、湖南国立师范学院教书，其后任桂林国立师范学院教授兼国文系主任。当时的桂林，政治气氛略为宽松，生活比较安定，许多文化人都愿意到那里去。在这种环境下，他则是“贪读禁书寻复壁，偶凭秃笔写危辞。”（《阳历除夕书感》）但平静的日子不长，1944年夏，日军大举进攻湘桂，全家再一次逃难。那时国民党军队节节败退，冲过难民的队伍向前逃窜，日军紧追其后，步步迫近。几十万难民就在这夹缝中扶老携幼，颠沛流离，随时有人倒下，从此不起。舅舅从独山徒步到贵定，一路见尸横遍野，触景生情，他想起了三国时的虞仲翔，口占一绝：“死以青蝇为吊客，生凭白骨识行程。虞翻别传今安在？离乱何人写易经？”

抗战胜利，普天同庆。但内战又起。这时舅舅正任教于重庆中央大学，听到胡宗南发动淳化事变，即写了《咏史四首》，其中有“昨夜边城奏凯歌，将军神武试横磨。十年养士知堪用，跃马先操同室戈”，“解道国仇犹可缓，从来私恨最难消”，“百官耗尽陈仓粟，已办归舟向二陵”等句，更用五代朱全忠杀裴枢的典故，射浙江大学费巩教授在朝天门码头失踪一事：“桓灵灭国千年后，还见清流投浊流”。这四首诗在友人中传诵，柳亚子先生见了，连声称好，立即抄送重庆《新华日报》。署什么名呢？当然不能用真名，柳先生随手写了“阙名”二字，字写得草了些，被误排为“关(關)名”，倒像个真姓名了。诗登在1945年10月10日《新华日报》副刊上。听说戴笠见后大怒，下令要查办作者。这件事在沈醉先生所写《我所知道的戴笠》一文中曾经提到。

解放战争时期，他在《观察》等报刊上撰了许多时政论文，遭当局大忌，有人通报他被上了“黑名单”。正巧1947年11月，牛津大学来电聘他去讲学，他机警地绕过顽固势力的阻挠，迅速办好签证，辞别故土，飞往异邦。临行，他对祖国前途充满信心，一阕《满江红》表露出他当时的心情：“神州事，分今昔。坤轴转，动心魄。瞰奔腾雾底，乱山千叠。过眼方惊乡国远，回头便是重洋隔。待他时拭目展舆图，新颜色。”

旅英十五年，他的心无时不随祖国人民同跳动。1956年，周培源、许涤新率领中国文化代表团访英，来到牛津，舅舅和王浩教授二人共同出资举行了一个盛大的招待会。按照我代表团员的身份，相应请来了牛津知名的物理学家、经济学家等一百多人，场面热烈而隆重。席上谢冰心先生说，人民英雄纪念碑建成了。他当即赋诗：“长留典范诏儿孙，百尺丰碑峙国门。四壁浮雕昭信史；兆民解放仰深恩。当年共誓英雄志，举世今知禹甸尊。海外孤臣遥稽首，凭君携泪奠忠魂。”表达了他对祖国的深情。

“不见神州靖，魑魅悉摧溃”，“故国风光好，久客心应碎。”这是他寄给蒋彝先生(已故)的诗句。虽然牛津继续挽留他，国外其他大学也要聘请他，但他眷恋祖国，于1962年毅然举家回国了，到文学研究所任研究员。当时国家经济困难，物资匮乏，生活大不如前。但他一向“不求闻达不辞贫”(报仲雅诗)，兴致勃勃地做研究工作，参加社会活动。后来发生了那场史无前例的“文化大革命”。从一开始,他就公开提出反对“文海战术”。当然,他那时还不可能估计到事情后来会发展到更加疯狂荒谬的地步。此后,年过花甲的他和其他许多知名学者一样,被下放到农村。他把个人的逆境和家庭的不幸深深埋在心底,时以幽默态度处之。他给同室的何其芳同志写了一首诗:“君留东岳牧群猪,我去菜园学种蔬。未醉宜防钟会问,不眠还读兽医书。田头岁月宁无感?井底黾蛙各有图。却喜老夫低血压,不愁多病故人疏。”但当他听说瞿秋白等许多先烈被辱,他的心战栗了,愤慨了:“八宝山前人绝迹,嘉兴寺里泪空流。书生革命谈何易,骨已成灰恨未休。”(《所闻》)“四害”既除,小平同志复出,党的工作重点转移。他兴奋不已,挥笔欢呼:“天下事,人民在。已看除四害,更喜沧桑改。君不见,京华冉冉春如海。”(《千秋岁》)

“读书常不寐,嫉恶终难改”,这是他《七十自述》中的两句,也是他一生文章道德的真切写照。他治学领域极广,创见尤多,无论在红学、词学、中国古典文学以及文字学、语音学以及史学等各个方面,都有深入的研究。他做学问,从不人云亦云,不迷信前人,而总是独辟蹊径,穷根究底,发前人所未发,提出新的论点。尽管有人不同意他的看法,但每一个郑重的学者都会发现他的论点是有根据的,合乎逻辑的,不是主观随意的。我学识浅陋,也曾读过一些人同他论争的文章,但很少(或没有)见到谁推翻了他的论据。他的学风是严肃认真的。在国外,他出席国际会议,发表论文,指导研究生,还不时对公众讲演,纠正了许多汉学家长期的错误,使一些著名的汉学权威不得不说:现在是读读中国学者所做研究的时候了。他一生勤奋读书,直到晚年,仍手不释卷。在他精读过的书上,写满了密密麻麻的小字,记录下许多精辟独到的见解。

至于“嫉恶终难改”,更是他一生立身处世的原则。青年时代,有位朋友曾写信劝他学“乡愿”,他答:“情知乡愿浑难学,怎与时贤竞短长?”记得抗战甫胜,雅尔达密约公布,“举国悲愤,而噤若寒蝉”,他独在报上撰文斥为丧权辱国,还写了一首五十韵的长诗,其中有:“辱国浑闲事,弹冠且称觞”,“战胜金瓯缺,犹自夸四强”,“于今号训政,民意日消亡,所嗟无寸柄,袖手阅沧桑”,道出了当时老百姓口不敢言的心声。他爱新中国,但从不爱一切丑恶的东西。晚年更是“平生未作干时计,后世谁知定我文”(《鹧鸪天》)。在“遍地横流行不得,终宵蛙鼓梦难成”(《息县干校 “威虎山” 值夜》), 人民噤若寒蝉的1970年,他针对当时流行的“读书无用”“知识越多越反动”“外行领导内行”等谬论,写下了《放歌二十三韵》:“君不闻西楚霸王鄙文字,但记名姓无他利?又不闻斛律六敦更妩媚,自己名也不会记?”“知识越多越反动,读破万卷又何用!君不见东坡愿子愚且鲁,庶几无知无识无灾无难到三公?外行从来领内行,古今革命意相通,咸阳一炬连三月,大破四旧立首功。今之咸阳在通州,百宋千元同销溶。民可使由不使知,老庄儒法将无同?吁嗟乎人生识字忧患始,七窍凿而混沌死”,“奈何不见天雨粟? 天不雨粟也不妨”,“只要阶级斗争年年讲,日日讲,工农生产自然而然会跟上。”他被选为六届全国人大常委并担任教科文委副主任后, 仍是一如既往率直地提出自己的意见,批评一切不好的东西。正如他1982年在北戴河所咏:“入海浮沉世所矜,随波上下我无能。”是的,他一生只与真理和正义交好,从不会随波逐流迎俗媚世。

几十年来,舅舅对我的教诲甚多,他的著作也常赠我捧读。如今他弃我而去,心中哀痛不已,仰念他的学识、道德,无一不是我学习的榜样。因撰此文,以作纪念。

(载《人物》1989年1期)

记吴世昌教授在桂林师院

舅舅吴世昌教授是1943年春天到桂林师院的。他原任中山大学教授。当时,学生闹风潮,反对院长齐某。有人问他对此事怎么看。他风趣地说:“学生要向左转,院长要向右看‘齐’。”话传到齐某耳中,大怒,扣住吴的聘书不发,同时被扣的好像还有陆侃如、冯沅君、穆木天、彭慧等人。于是舅舅去了湖南蓝田国立师范学院。这是1942年秋天的事。其时钱钟书已经离开这里到上海去了。而其父钱基博老先生还留在师院,见舅舅到来,十分热情。蓝田师院的空气,宛如《围城》里的三间大学,舅舅感到很气闷。经过一个学期,张世禄教授来信邀舅舅到桂林接替他的工作。于是舅舅便来到桂林师院任教授、国文系主任。

在桂林师院舅舅讲授中国文字学和古代文化等课。他讲文字学与众不同。过去讲这门课只要将《说文解字》弄得滚瓜烂熟就足可以应付了,而他却是将甲骨文、钟鼎文和《说文解字》串起来讲,并且用甲骨、金文的原形来校核《说文解字》之谬误或不足,同时又广征博引古今专家的见解加以分析比较,最后提出自己的看法。这种讲法,今天看来不足为奇,而在当时可谓新鲜,也曾受到个别自诩为章太炎弟子的老先生的攻击(他们否定甲骨金文,甚至扬言要“理”甲骨文之“惑”)，但却大受同学们的欢迎：

例如“力”(力)字，《说文解字》：“筋也，像人筋之形……”舅舅讲课时参引《说文解字》对“男”“方”“耤”诸字的解释，又对照甲骨文“方”“劦”字的初形，并结合许寿裳、徐中舒、郭沫若诸人的观点，得出结论说“力”不是像人筋之形，而是“耒”的本字。

又如讲“网”字，他联系相关的“罕”“𠦒”“畢”“羅”“离”“禽”诸字，从甲骨、金文到小篆的字形变化，又引许慎、段玉裁、王筠、罗振玉、唐兰诸家之说，取其精华，辟其谬误，指出：“罔”不是“网”的别构，而是“亡”的孳乳字；“罕”是独立全体象形字，不必释为“干”的孳乳字，“罕”大可容人，不会是小网；“禽”原形亦由“罕”变来；“罕”“𠦒”“畢”三字原是一文分化；《说文解字》将“糞”“弃”与“𠦒”“畢”列同一部首，非是。他并用表格形式表明这几个字的演变关系，使学生一看便十分明了。舅舅的这种讲课方法，完全符合中国文字发展变迁的实际过程，又可以开阔学生的眼界，启发学生的思路，受到欢迎是必然的了。更重要的是，他不仅给了学生知识，而且教给了他们治学的态度和方法：要独立思考，坚持真理，不要迷信古人和权威；要充分占有材料，认真考证，细辨真伪。这些对学生一生治学做人，都会有重大的影响。

当时的桂林，在国民党桂系控制下，那些“军统”“中统”特务不敢太放肆，政治空气相对比较自由些。桂林交通比较方便，和香港有飞机直接通航，山川秀美，物产丰富，是大后方与重庆、昆明鼎足而三的较现代化的城市。所以文化人、进步人士也比较集中。林砺儒在桂林师院任教务长，学校风气较好。舅舅的心情也很舒畅，一心要把国文系办好。那时宋云彬赋闲，在文化供应社干些杂事，经济很拮据，舅舅便聘他来师院任教授。还有穆木天、彭慧夫妇，先舅舅来到桂林，靠稿费生活，也不宽裕，彭慧在中山大学是讲师，舅舅聘她为副教授。

那时许多在重庆、昆明教书的朋友都想到桂林师院来。如中央大学系主任汪辟疆教授就提出愿来,舅舅答应了。湖南大学杨树达老先生给彭慧写信:听说子臧(舅舅字)在桂林,我与子臧在师友之间,我欲做桂林之游,可否?舅舅知道后高兴地说:“老先生想来岂有不欢迎之理?”因为战时湖南大学搬进山里,交通不便,所以他想来桂林,他原也是系主任。还有西南联大王力教授,他也想来。舅舅说:“欢迎你来当系主任,你来地望(王是广西人)人望都合适。”舅舅又具体帮他筹划,说:“我把系主任的一百元办公费给你,再介绍你去无锡国专桂林分院兼课,教音韵学。”王力很满意地说:“行,这样钱也够用了。”舅舅对这些安排十分得意,说:“全国好多大学的系主任都请来了,这样可以把这里办成最好的系了。”这真是一个美好的梦,可惜不久便被日寇进攻湘桂打破了。

在桂林师院的一年半中,是抗战以来舅舅舅妈生活最愉快的时光。舅妈大学毕业,在师院附中教书;大女儿令徽妹妹寄养在四川乐山我大舅吴其昌家中(大舅没有生育,抚养我和令徽两个孩子,视同己出);小女儿令安尚未出生,经济负担较轻,桂林政治空气又较自由,日子过得比较松心。

舅妈严伯升原是北师大英语系学生,后来逃难转到中山大学毕业。到桂林后,她被聘到师院附中教英语,高、初中都教。她的英语基础好,又懂得教育学,故教学效果很好。附中组织英语比赛,得奖的前三名都是她教的学生。校长曾对她说,许多学生都以能分到严老师所教的班为幸。当时学校采用的课本是全国统一的正中书局教材,舅妈经过研究后,认为不如用林语堂编的教材。学校采纳了她的建议。这也是一项重要的改进。

舅舅在桂林和李四光、穆木天夫妇、宋云彬等人交好,时相往来。除了上课、做学问,也有时间读书、写文、作诗。1943 年阳历除夕,他有诗书感:“岁尽炎峤只夹衣,绀山碧水供清思。十年已返杨朱路,两鬓未染墨翟丝。贪读禁书寻复壁,偶凭秃笔写危辞。明朝未必春期近,也贴神荼镇百魑。”

四十年后舅舅对我们回忆起在桂林的生活,依然兴味盎然。他讲过叶挺在观音山追羊失踪的事,也说过梁漱溟结婚时的佳话。还提到桂林的大老鼠,头小肚子大,十分可怕。他借穆木天家的耗子夹一连打死了十多只,打得老鼠见了耗子夹就自动滚下来摔死。有一次夹住了老鼠,隔壁的韩太太把老鼠要去,做成菜肴请他们吃。每当说起这些,舅舅的脸上总是浮起孩子般的笑容。

美好的梦想,安定的生活……一切一切都被日寇大举进攻湘桂粉碎了。当时头脑最清醒的,舅舅说是李四光。李四光早就写过一篇文章,提出日本的野心是要打通湘桂路到安南(即今越南),提醒当局做好准备。当时国民党市党部书记刘某却指责李危言耸听,动摇人心,还警告李若再发表“不法”言论要严加查办。后来形势的发展正如李四光所预料的,而那位刘某,却在桂林陷落后被日本人指定为桂林市市长。

1944 年 2 月 23 日,我大舅吴其昌病逝于四川乐山武汉大学任所。世昌舅舅奔丧,并带回了令徽妹妹。当时交通阻塞,回到桂林已是盛夏。到桂林第十五天就被当局下令“紧急疏散”,说是不走就烧房子,一切东西都来不及处理。舅妈连忙把家养的鸡杀了,没吃完学校的卡车已等在门口,就这样十万火急登上了去柳州的火车。在柳州住了两个月。令安妹妹就是在柳州出生的。逃难在柳州,无法生活更无法工作,炎炎暑热,产后的舅妈,新生的令安,和刚换环境的六岁的令徽,情况着实令人担忧,又搞不到交通工具,不知何日才能离开。正好中央大学来电聘舅舅去任教,为了舅妈和孩子们的健康,舅舅决定立即想法去重庆。后来与林焕平家合租了一条小船,溯融江而上。中途遇到国民党兵持枪抢船,将舅舅一只装稿件的箱子扔入江中,《清真词笺注》的半部手稿就此遗失。过融江到三合,不能行船了,遂与林家分别,继续走山路。舅舅雇一个挑夫,二人分别挑着两个妹妹和简单的行李。一次令安被挑夫甩了出去,掉在山坡上,居然酣睡未醒,也算是个奇迹吧。一路上国民党的兵在前面撤退,日本兵在后面追赶,逃难的百姓夹在中间,吃的是南瓜,住过有巢氏的巢穴。从柳州穿着夏装出发,到独山已是大雪纷飞。舅舅同舅妈及两个妹妹也失散了,直到贵阳才又会合。历尽艰辛,最后搭车到了重庆。中央大学的人说:“哎呀,我们都以为你死了!”

就这样,舅舅离开了桂林师院。但是,舅舅舅妈对桂林的回忆永远是美好的!

(载 1997 年《国立桂林师范学院实录》)

子臧先生谈学风

——在纪念吴世昌先生诞辰九十周年学术思想研讨会上的发言

在整理子臧先生遗著时，使我久久不能平静并为之震撼的，是先生那种但求真理，不计其他，一往无前的大无畏精神。曾经有人说，先生好打笔墨官司，也有人说先生笔下过于锋利，不留情面，还有人说先生对前人乃至师长辈自失谦恭。我想，这些说法的存在，说明先生一贯坚持的学风和治学态度难以被某些论者所认同或理解。而且我觉得，某些人似乎把学术研究与一般为人处世的原则混为一谈了。因此，我想介绍一点情况。

五十多年前，也就是抗战刚刚胜利之时，针对国民党的独裁统治，先生写过一系列文章，论胜利后的建国问题，这些文字于1948年6月结集为《中国文化与现代化问题》，由观察社出版。现在知道这个的人不多了，而在当时——我上大学的时候——在青年中还是很有影响的，我参加的那个读书会，就曾组织读过他的一些文章，后来学生会又请他来作过一次讲演。为了整理先生的著作，近日我又重新读了这本书。虽然这些文章评论的是五十多年前的旧中国，但它的生命力却并未随着时间的推移、政权的变换而丧失，今天读来依然如新。

这本薄薄的十万字的小册子，收十一篇文章和一篇附录，共十二篇。其中有好几篇论到对真理的态度问题。他说:中国要求生存,最迫切的是一个现代化问题,而要建现代化国家,就得有具备现代观念的人才,为此,首先要具备一个可以培养现代化人才的环境。换句话说,先要建立一切社会道德的基础。他认为,现代化和建立现代科学的道德基础是分不开的。什么是科学的道德?他说,就是笃信真理坚持真理的观念。说起来中国的传统最讲道德,但那是忠孝节义伦理纲常的道德,而不是探讨真理的道德。中国的“六经”几乎没有一种没伪作的,这说明古人是不忌造伪的,害得后人又花费很大的力气来辨伪。从《说文》到诸子百家,对“真”字的解释,是什么“仙人变形而登天也”,“谨守而勿失,是谓反其真”,“真者精诚之至也”,直到后来的“真人”“真君”“真宅”“真言”“真如”之类,其中都没有客观真理的概念!正是因为真理观念的薄弱,甚至影响到是非观念,老庄主张去掉是非观念,庄子说:“此亦一是非,彼亦一是非”,后世“是非”二字连用,成为“口舌”“麻烦”的代替词。孔孟学说中最精彩的部分是讲仁义,那是用于伦常道德,和客观真理无关。宋人讲格物,但格来格去最后又格到心上。因此过去许多中国人对于客观真理,既乏探求之热忱,更少笃信的意念。中国的传统文化教人为一姓之争而甘诛十族,为伦理上的尊长而卧冰割股,却没有教人为客观真理去奋斗牺牲。而现代学术的基础正是对客观真理的信仰。他说,现代的自然科学的发展过程,可说是一部客观真理的奋斗史。先生反复举两个例子,一个是古希腊三大哲人中的第一位——苏格拉底被处极刑,饮毒而死。罪状是他摧毁了希腊原有的许多上帝,给青年另造了许多上帝。另一个是现代科学始祖伽利略,首先用望远镜观察天体,用事实证明了哥白尼的“日心说”的正确,打破中古时代宗教的迷信,使欧洲脱离了黑暗时代,才有今日的科学文明。他因此招来当时社会最猛烈的攻击。罗马教廷用尽威胁利诱,酷刑审问,逼他悔过认错。他不肯背叛真理,被判八年监禁,在监禁中他仍继续研究活动。这种不怕牺牲、坚信客观真理的道德,比起那种为一姓之争甘诛十族的道德要高出许多。孟子讲过“富贵不能淫,威武不能屈,贫贱不能移,此之谓大丈夫”的话,但中国人向来只把这个原则用在伦理道德方面,而没有人用在探求真理、笃信真理方面。先生认为,缺乏为真理而牺牲的精神,不可能培养出具有现代观念的人才,不可能有科学的发展,学术的进步。

先生认为,研究科学,探讨客观真理,本身即需要极大的道德力:首先是动机要纯洁,摒弃一切功利观念,甚至不是为人类的实用而研究。他说,伽利略甘冒当时之大不韪,摧毁地球中心说,不但无利禄可图,其说本身,初亦与人类实用无直接联系。西洋近代文明中几种震撼世界的划时代的学说,如达尔文的进化论、爱因斯坦的相对论等等,初起时都纯属是对客观真理的探讨。至于实用科学,他认为,那是纯粹科学发展的结果,副产品,这个近代科学文明的因果本末关系需要弄清。他说功利算盘打得太精,会妨碍对科学的探讨。其次,要尊重客观。如与客观证据冲突,自己的意见必须牺牲,别人(即使是敌人)的相反的意见必须承认。否则即是不道德。而隐匿或曲解证据尤其不道德。第三,必须摒绝势利。不论权贵、尊长、亲友私好的学说,凡与真理相悖者,必须舍前者而取真理。他说,中国到现在还以笃守师说为风尚,明知师说错了也要替他圆谎。这些都属于缺乏学术道德。

先生治学,最讲认真二字,用他自己的话说,是一字未妥,寝食不安。他从不迷信古人权威,不盲从人云亦云,事事要追根问底,所以在许多学术问题上他都提出了与众不同的见解。他自己曾说:“平生为文,若无创见确识,决不下笔,因为人云亦云,取之伤廉,再加传布,徒以欺人,二者皆丧德。”在前面提到的那本小册子里,有一篇文章《论存储反应》，批评的就是那种不费脑筋，只将脑中现成的材料搬出来就用的现象，他称之为存储反应。而一切八股之来源，都可用存储反应来解释。他说："真正要使中国列于现代国家之林，不是靠盟军打胜仗而跻列于四强或五强，则中国人的自由思想，有鉴别力的思想，有选择力的思想，能适应的思想，创造的思想，是十分必要的前提。"他的文章几乎篇篇都提出了不同凡响的新见解。他常与人争辩，在反面证据未能说服他之前毫不让步，招来许多误解甚至谩骂仍不妥协。这些都体现了他笃信真理，坚持真理，为真理而献身的精神。

先生生前曾大声疾呼：治学应该守道德！对于任何学术研究，先要立下一个严守真理的信条。为了这信条，应有不惜任何牺牲的决心，违反这信条，不论在任何情形之下，都不道德。他认为至少要做到以下几点：

第一，学术是最客观的，所以要摒绝一切主观与成果，尊重客观的证据。不论自己多么爱好的意见，如与客观的证据相冲突，必须割爱或修正。要改变已形成的观念是很痛苦的，但为了真理，必须牺牲。有人先发表了一种意见，后来发现相反的证据，也不肯改正，应该认为这是不道德的行为。至于有人为了某种目的，不惜抹杀或歪曲证据，先生认为那就不仅是违反学术道德，而是人格问题了。对于这种行为，先生的抨击更是不遗余力的！

第二，学术是最不势利的，研究者也要摒绝势利，以求真理。先生多次提到，清代的朴学家颇有此精神，他们讨论问题时，即使对自己父亲的意见也不随便苟同，他们会说："家大人曰……按家大人之说非也。"先生非常赞赏这种态度。他说，为了真理，有时应该承认和自己反对的学派的主张，有时也要否定自己所崇拜的人的意见。在学术范围之内，只有真理，只有是非，没有权贵，没有冤亲。违背这原则，也是不道德。在先生的笔记本里，他写道："虽尊师说，更爱真理，不立学派，但开学风。"大家知道，当年先生初进入学术研究领域时，胡适是最早赞赏他的一位前辈，给了他很高的评价。也可以说胡适对他是有知遇之恩的，他们之间也有一些来往。写《红楼梦探源》时，先生尚未回国，他对俞平伯的某些观点并不赞同，但对于当时国内那种大批判是有看法的。而在这本书里先生却对胡适进行了最尖锐的批评，其中大半是学术观点的不同，尽管用词有些尖刻，但都是举出了证据，讲清了道理。同时，书中还严厉批评了胡适占有材料，不予公开，是阻碍学术研究的行为。这些，在讲究伦理道德的人看来，是难以接受的。而有的西方人对此却颇能理解。美国东方学会的一篇书评指出，因胡适占有的十六回残本尚未印行，阻碍旁人对红楼梦底本的研究，"吴先生是第一个指出这种令人不满和恼火的情形。"

第三，研究学问虽不讲势利，不讲情面，却要有风度有雅量。学术观点不妨各异，受人批评也是常事，不可因之浸假而成仇敌。他很欣赏的还有一个例子：古代印度有一种公开辩论学问的制度，辩论双方立下条约，请好证人，输者把自己的脑袋割给对方。玄奘在印度那烂陀寺曾接受这样一次挑战。对方是六派外道胜论大师顺世。最后玄奘胜了，外道顺世要履行条约，但玄奘不许他自杀，顺世便请玄奘收他为奴仆，玄奘不许，他又请拜玄奘为师，这才许了，但玄奘又同时向顺世学习六派外道的理论。印度僧人对探讨真理的认真固使人骇异，而玄奘的大度与虚心更令人起敬。先生治学，毫无圆通世故之处，表现出一种穷限究底，不惑于众议的学者风度。他和日本红学家伊藤漱平有过激烈的论争，但并未影响两人的友谊，逢年过节，还互相送贺年片致意问候。好笑的倒是出版《红楼梦探源外编》时，有人坚持要把这篇论争的文字抽掉，理由是怕影响中日关系。看来政治眼光和学者素质之间,有时是多么的不同。

第四,研究学问要对自己忠实,最忌取巧。学术活动常是个体进行的,不一定有人监督,全靠对自己诚实。我在整理先生遗作时,常常看到先生在书眉及边角上密密麻麻写满了新的材料和观点。先生写《红楼梦探源》英文本时,尚未见到胡适所保存的十六回“脂残本”,他推断脂残本的正文和评语是从一个底本过录的,并以为某朱评是脂砚手批等,后来他见到影印的脂残本,发现原来的推断错误,郑重地做了更正。先生自审是很严格的,一篇文章发表以后,研究并没有结束,还在继续求索,还要反复修改补充。

有句老话,叫作“严以律己,宽以待人”,现在看来,用以处世则可,用以治学则难免牺牲真理,迹近乡愿。子臧先生要“开”的是这样一种风气:讲科学,不讲情面,不论好恶,不分人我,不采取双重标准,只坚持一个标准,一丝不苟,唯真理是求。这是一种新的风气,率真的风气,健康的风气,在自然科学领域里早已蔚然成风,在其他领域里也许还有人感到难以适应,但是,真要繁荣学术,离不开这种风气。我认为,子臧先生的学风,和他独到的学识一样,都是他留给后人的遗产。

1998.10.25

吴世昌教授的学术贡献

一

吴世昌（1908–1986）教授五十六年的学术活动起步于燕园。1930年冬天，《燕京学报》第八期上登载了一篇英文系二年级学生写的关于中国古典经籍训诂的论文：《释〈书〉〈诗〉之“诞”》。作为一个具有高水平的学术杂志，《燕京学报》发表本科生的文章，这还是第一次。这个学生就是吴世昌——一个出身于江南小镇贫苦家庭，父母双亡的孤儿。吴世昌十二岁就被送去当学徒，靠着自己坚韧不拔的努力，读完哥哥吴其昌给他的半部《文选》，仅用两年半的时间，跳级修完了中学和大学预科需要八年的课程，同时考上燕京大学英语系和清华大学西语系。在他刚度过二十二周岁生日之际，向祖国，向社会奉献出他的第一份研究成果。

《释〈书〉〈诗〉之“诞”》的发表，引起学术界的注意，迅速被译为德文，后又译成俄文。这倒不是因为它是一个无名学生的作品，更重要的是他解决了千年来经学大师一直未解决的问题，因而被胡适在《我们还不配读经》中列为当代研究古代经书有成绩的三人（杨树达、丁声树、吴世昌）之一。胡适说：

又如《诗》《书》里常用的“诞”字，古训作“大”，固是荒谬，世俗用作“诞生”解，固是更荒谬，然而王引之《经传释词》里解作“发语词”，也还不能叫人明白这个字的文法作用。燕京大学的吴世昌先生释“诞”为“当”，然后我们懂得“诞弥厥月”就是当怀胎足月之时，“诞寘之陋巷”，“诞寘之平林”，就是当把他放在陋巷平林之时。这样说去，才可以算是认得这个字了。

1932年，他以英文系毕业生的学历被哈佛燕京学社破格吸收为国学研究所的研究生。他继续在训诂学这个领域里开掘，在《燕京学报》发表了一系列论文：《〈诗〉三百篇“言”字新解》《“即”“则”“祇”“只”“且”“就”古训今义通转考》《释〈诗经〉之“于”》。他的硕士论文亦是讨论《诗经》语词：除单独发表的《释“于”》外，还有《释“於”》《释“以”》两篇，合称《〈诗经〉语词释例》。他打算把《诗经》这部最原始的中国古代语文宝库中音义相通的语词整理一番，以解释许多历来认为不可解或久已被误解的词义，求出其文法上的结构、性质以及意义上的通隔；进而就音义的通隔方面入手，集合若干组音义相通的语词，找出中国原始语中“音”和“义”构成关系的系统，以及这系统是怎样成立的等问题。虽然由于时间的关系，只完成了对于少数几个语词的研究。而《“即”“则”“祇”“只”“且”“就”古训今义通转考》则是选取唐以来六个常用词，上溯其源，从甲骨钟鼎文字、周秦两汉古籍以迄近代诗文戏曲小说，广搜例句，按文法、意义，研究其转借沟通的演变。这个办法此前似乎尚无人弄过。历来治训诂学的人大都只囿于秦汉古籍，至多到唐代古文，而于唐宋以后近一千年的文字演化，多不屑深考。他的尝试，开拓了语言文字学的一片新领域。1960年，他代表牛津大学到莫斯科开会，苏联汉学家奥香宁告诉他，奥关于汉语虚词的博士论文即是用吴发表于《燕京学报》诸文的材料和论证。

同时，他还在文史领域尝试多方面的学术研究。1933年，他在评论《插图本中国文学史》时，曾探讨了“变文”的发源。他指出：梁代慧皎在《高僧传·唱导第十》的“跋论”中所说的“唱导”即是变文的源头，其时可认定在四世纪中叶，而不应笼统提在唐代的开元天宝以前。针对不同意见，他又写了《论变文发生时代与词的起源诸问题》，指出对方所举以反驳的那类虽也冠名“唱导”“发愿”的文字，其实是千篇一律的“发愿文”。日本大正新修《大藏经》所收《广弘明集》此种文章，仅称“礼佛发愿文”，并没有“唱导”字样，其与“变文”自然不同，不同于《高僧传》的“唱导”。《高僧传》谈到的“唱导”是这样的：

> 唱导者，盖以宣唱法理，开导众心也。昔佛法初传，于时齐集；止宣唱佛名，依文致礼。至中宵疲极，事资启悟；乃别请宿德，升座说法。或杂序因缘，或旁引譬喻。

原来它是因听众听宣佛法，久坐疲倦，所以另请会说话的“宿德”来“杂序因缘”“旁引譬喻”，以提起听众的兴趣的一种说法形式。这里所谓“因缘”“譬喻”，都是佛经中专有名词，指“因缘经”“譬喻经”，内容都是一些寓言故事，所以才能：

> 谈无常则令心形战栗，语地狱则使怖泪交零，征昔因则如见往业，核当果则已示来报，谈怡乐则情抱畅悦，叙哀戚则洒泣含酸。于是阖众倾心，举堂恻怆，五体投地，碎首陈哀，各各弹指，人人唱佛。

这样的效果，绝不是那些口口声声“奉愿”“仰愿”的“发愿文”所能得到。而“变文”的故事，正是从这些“因缘”“譬喻”中变化出来的。当时不但有具备“临时捷辩”之才的有经验的“唱导”者，还有“唱导”的本子：

> 若夫综习未广，谙究不长，既无临时捷辩，必应遵用旧本。然才非己出，制自他成。吐纳宫商，动见纰缪。其中传写讹误，亦皆依而宣唱……

这些传抄的“唱导”本子，就是最初的“变文”，这样就把变文的历史提前了三百多年。

《诗与语音》，探索的是当时诗学方面的一个新课题：说明诗的语音与激发读者感情的关系。他运用前辈古语音学者研究的成果，结合曾在北京讲学的英国文学评论家吕恰慈(I.A.Richards)的阅读心理学理论，解决了一些久而未明的问题。例如：清代词论家周济在《宋四家词选叙论》中曾说：“东真韵宽平。支先韵细腻。鱼歌韵缠绵。萧尤韵感慨。”又说：“阳声字多则沉顿。阴声字多则激昂。重阳间一阴则柔而不靡。重阴间一阳则高而不危。”尽管此说为众词家赞同，但其故安在，无人能予以说明。吴先生先将“东”“真”“支”“先”“鱼”“歌”“萧”“尤”的韵尾用罗马字母标音，然后分析说：“仔细辨别起来，我们读-ong 或-ing -ung 诸韵时，我们的口腔都张得很宽，舌势也很平直，有一种广大宏壮的气概。‘支’‘先’各韵的读音，舌边紧贴上颚，只留下舌尖部分一条极窄的路，让声气从这条窄路上细细地流出。……便是很清楚一种的细腻的感觉。‘鱼’‘歌’韵的-ü 和-o 声气的出来迂缓而费劲，是呜咽难吐或积郁待舒的象征，缠绵的表情和感觉正复如此。‘萧’‘尤’韵的收韵是双元音，‘萧’韵的收韵-iao

中的-i 的作用使音的震度高，而-ao 的读音使上颚高举，尤能显示激昂的情绪。-u 音也是震度高而发音得费劲。这类声音都是嘹亮的。”由此结论，“所以周氏的论调，并不是全无客观价值的。”说清了字音和所引起的情感在原理上的关系，接着，他具体剖析诗词名篇，如：“僧推月下门”与“僧敲月下门”引起的感觉和情绪如何不同；为何王国维说秦少游的“可堪孤馆闭春寒，杜鹃声里斜阳暮”所引起的情绪是凄厉；李义山的“刘郎已恨蓬山远，更隔蓬山一万重”中“更隔”二字的哽咽难吐，故表达的感情使人感觉更为诚挚；以及浅齿音(t- s- sh- ts-)所引起的不同情调等等，将这些过去认为“只能意会，不能言传”的奥妙，都用科学原理解释得明白清楚。五十年后，吴先生曾不无遗憾地说，《诗与语音》“探索是当时诗坛上的一个新课题，这本来是个大可发展的主题，但我自己没有继续研究下去，别人也没有接力跑上来。直到六十年代，香港有人翻译此文，前几年，香港中文大学的叶维康教授来京访问，谈起他的研究工作，说是最先因受我此文的启发而从事此项研究。在此之前，原北京大学英籍教授燕浦生(William Empson)，在五十年代初回国后，任歇菲尔大学英文教授，曾有《莎士比亚与语音》一书问世。”

又如《魏晋风流与私家园林》，是吴先生做研究生时写的又一篇别开生面的文章。历来学者鲜有治园林史者，而像他这样从哲学上探求中国私家园林的起源更是绝无仅有；也是继鲁迅《魏晋风度及文章与药及酒之关系》之后，从一个特定角度切入，阐述魏晋文化现象形成与特点的最早的一篇专论。魏晋以前，据吴先生考证，除了帝王的宫殿和苑囿以外，私家是很少有园林的。那时的制度之下，也不容许私家有园林。即使有，除了梁孝王的菟园，大概也不过是些果园菜园之类。至于皇帝御用的，也只有宫殿、苑囿、池沼而无“园”。“苑”是供帝王贵族狩猎用的，方圆数百里，其中虽有些宫殿、树林，不会有整体的园林布置。从文化意识上说,“这时代的人尤其是帝王对于山水还没有发现它的可爱，当然也就想不到在园子里收罗山水之美。”而私家园林的兴起,其“原因很多,最重要的却是对于山水之美的认识和欣赏。……一直到魏晋,这一带(指江南——笔者)的自然风景才被人发现。……中国文人爱好山水的习惯,盛起于此时。”此习惯之产生，有其哲学和政治根源:“直接是受道教思想的影响,间接却是受政治的影响。黄老道士的思想在汉朝虽然也有一部分人信它……但毕竟不是当时学术思想的正统……一到东汉末……断断续续内战了五六十年,一部分知识分子对于政治感到厌恶,近乎无政府思想的老庄便合了他们的胃口……恰巧佛教又是在那时候乘虚攻入,佛经的许多思想又和‘无政府’‘出世’的老庄思想气味相投……和这些玄学思想连带发生的,便是养性、服食、辟谷、求仙的那一套。魏晋名士最初深入重山的目的,许多是为求仙采药……”他们的基本主张是“返乎自然”,这是从老庄思想发展出来的。一方面是舍去人事的扰攘,回复到大自然的怀中,欣赏各种自然之美;另一方面则是“用率真坦白的态度处世,任自己的性情,爱说什么话就说什么,爱怎么行动就怎么行动,不顾传统的礼教,当代的俗套,后世的毁誉”。“魏晋风流中最可爱的一点,便是他们率真坦白的任性。但也就是这一点,最为自以为正人君子的人所不容,从那时候起,一直把他们骂到现在。”而这“魏晋风流中最可爱的一点”却正是当时黑暗的政治环境造成的。“如果我们以为阮籍因为有了无政府思想才不问政治,厌恶政治,玩世不恭,那就错了。正因为他太关心政治,把政治问题看得太认真,觉得实在没有办法,才来一个反动,才有这类无政府思想。”统治集团内部的斗争,各派政治势力的起伏消长,一批批做官的文人被虐杀,并且一做了官,就会碰到许多意想不到的卑鄙的事,使稍有骨气的文人难以忍受。吴先生列举阮籍、刘伶、张翰、陶渊明等人或醉酒避祸或借吃鲈鱼莼菜辞官的事,说明当时文人的心态。“他们看透了自己对于社会的无能为力,又不愿与社会妥协,于是只好逃避现实,需要刺激,求一时的痛快来沉醉自己。喝酒是一种方法。吃药又是一种。此外是爱好自然界的景物——山水、草木、鸟兽、星辰;爱好艺术,除了字画以外,音乐和雕塑在这时候特别发达。……他们把人生看得极透彻,但也看得极认真。‘生死亦大矣,岂不痛哉!’他们越看见当时名士的脑袋一个个被砍下来,越感到自己生命的可贵。这可贵的生命是很短促,很没把握的,那就不能让它平淡的过去。他们的精神生活要有所寄托,要紧张,要不平凡。这可以说是魏晋人物各种性格的总原因。”这就出现了魏晋这样一个既有宗教热忱而又浪漫意味很重的时代。“一般来说,这时代的人喝酒、服药、清谈、放诞、狂狷、任性、好山水、好艺术,穷奢极侈的享乐和自暴自弃的颓废。中国私家园林的起来,也是在这个时代。”这段论述,把魏晋时代的政治社会宗教文化环境与文人心态性格剖析得淋漓尽致。文章的后半专论从魏晋风流直接产生的私家园林。他说:“私家园林的起来,最直接的原因是他们对于山水的爱好。间接的……宗教的影响是最大的原因之一。”道教徒为入山采药,佛教大师为建清净梵刹,都要穷搜名山。高僧又都是一时的知识分子,趣味极高的人,选择风景是他们的特长。他们周围还有一批文人,互相依傍,这样,私家园林便兴起来了。当时有名的私家园林,北方可以金谷园,南方则以兰亭为代表,从造园宗旨到审美趣味,二者全然不同:北方园林的建造者都是权贵要人,喜夸富斗奢,讲究屋宇众多,富丽堂皇,内藏歌舞女乐,以供享乐。南方园林多为一时名流所建,他们更懂得自然之美,依山傍水,以之作为退隐之处,追求的是“门无乱辙,室有清弦”。在自然条件方面,北方造园林需大兴土木,掘池垒山,北地植物多松柏,也宜与宏大建筑相配。南方山川秀美,略加点缀,便能延致自然之美。竹菊则更增清幽之致。这就形成了南北迥异的两种园林风格。中国园林这朵奇葩,在世界上享有盛誉,而像这样广征史料,运用史学、文学、美学、心理学、宗教学、社会学等多方面的理论,具体考察魏晋时代的政治文化背景,说明私家园林兴起的哲学基础,吴先生是第一人,至今亦鲜有超出者。当时燕大美籍教授包贵恩(M.Grace Boynton)其时也正研究中国园林,后来她在作者帮助下译出一个节本,刊在上海的《中国艺术与科学学报》(*China Journal of Art and Science*)1935 年 7 月号上,促使了此文迅速向国外传播。后来美国韦尔斯莱大学教授窦维丝小姐又有过一个节译本。1960 年,英国牛津大学教授德效骞(Homer H.Dubs)将全文译为英文。

1935 年吴先生研究生毕业,应顾颉刚之邀,进入北平研究院史学研究所任编辑。他发表了《密宗塑像说略》,考证佛教的一支——密宗塑像(俗称欢喜佛)的演化。他发现此塑像与印度原来的佛教神话的形象全不相同。在印度,像的手脚没那么多,他们虽会愤怒,并不欢喜,却也没有那么可怕。但传到西藏后,手脚也多了,面目也更凶恶了,表现生殖崇拜反而倒退到原始的形式。论文以大量的史料为依据,运用人类社会学的原理,得出结论:“八世纪时莲华生(Padma Sanbhava)从印度把佛教传入西藏时,西藏原来的巫蛊神怪的幽鬼教正盛,新的教义绝无希望被西藏人接受,因此只好把佛教中原来从婆罗门教遗留下来,与西藏的原始宗教很相近的密宗传过去,再以幽鬼教的种种仪轨附会上去,才能得当地人民的信仰。”

另一篇《敦煌卷季布骂阵词文考释》,写于 1936 年。他仔细考察了当时国内流传的两个敦煌残卷录本——一为藏于大英博物馆,由伯希和及狩野直喜抄寄罗振玉,经罗氏印行的《敦煌零拾》;一为刘半农录自巴黎国家图书馆,中央研究院刊布的《敦煌掇琐》——发现《零拾》中有一卷《季布歌》,与《敦煌掇琐》的二卷《季布歌》及一卷

《季布骂阵词文》,这四卷实为一整卷的《季布骂阵词文》,所缺无几。根据有二:一是《敦煌掇琐》卷六前段的末节与《敦煌零拾》卷三的首段完全相同;二是从文体和韵脚看,除一处为两个三字句外,通篇七字为句,韵脚全用"真""文""元"通押,奇句无韵,偶句用韵。此四卷的被分裂,主要由于是伯希和的随意编目,使三卷《敦煌掇琐》的编号竟相距七百余号;而《敦煌零拾》之题《季布歌》,又是罗振玉假拟的,刘半农《敦煌掇琐》抄前二卷时先未见题文,受罗氏暗示而沿用此名,最后虽见到题名,又未与前两卷联系,故造成此混乱。吴先生将两书录文重新配合衔接,并校点分段,脱落讹误处做校注细绎,大体上回复了《季布骂阵词文》的本来面目。最后,吴先生指出此故事在《史记》中只寥寥四百字,而此卷竟敷陈为近六百句,四千余字的长篇。这一类故事,"此后如能有大量发现,则在唐代的小说史上,除了传奇以外,又多了通俗历史故事一类。并且这一类在后来小说的发展和演变上,比传奇还要重要,我们简直可以说它是中国小说的不祧之祖。"在分析了此卷的文学风格之后,又特别指出两点:一,"这一首词文把'真''文''元'三韵通押已开后代词韵打破诗韵拘束的先例,在文学史上也是可注意的一点。"二,"我们从这首歌中可以知道许多唐人的习语和风俗",因为本文虽述汉代故事,而社会背景却是唐代的。这篇论文发表时,敦煌学刚刚兴起,资料不多,整理仅有的材料,复其原状,通其文义,进而分析其在文学史上的价值,是敦煌学初步阶段的主要工作。椎论为大辂之始,本文这只"椎论"正是这门学科当时标志性的成果之一。

从敦煌文物被帝国主义掠夺,自然令人联想到近百年我国文物之被掠夺与损坏。1934 年,国民党政府决定在伦敦展出中国文物,事先盛传此举名为展览,实将出售以换军火。于是北平文化界发起了反对古物出洋的运动,分配先生担任宣传工作。他查阅了各大图书馆收藏国外出版的中国古物图录等书，一连写出《近五十年中国文物之流失》《吾国古石刻及古画之流出海外》《海外我国古铜古磁概述》三篇文章，登在天津《大公报·史地周刊》上。此前他深感于东三省沦亡，伪“满洲国”闹剧出场之痛，还写了《地域正名》一文，指出“满洲”之名晚至清初才有，本是部落名而非地名，皇太极始采为国名。至于“南满”“北满”之名出现更迟，“南满”始见于1898年中俄东省铁路续订合同里，1905年日俄战后分赃中国土地，妄分“南满”“北满”之名，以致后来被日人资为宣传，乘“九一八”事变借尸还魂，成为满洲伪国！而且，随着日本侵略的加剧，日本学者又新铸“满蒙”的连词，其用心险恶可知。因此，他大声疾呼：地域必须正名。这些文字，和他此前此后为宣传抗日救国而写的许多时论杂文一样，以考据为现实服务，为唤起群众的爱国热情，起了积极的作用。

从吴世昌先生早期的学术活动可以看出，他进行了多方面的探索，而且以他特有的敏锐，善于抓住新鲜的课题进行研究，或前人所未及，或积非已成是，探本追源，求得确解。日本汉学家桥川时雄1936年在其编著的《中国文化界人物总鉴》中为吴世昌列专条：“吴氏就学期间以来，尝试多方面的著述，文史无所不通。”可说是对其早期研究活动的恰当评价。

二

抗战时期，吴世昌转入教书生涯。在西安，应许寿裳、黎锦熙先生之聘，任西安临时大学(后迁至城固，改名西北联合大学)国文系讲师，讲李义山诗、宋词、修辞学等。结合授课，他写了《片玉词笺注》，这部稿今只存三十六首。据吴夫人说，其余大部分是在1944年日寇犯湘桂逃难时被强行登船的国民党败兵扔入融江。从现仅存的三十余篇笺注里，超越前人之处，每每可见。仅举二例：

一是大家熟悉的《瑞龙吟》“章台路”，历来词家都赞其妙，但妙在何处，没人说得清楚。宋代沈伯时说他“下字运意，皆有法度”(《乐府指迷》)，清代周济说他善“钩勒”，“越钩勒，越浑厚。”(《宋四家词选目录序论》)近代词家吴梅在《词学通论》中曾对此词逐层分析，反复说“此即沉郁处也”，“此又沉郁处也”，“此顿挫处也”，“又顿挫处也”，“又沉郁之至矣”，“顿挫而复缠绵，空灵而又沉郁”，这许多抽象字眼实在叫读者无法捉摸。吴先生在《笺注》中从比较文学的角度，简明扼要地指出：“近代短篇小说做法，大抵先叙目前情事，次追述过去，求与现在上下衔接，然后承接当下情事，继叙尔后发展。欧美大家作品殆无不守此义例。清真生当九百年前已能运用自如。第一段叙目前景况，次段追叙过去，三段再回到本题，杂叙情景故事，又能整篇浑成，毫无堆砌痕迹。”寥寥数语，说得明白透彻，为前人所未道。他继而论词的创作：“后人填长调，往往但写情景，而无故事结构贯穿其间，不失之堆砌，即流为空洞。《花间》小令多具故事，后世擅长调者，柳、周皆有故事，故语语真切实在。白石景多于情，梅溪情多于景，此王国维所以讥姜为隔，诋史为乡愿也。”这个论点，似尚无人提出过。

另一个例子则是从音韵节奏、句法结构入手分析清真的《隔浦莲》，指导鉴赏。这个词牌较少见，故录全词：

新篁摇动翠葆。曲径通幽窈。夏果收新脆，金丸落惊飞鸟。浓蔼迷岸草。蛙声闹。骤雨鸣池沼。水亭小。　浮萍破处，帘花檐影颠倒。纶巾羽扇，困卧北窗清晓。屏里吴山梦自到。惊觉。依然身在江表。

此词分段，宋代已有分歧，有以“水亭小”三字属下片。吴先生以为：“今就此词语义而论，则周词自‘惊飞鸟’以下，明明为五言、三言之排句两列，且每句一韵，十六字中乃有四韵，声调紧凑异常，周词全集用韵之密，无有过于此首者。且每句皆有新意，不如他词之衍复，可谓调紧句峭意繁韵密。自‘浮萍破处’以下，则为四言、六言之排句两列，正与上片五言、三言之排句隐隐相对。但下片四句二十字，仅用二韵，韵调疏松而语义闲散，亦与上文之紧峭繁密相对拒。自此以下，‘屏里’一句虽七字一韵，仍有摇曳悠闲之致，但已不复如前排之松散矣。至‘惊觉’而骤紧，读者受此二字一韵之震荡亦为之遽然惊觉，末句六字一韵，仍极清挺，曰：‘依然身在江表’，使读者对于上片所叙景物再作回味，故虽已读竟，而仍留不尽之意，若以‘水亭小’一句属下片，则不特上片排列整齐之句法韵节全为破坏，即下片多此三字使四六言之两排亦为之扰乱，令人不易辨清。此三字之上下移动，足令前人用心圣处全被抹杀。”其次从句法次序论：“统观全词，虽句杂长短，而隐隐然未尝无次序存乎其间。上片首句六言，次五言；又次五言，次六言，此内向对句也。以下五、三言两列，平行对句也。下片首为四、六言之平行对句，末二句颇疑原应作七言二句，以示平衡。若去末句之‘身’字，而以‘惊觉’二字连下句同读，即成两七言句。此‘身’字最初当为泛声增字也。盖自整齐之五七言唐人乐府，嬗变为长短句，虽似参差杂出，实有规律存乎其间，稍加排比当可见其句法之对称平衡之迹，一如泰西诗歌。厥后偷字减声，泛引慢(蔓)延，踵事增华，愈趋繁杂，原来整齐之迹遂不可见。重以传写镌刻之讹误，遂使慢词之句法参差拗涩，不可卒读。”最后再论本词的艺术境界，如水到渠成：“美成此词最能利用音韵节奏之美，使音节与文义浑然同化，令人既仅聆其音节而不审其文义，亦能与作者情感同起节奏。首二句闲闲叙来，预为读者布幽邃之静境，然逐句有韵，其韵且至峭。加以新篁摇动，读者但觉其境虽静，而人随境转，未尝停留。至夏果收脆而渐有人间之味，金丸惊鸟而难藏飞动之致。以下四句则字少句密，闹蛙骤雨杂然并作，使自然现象随万籁以俱舞，而三字之韵尤为迫促急切，至'水亭小'而达高峰，亦为上片整段之结束。此三字虽未状声音动作，然承上文二来，曰亭小，则更足以反衬喧境之嘈杂迫切矣。至下片则易奇句为偶句，易逐句韵为隔句韵，大有雨过天晴之致，更自动境回复到静境，至'梦到吴山'而极尽幽闲安谧之致。读者至此，前此万籁齐发之情绪亦不觉为之催眠。乃又有'惊觉'一韵，奇短奇峭，于是为之遽然而作，而昨夜喧境不觉犹萦耳际也。全首每句每列文义皆与韵节相配合，布局结构亦无一不佳。"运用现代文学的有关理论来具体剖析一首词，而且做得如此精当，可说是绝无仅有的。

后来，他转任中山大学教授，没有教词学课，那是因为有冯沅君教授担纲，但他从未放下对词学的研究。1941年，他在重庆《读书通讯》上发表《论读词》，五年后又将之扩展为一系列论文：《论词的句读》《谈词中的名物训诂和隶事》《论词的章法》《论读词须有想象》，总题为《论词的读法》。那时代的词学家，都崇尚师承，而他则不同，完全是靠自己摸索出来的。他初读词时，曾上过索隐派的当，受过注家的骗，后来读《清真词》，自己找韵脚，自己断句，才大彻大悟。他以自己的切身体会告诫初学者："读书的最彻底办法是读原料书，直接与作者办交涉。最好少读或不读选集和别人对于某集的讨论之类。读选集片面不全……不易认识原作者的真面目……别人的讨论之类，是要先于原著有了解之后去看，才能评判其当否，才能得益。"可谓发前辈词学家所未发。这组文章由于是从自己治词体会中得出，深入浅出，针对性强，无论初学者或研究者，均能从中受益。当时他打算以此为基础，写一部《词学导论》，因出国讲学而未果。

1940年后，他先后被聘为中山大学、国立湖南师范学院、国立桂林师范学院、中央大学教授，讲文字学、要籍目录、古代文法、古代文化等课程。当时教文字学的一些老先生，许多人抱定一本《说文解字》不放，而否定钟鼎文、甲骨文，甚至扬言要“理甲骨文之惑”。吴世昌早在做研究生时期，就曾结合出土的甲骨、金文对照《说文》写出《说文形义商兑》。所以他讲文字学，是将四十年前刚发现的甲骨文、钟鼎文和《说文解字》串起来讲。他指出，甲骨出土，可以校《说文》之误，发《说文》之奥，网《说文》之佚。在用甲骨、金文校核《说文》之谬误及不足的同时，广征博引古今专家意见，分析比较，最后提出自己的看法。这种讲法，今天看来不足为奇，也许本该如此，但在当时，虽大受学生的欢迎，却遭到某些“老”先生的仇视和背后批评。四十年后，吴世昌回忆此事，颇带感情地提到当时学生“在这种气氛中来听这些课，也得有些勇气。”

三

1947年，英国牛津大学聘先生任高级讲师及导师，又被举为牛津东方学部委员，牛津、剑桥两大学的博士学位考试委员。在牛津他讲中国文学史、中国散文史、中国诗、甲骨文等课；除授课、指导研究生外，还定期对公众讲演，宣传中国文化，纠正了西方汉学家的一些错误。他利用伦敦不列颠博物馆所藏我国甲骨卜辞资料（回国时将六百多片甲骨全部摄影带回，赠予甲骨专家胡厚宣教授），写出《甲骨文研究与中国文化》(*Some Studies on the Inscriptions on Oracle Bones in Relation to Chinese Civilisation*) 和《卜辞旁注考》(*On the Marginal Notes found in Oracle Bone Inscriptions*)，以及《殷墟卜辞“多介父”考释》的初稿。其他著作还有《中国散文史》(*A History of Chinese Prose*)《甘地主义与老子学说》(*Gandhiji`s non-Voilence and the Doctrine of Lao-tzi*)《科学考察下的中国哲学》(*Chinese Philosophy under Scientific Examination*)等。而最重要的则是长篇专著《红楼梦探源》(*On the Red Chamber Dream*)。

《红楼梦探源》是吴先生研究《红楼梦》的第一部论著,也是较有国际影响的一部著作。据先生自己说,去英以前,对《红楼梦》“从未下过功夫”。到英之后,“因为有的学生研究《红楼梦》,由我指导,使我不得不对此书前后两部分的作者、著作过程和版本年代这些问题重新加以考虑。”后来,“由巴黎、海牙联合出版的《汉学要籍纲目》(*Revue Bibliographique de Sinologie*)的编者,要我为此书(即1955年北京影印出版的七十八回《脂砚斋重评石头记》钞本——笔者)做提要。我于是把这部曹雪芹的原著和脂砚斋的数千条评语，仔细研究了一下。……一清理,牵连的问题就更多了。许多前人以为已解决了的,新的证据证明并未解决,或解错了。许多前人从未发现的问题,陆续出现,需要解决,等到一批问题解决了,连带的又引出另一批以前未曾注意的问题。这样,我觉得非把一切有关《红楼梦》及其作者可能得到的全部材料收集起来，加以彻底的、全面性的研究，无法完成这两份工作。”当时正是国内《红楼梦》大讨论以后,红学家们热衷于探讨《红楼梦》的社会政治意义,作者的思想观点、文学成就等问题。吴先生却另辟蹊径,他认为“在研究这些问题之前,尚须先弄清楚若干基本问题:例如,在全书一百二十回中,哪一部分是曹氏的作品,哪一部分是高氏续作?在曹氏作品中,哪些部分是他的真正原作,哪些部分曾经高氏删改?在高氏续作中,有无曹氏原稿材料在内?如果不把这些问题弄清楚,则在批评曹雪芹思想时,会把高鹗的思想算在他的账上,在研究曹氏的文艺造就时,也会把经高鹗删改的结果,归诸雪芹。如果不先弄清楚脂砚斋是男是女，他和曹家关系如何，便不能确定他的数千条评语有何价值。在研究他的评语时，如果不能鉴定哪些评语出于脂砚斋之手，哪些是别人写的，也就无法判断这些评语有多少价值，对于了解雪芹的身世和《红楼梦》成书过程有何帮助。在鉴定了脂评以后，如果不能区别各期评语的写作年份，也就不能看出某些评语和作者生活及小说内容有何关系。——但是，尤其重要的，尤其基本的，是判断分析几个重要钞本的年代。这是过去中国经学大师对于校勘学和考证学上最注意的初步基本问题。不把这个基础打得正确坚实，则修造在这基础上的上层建筑，是很容易东倒西歪，甚至于垮下来的。”先生把他的工作分为五步，形成《红楼梦探源》的五卷："钞本探源""评者探源""作者探源""本书探源"和"续书探源"。他先将三千多条评语彻底整理，分别评者，辨析性质，统计条数，排比年月，经过严密的考证，最后解决了以下几个问题：

（一）脂评十六回残本，胡适定名为"甲戌本"，为后来红学家沿用。先生发现其上明明有乾隆甲午（1774）八月的脂评，说明此本年代远远晚于乾隆甲戌（1754），可见胡适的命名是错的。同样被命名为"庚辰本"的七十八回钞本，经先生仔细研究，发现它其实是用四个不同底本拼凑起来的乾隆时过录本。其中有乾隆丁亥（1767）的批语，也晚于庚辰（1764）。名称的错误，会导致错误地判定钞本和脂评的年代。他对比两个主要钞本的脂评，考证出脂砚斋初次作评在1754年前，以后在1754年，1756年，1759年，1762年，1767年……都有评，最后的评语则写于1774年，前后延续了二十余年。弄清钞本的年代，主张废弃错误的旧名，是吴世昌对"红学"的第一个贡献。

（二）脂砚斋是谁？他与曹家是什么关系？他为什么对《红楼梦》如此关切？有人认为即是曹雪芹自己，即"宝玉"，有人认为是"史湘云"。先生又从评者的署名及年月入手，推断其大致年龄；从脂评内容看出脂砚是曹家人，雪芹的长辈，书中许多事件，他亲自经过，是“宝玉”的主要原型，而且可能为部分情节写了初稿。在雪芹好友明义之甥裕瑞写的《枣窗闲笔》中提到此书“本本有其叔脂砚斋之批语，引其当年事甚确”，“闻其所谓‘宝玉’者，尚系指其叔辈某人，非自己写照也。”又说其消息得自“前辈姻戚有与之(即雪芹——笔者)交好者”。这些说法都与评语的内容相合，当属可信。同时，先生还参照曹家亲属关系及命名规律，推测脂砚为曹宣四子，名硕，字竹磵。虽尚缺乏实证，但言之成理。

(三)第一回前的大段文字，历来被误认为是曹雪芹自己写的前言，先生分析后发现实为雪芹之弟棠村为《红楼梦》旧稿《风月宝鉴》各回写的序，棠村已逝，脂砚睹新怀旧而保留了下来。不仅第一回，其他一些回中，也保留有棠序残文，其中有些被误认为是总评而抄在回前回后。

(四)从笺释敦诚挽雪芹诗及敦敏诗邀雪芹在癸未(1764)春喝酒，判断雪芹卒于癸未除夕，而不是壬午除夕。又考证出曹雪芹当生于康熙五十四年(1715)，是年康熙敕令雪芹之父曹頫承继曹寅为嗣子，继任织造肥缺，挽救了曹家的经济危机，故雪芹名霑，以感皇恩。雪芹终年四十九岁。他开始写《红楼梦》约在1744年前后，即二十九岁左右。

(五)关于小说的成书过程：先生以为，《红楼梦》大环境在北京，但“大观园”即雪芹“旧”梦的背景则是曹寅江宁织造府的“西堂”或“西池”。园中植物、用具、人物语言不时流露出南方的痕迹。在脂评《石头记》之前，小说至少有两种旧稿，一名《红楼梦》，可能是一简本，曹雪芹曾给明义看过，从明义咏诗可知主要故事已写完。一名《风月宝鉴》，是一百回的大书，棠村曾为各回作序。雪芹修改时将前三分之二展开为《石头记》的八十回。后三十回旧稿已经遗失。根据小说伏笔及脂评线索，雪芹原来构思的结尾不同于现行一百二十回本《红楼梦》，应更为悲壮，宝玉、王熙凤身陷囹圄，出狱后宝玉沦于贫贱，熙凤被休回南京死去，巧姐被卖入妓院，幸为刘姥姥所救，嫁给板儿，成为农妇，最后贾府大厦在一片大火中烧得精光。先生考察原书结构还发现，雪芹按脂砚要求，修改秦可卿之死的故事，引起元春之死的情节后移，而此情节又是造成尤氏姐妹悲剧的原因，于是只好安排一位无名老太妃的丧事来填补空白。书中其他部分还有一些线索，也可看出雪芹原稿的修改情况。

（六）高鹗续后四十回，使小说得以“全书”的面目流传。但可异的是在短短一年时间内就出了两个版本。有人以为现流行的第二个本子即“程乙本”最好。先生仔细考察后发现，正是“程乙本”对曹雪芹原作的改动最大。许多删改是实质性的，而不是像高鹗、程伟元自称仅仅是为了便于阅读。最重要的删改是对小说主要人物性格的修改，歪曲了宝玉，美化了王熙凤。同时删掉了可能被认为的“碍语”，增加了颂上的文字，此外还抹去了一些反映原来背景的材料，在人物语言上也添了一些乱。高鹗篡改的目的是政治性的，处在乾隆“文字狱”炽烈的时代，他不能不考虑自己的安危，又不愿意将删改目的暴露得太露骨。先生对照“程甲本”及“程乙本”，还发现高续书所编的故事中有些留有来自雪芹佚稿的痕迹。如黛玉之死与宝黛结婚、宝玉至潇湘馆吊黛玉、抄家、宝玉失玉、元春之死、刘姥姥与病榻上的王熙凤晤谈等，当然都已被高鹗改得面目全非，已不能简单看作是雪芹的文字了。在对小说的评价上，先生坚决主张，对两位作者的思想境界和艺术造就，应分别评价，不要混为一谈。

以上这些观点，有些已逐渐为越来越多的“红学家”接受，有些虽然尚待更多的材料证实，但不能不承认，他运用材料正确，论证严密，言之成理，成一家言。别人可以因为种种原因，不同意他的看法，但在新材料出现以前，驳倒他也是不容易的。

四

1962年，我国还处在经济困难时期，先生毅然决定回国工作。当时牛津大学要续聘他，美国及澳大利亚的一些大学也请他去任教，小女儿令安中学毕业，成绩优异，获得英国政府奖学金，可任选上牛津或剑桥大学。这一切他都不予考虑，义无反顾举家回国，在哲学社会科学学部（即现在的中国社会科学院）文学研究所任研究员，后兼任研究生院教授。

回国后他利用新见到的国内材料，继续进行《红楼梦》的研究。在版本方面，除对七十八回本和十六回残本做更细致的考察外，还分析了一百二十回本《红楼梦稿》钞本的成分及年代，判断它至少是从四个底本抄集校改而成，其前八十回是经高鹗删改过的脂评本，其中一个底本的年代可能是最早的脂本钞本之一，尚保存有雪芹旧稿的一些痕迹；后四十回可假定为高氏续书的初稿。1974年，在下放劳动之余，他还写了《〈红楼梦〉原稿后半部若干情节的推测》。通过诠释曹雪芹为书中人物命名的含义，推测情节的发展，这原是《红楼梦探源》"本书探源"研究的继续，但在"文革"的政治气候下却被诬蔑为《红楼梦》研究中地主资产阶级思想的"沉渣泛起"。他为坚持学术上的真理，毫不畏惧，顶住巨大的政治压力，愤然写信要求答辩。"文革"结束以后，他是《红楼梦》研究中拨乱反正的先锋，针对什么《红楼梦》"是中国封建时代阶级矛盾和阶级斗争的产品"，什么贾府"不过是一个屠宰场而已"一类昏话，毫不留情地进行批驳。先生主张，研究《红楼梦》，要着眼作品本身，反对搞"红外线"，脱离书的内容去探求离题万里的东西。从他对各钞本的分析及对雪芹原稿情节的推测，可以看出他对本书结构掌握之透彻，几无人可及。他的所有论点，都有书中内证做根据，所以是过硬的。他认为，就作品本身看，《红楼梦》还大有研究余地。他说："《红楼梦》研究最容易，也最需要避易就难。除诗歌外，全书还有颇多难懂难解部分，又暗用典。虽用白话写成，文字流畅易懂，但文义却不容易全懂真懂。"所以他要求"研究者自己的基础要广大，曹雪芹博览群书，我们要努力学得作者的才学。"他曾经打算写一部《石头记疏证》，梳理曹雪芹所继承的前人文化遗产。从已完成的《石头记疏证小引》《红楼梦后半部的狱神庙》等篇看，这批文章旁征博引，资料丰富，妙趣横生，在《红楼梦》的读者与作者之间架起了一座桥梁。可以说，吴先生为被极"左"思想及脱离原书的胡猜乱想搅乱的《红楼梦》研究工作开辟了新的路子；奉献出一批丰硕成果，为今后正确发展《红楼梦》研究打下了坚实的基础。他回国后所写有关"红学"的文字，分别收在《红楼梦探源外编》及《罗音室学术论著》第三卷中。

在文史其他领域里，吴世昌继续发扬他的特长，解决历来被误解或尚未获解的问题。"文革"期间，在汉阳陵发掘出钳徒墓中又有俯身葬者，过去的考古学家对此现象或老实承认无法解释，或以为是"代表一个区域内一个时代，一个民族的普遍习惯"，"姑且以小屯为中心"，"俯身葬时代早于仰身"，"俯身葬是铜器时代的一种风俗"(李济《安阳发掘报告》)。先生仔细研究了已发现的几例俯身葬的情况，结合史籍中有关资料，得出结论："俯身葬是厌劾冤死者的鬼魂以防其作祟的巫术。这一风俗流行甚广，从甘肃直到河南山东，不能说它限于'以小屯为中心'的'一个区域'；延续甚久，从商代直到晋朝，不能说它'代表''铜器时代'的'一个时代'；它的应用只限于某些被杀者的特殊情况，不能说它是'一个民族的普遍习惯'。"(见《略论我国古代俯身葬问题》)解决了近半个世纪未能恰当解释的问题。此文发表后,戈宝权、苏仲湘二先生给作者写信,从波兰及俄国小说中也印证"俯身葬"是一种"厌胜"。

他在英国起草,二十多年后才发表的《殷墟卜辞"多介父"考释》,先用古音证"多介父"即"多个父",亦即后世的"诸父",纠正了吴其昌、杨树达、饶宗颐等考古专家对此词的误解,并从人类学的婚姻制度角度解释《周易·归妹》一卦,说明当时中国社会已从群婚制进化到一夫多妻制。而从古代保存下来的亲属称谓看,中国远古显然也有过"群婚制"。此外,他还从"介""个"古语通假,追溯此二字的原始意义及其后的引申。因此,毛《传》释《诗经》之"以介景福""以介眉寿"之"介"为"大也",显非;而郑《笺》谓"助也",则是。

为纪念香港《大公报》复刊三十周年,他写了别具一格的《条件反射是谁先发现的》一文。文中广泛征引中国古代公私文献,证明中国早在春秋时即发现了条件反射现象,并已能将其运用以达到某种特定的目的。比巴甫洛夫提出条件反射学说早一千多年。但此点连研究中国科技史的学者们包括李约瑟博士也未曾注意。此文发表后,李约瑟博士曾捎口信来索要此文。

《中国饮食史料丛谈》一组文字是应友人之请写于八十年代初。当时研究饮食史者甚少。作者以丰富的文献资料,畅谈古人饮食风俗,读来饶有兴味。文中考及古代茶税等项,又有经济史料价值。

关于中国古典文学,他的《"秦女休行"本事探源》,对中国文学史上一个千年未解之谜做出自己的解释。《秦女休行》出现于《陌上桑》与《孔雀东南飞》之间,是标志中国古代纪事诗发展的一个里程碑,尚保存有汉代民歌的味道。三国初的左延年及晋初的傅玄各有一首记述东汉时一女子杀人报仇被赦故事的长诗《秦女休行》,二诗题同而内容略有出入。左诗说主角姓秦名女休,乃燕王妇;傅诗则说她是庞氏妇，其他地点情节亦不尽同。时代相去不远的曹植也称此女为女休。后来李白的拟作也以为她姓秦。《乐府诗集》收左、傅二诗，谓“义同而事异”。后来不少学者认为二诗所咏是两个故事。胡适虽认为二诗是一个故事的演变，但说左诗所采是故事的前期状态，傅诗乃后期状态，在流传过程中情节改变。此后诸多文学史作者或避而不谈此诗，或采左诗，或采傅诗而将庞氏改为秦氏，一千八百年来亦无人考证过此故事的本来面目究竟是怎样的。先生从《后汉书》《三国志》及《烈女传》查出此女姓名是赵娥亲，庞氏妇，东汉时酒泉人，手刃其杀父仇人后自首，最后遇赦。那么，为什么诗名“秦女休”？先生以为：“秦”不是姓而是地名，“秦女”犹如“赵女”“燕女”一样；而“休”乃是赦宥之义，不应与“秦女”二字连读，《秦女休行》即“秦地女囚被赦之歌”。以史料对比李、傅二诗，可看出傅诗比左诗更接近史实。而左诗的时代虽距故事近而情况反不如距时较远的傅玄表现准确，吴先生认为关键在地理。傅玄是甘肃人，此事在当地流传，自然知道得较确切。所以“一个故事的准确性在它流传的过程中受空间的影响而遭受的改变，远较受时间的影响而造成的改变大得多。”

另一篇力作《重新评价历史人物——试论韩愈其人》则一反文学史上的千年定论，提出对“文起八代之衰，而道济天下之溺”的韩愈重新评价。吴先生认为：历来对韩愈的赞扬，细论起来，有夸大失实之处：如提倡古文运动，改革文风之举，自初唐以来，一直有人在做，不是韩的创见，他只是其中一个积极分子，且写了许多范文；他自命为孟轲接班人，要重建中断了的儒家道统，尤为可笑，接孟、荀以后儒家的道统者，应是董仲舒、扬雄，轮不着韩愈；至于韩的辟佛，并非从哲学而是从政治、经济上着眼。他虽提“辟佛老”，实际辟佛不辟道，最后自己服“仙丹”而亡身。文章举韩愈的诗文为证，说明韩追求利禄，欣赏妇孺被杀的惨状，以及借祭鳄鱼之类活动来欺世盗名等等。而且,他的某些诗作也不太高明。先生此文主旨"不过因为过去文学史的编写者一味对他歌功颂德,甚至不是他的功德也写在他簿上,而对于这个人的严重缺点则丝毫不触及",并非要否定韩愈在中国文学史、思想史上的地位。和上一篇文章一样,此文发表后引起了学术界的热烈争论。对历史定论提出不同意见,这是为打破极"左"路线控制,重开术自由讨论风气之先的勇敢尝试。

《礼记·檀弓篇对后世文学的影响》,是一篇从中国历史名著中选择若干典型进行比较研究的范例。他以《檀弓》中某些故事为例,看一类文学主题的承传演变过程,如从"苛政猛于虎"到柳宗元的《捕蛇者说》;从石祁子父丧不沐浴佩玉故事到元曲的《灰栏记》;从陈子亢处理殉葬问题到西门豹治邺等等。他说:"现在有许多人爱谈'比较文学'……我常觉得真能比较中外著名文学,当然是好事,但窃恐有此能力者不多。而在我国自己的历代名著中,如能做出有意义的比较,倒真能够稍稍近乎做到'发潜德之幽光'。"可以说,此文为青年研究工作者指引出一条新路。

《论五言诗起源于妇女文学》是先生长期思考得出的结论。关于五言诗发生的时代,一直是治文学史者悬而未决的问题。先生举戚夫人歌、李延年歌诗、班婕妤怨诗、虞姬歌、尹赏歌为例,认为:"五言诗起于汉初,起源于妇女自叹身世或其他有关妇女的题材。"自成一家言。

先生晚年,因指导研究生,集中精力于词学研究。他以历史学家和文学家的眼光来认识"词"这一文学体裁:"词"初出现时,诗言志,词抒情,二者功用不同。这个区别,在宋诗与宋词中看得最清楚。"许多人奇怪,为什么宋诗中几乎没有爱情诗?为什么宋诗中没有形象思维?……原来宋代的'诗神'把爱情诗委托'词神'去主管。"他痛感晚清以来词学界盛行"寄托",乱解词义,误人子弟,以及后来词学研究曲附政治,不顾事实,强分北宋以来词坛为豪放、婉约两派的风气，大声疾呼，对词学研究进行拨乱反正，无论从治词门径与词学观点方面，吴先生都有他独特的贡献。

1982年秋，吴世昌赴日讲学，做《有关词学若干问题》报告，提出“北宋根本没有‘豪放派’”，轰动了日本汉学界，《朝日新闻》称，“吴世昌创立新说，向传统词论观挑战！”此报告修改后发表于《文学遗产》1983年第二期，改名为《有关苏词的若干问题》，随后又在《文史知识》第九期发表了《宋词中的“豪放派”与“婉约派”》。他指出：从五代到北宋，“虽然名家辈出，作品如云蒸霞蔚，却从来没有人把他们分派别、定名号、排座次、贴签条。”“在北宋文人看来，《花间集》……是填词家的标准与正宗。”“北宋大词人的作风大都相像，这不稀奇，因为他们都是从《花间集》一脉相承传下来的。他们的作品相互之间可以‘乱楮叶’”，“一个人的词掉在别人的集子里，简直不能分辨出来，所以也无法为他们分派别。”接着他具体分析被举为“豪放派”领袖苏东坡的词：“《东坡乐府笺》共收词三百四十多首，像‘大江东去’一类所谓‘豪放’词，至多只有六七首。”“这只能说苏东坡这位多产的诗人，除了写三百多首和‘花间’词人同样的作品外，又写了少许和别的词人不同的作品。……他的功绩是对词(的风格题材)有所增加，而不是改变什么词坛风气。”即使这些与众不同的作品，也不能全称之为豪放。“当然，我们说北宋没有豪放派，并不是北宋就一定没有豪放词。少数格调比较昂扬，气魄比较恢宏的作品是有的，比如范仲淹的《苏幕遮》《渔家傲》和苏东坡的‘大江东去’。即使如此，我们也不能仅仅根据这几首词，就承认他们是一个‘豪放派’。”靖康之变后，国土沦亡，人民流离失所，这种局面下词人的作品自然是慷慨激昂、义愤填膺的。因此，先生尖锐指出：“文人作品主要受时代的变动而转变，并不是某人天生‘婉约’或从小‘豪放’。”他尤其反对把所谓“豪放”“婉约”与政治挂钩，说什么豪放派代表“中国词史上的主流或进步或革新的力量，思想性、艺术性、文学价值最高，而婉约派则是保守力量，消极成分，落后乃至庸俗不堪，不值得赞扬提倡，必须加以批判等等。于是不谈词则已，一谈则言必称苏、辛，论必批柳、周。”他认为“说苏词的特点就是‘豪放’，那是以偏概全，不但不符合事实，而且是对苏词的歪曲……苏词的价值，远远在几首所谓‘豪放’词之上。”先生这些论点，虽然尚未来得及做更深入的理论阐述；但新鲜犀利，引起词学界议论纷纷，打破了多年来一潭死水的沉寂状况。

反对“寄托说”，这是先生从自己初学词上当受骗的切肤之痛中得出的结论。早在四十年代发表的《论词的读法》的“余论”中他就曾指出：“说读法竟，再立一戒：曰戒穿凿。原来自从汉朝人把屈原捧成一个理想中的大忠臣之后，把他的作品以及甚至与他无关系的楚国民歌中的神话和男女调情之辞，一律曲解成忠君爱国的比喻。这种办法，汉以后的一些儒家也推广到十五《国风》上去，即所谓‘美刺说’。二千年来，这个不高明的传统，真是搅得迷山雾海，乌烟瘴气！许多文人也正想借此掩饰，明明是艳情诗，却故意恍惚其词，故意令人误会到忠君爱国上去，作为遮羞的烟幕。其中也偶尔有几首，真的以艳情来比喻政治上的志趣的，如唐代张籍的《节妇吟》之类，那也是受了‘美人香草’和‘美刺’说的暗示后才做的。而且毕竟是有限的例外。至于晚唐、五代的词，本来起于民歌以及歌女舞伎的曲子，文人作品，也多半是赞美女性或谈情说爱，或代妇女立言，如‘闺怨’之类。却偏有一些人把它附会‘美人香草’的比喻，武断地把它说成忠君爱国的‘微言大义’。始作俑者是常州派的张惠言。……其实这些词中所说的人物或对象，大都是歌女舞伎之类，那些冬烘先生硬要拿帝王来代替她们，真是对帝王开最大的玩笑。并且明明是美妙的抒情诗，硬要把它解成支离而不高明的笨谜，又是对于诗神最大的侮辱。……所以初读词者，最好只凭自己理解，不必信前人所贡献的

'微言大义';而常州派的胡说,尤不可信。等到自己确能了解之后,再看前人的批评,以比较自己的见地,才能得益。"十多年后,《罗音室诗词存稿》出版,他在"词跋"中再一次批判道:"自寄托之说兴,而深涩之论作。推而衍之,则曰沉郁,曰重拙。于是言情者曲讳其情,感事者故掩其事。……甚至前人之作,亦被曲解。……不惜强古人就我,以自圆其说。于是世之好为模棱两可之语者,竞趋于乡愿之途,以为不尔则不成其寄托、深涩、沉郁、重拙之功。"他对清代词论家谭献倡言"作者之用心未必然,而读者之用心何必不然"尤其深恶痛绝,说这是"随心所欲,教人造谣,欺人太甚,实乃对真理的嘲弄,良知的奸污。""寄托说"盛行,坏了晚清以来的词风,"乡愿之词起,而清朗、秀逸、慷慨、率真之气,遂不易见于吟咏性情、抚时感事之作,此近世词风之所以不振也。"而救之之道,只有:"第欲返此积习,以复元真,唯有先溯其源,求之两宋。然后直摅所感,创拓新境。""填词之道,不必千言万语,只二句足以尽之。曰:说真话;说得明白自然,切实诚恳。……论古今人词,亦不必千言万语,只此二句足以衡之:凡是真话,深固可贵,浅亦可喜。"这种说真话的词风,只有摆脱"索隐派""寄托说"的影响才能实现。

与前一问题相关联的是宋人笔记爱给名人词瞎编"本事",越是名家,随词的韵事就越多。起初只是当时人们茶余饭后的谈助,流传到后世竟变成词论家手中的论据,以之解词、论词,岂能不闹笑话?先生一针见血指出"宋人词话不可靠"。在他的晚年,花了不少精力去做辨伪的工作。在《有关苏词的若干问题》中驳斥了几则关于苏东坡的传说。他最后一篇词学论文《周邦彦及其被错解了的词》则辨析了宋人张端义在《贵耳集》中把周的两首不相干的词《少年游》《兰陵王》硬扯在一起,编了个周邦彦、李师师、宋徽宗荒谬的三角故事。王国维的《清真先生遗事》虽指出这个故事失实,但所举证据多从外部分析得来;先生则从两词时令不同,内容无关,辩驳了编本事者的胡说。此事看来只是个环绕文人的一则无聊的风流故事,无关大局,殊不知它正是多年来一些词论家认定周词"品格不高"的一个重要论据,直接影响了周在文学史上的地位。可见此一辨伪工作之重要。

先生作为当代诗词创作名家,对词有细致入微的体会与把握。他研究词,强调词中论词。先校正词中讹字误句,然后分析词的结构,探其主意,论其优劣。一些长期未解或被误解的词经他从结构方面一梳理,便豁然贯通,歧解顿消,妙处自见。前面提到的《隔浦莲》是一个例子,再举一例,柳永的《引驾行》:

> 红尘紫陌,斜阳暮草长安道,是谁人?断魂处,迢迢匹马西征。新晴。韶光明媚,轻烟淡薄和气暖,望花村,路隐映,摇鞭时过长亭。愁生:伤凤城仙子,别来千里重行行。又记得临歧泪眼,湿莲脸盈盈。销凝。　花朝月夕,最苦冷落银屏。想媚容耿耿无眠,屈指已算回程,相萦。空万般思忆,争如归去睹倾城?向绣帏深处,并枕说:"如此牵情。"

这首词断句相当困难。万树《词律》断作:

> 红尘紫陌,斜阳暮草长安道,是谁人、断魂处。迢迢匹马西征。新晴。韶光明媚,轻烟淡薄。和气暖望花村,路隐映。摇鞭时过长亭。愁生:伤凤城仙子,别来千里重行行。又记得临歧,泪眼湿,莲脸盈盈。销凝。　花朝月夕,最苦冷落银屏。想媚容耿耿无眠,屈指已算回程,相萦。空万般思忆,争如归去睹倾城?向绣帏深处,并枕说:"如此牵情。"

误断处有八，讲不通，只好推说有讹字。晚清词家夏敬观甚至以为前二十五字乃他调残文，是编者误冠于此词上。先生一一予以纠正，并指出首二十五字与次二十五字是句式相同的排句，几乎像一副对联。词中含有一个旅途思念情人，幻想将来见面时倾诉离情的动人故事。吴将这类“从现在设想将来谈到现在”的结构概括为“西窗剪烛型”，而将前面提到的周邦彦《瑞龙吟》的章法称为“人面桃花型”。他指出，词中写故事，本是《花间集》《尊前》的一个传统，韦庄、孙光宪、顾夐、和凝都写过含故事甚至连续叙事的小令，到周邦彦臻于高峰。除了《瑞龙吟》，他还对清真的两首《少年游》做过生动的演绎。(见《宋词鉴赏词典》)关于周邦彦在词学上的地位，吴世昌也有精辟的论述，他说：词从唐、五代到北宋，由长于抒情的小令，发展到风靡海内，擅长绘景的柳永新歌，但美中不足的是“其谈情作品不脱《花间集》旧习，而乏《花间集》之精致；写景抒情者又多平铺直叙，无回环曲折、波澜起伏之势，换句话说，不能融情入景，就景抒情，情景并列如单页画幅，未能寓情于景，情景交融，使得万象皆活。推其缘故，盖因情景二者之间无‘事’可以联系。救之之道，即在抒情写景之际，渗入一个第三因素，即述事。必有故事，则所写之景有所附丽，所抒之情有其来源。使这三者重新配合，造成另一境界，以达到美学上的最高要求。但如果三者之中缺一，即难造成境界，若不能造成此境界，则其郁勃之气，未能借其作品以抒写，即不能得到美学上最高之满足。”而周邦彦之所以成为宋词承前启后的集大成者，其佳处正在于“以词写故事之妙”。由此，他提出了品评词的十六字玉尺：“余尝谓小令之佳者，要即景传情，缘情述事，就事造境，随境遣怀。如不能俱此四者，即有一于此，亦足为零金碎玉。读是词(指陈允平《西湖十咏》——笔者)，亦可以此十六字为玉尺。问此句此联能即景传情否？如不能，则问能缘情述事否？能就事造境否？如此层层推敲，则情伪立见,玉石可辨。”吴世昌的这些观点,将现代文艺学说与中国古典词论相结合,把词学理论推向一个新的高度,有的学者说他是对王国维境界说的重要补充和发展。有的则将其论点概括为“词体结构论”,认为是中国词学批评史上继“本色论”与“境界说”之后的又一新的批评模式。(见《海宁名人研究》第三辑《吴世昌研究》)

五

先生自弱冠弄翰。至于皓首,五十余年中写下二百多万字的学术论文。在词学、诗学、红学、古典文学、经学、史学、文字学、训诂学、语音学、人类学、敦煌学、宗教学、考古学、校雠学、文物学、修辞学、目录学以至婚姻、民俗、烹饪……各个领域,均做出了独特的贡献。纵观其治学道路,一是不断创新,开辟新路。他曾对他的学生说,“不要做别人已经做过的题目”,“你所写的论文, 如果是在现有的一百篇当中,再加上一篇,成为一百零一篇,那就没多大意思;你所写的论文,应当是某一方面的第一篇。而且,以后人家搞文学史,一接触到你所论述的问题,就想起你的这篇论文,认为非找来参考不可,这样的论文,才是真正有价值的。”(见施议对《吴世昌传略》)从他青年时起步做研究工作,就这样要求自己,即使是短短千字文,亦不例外。早在 1935 年 10 月,天津《益世报》发表他的《罗音室读书偶记》,提出了两个别人未曾论及的问题:一是指出陶渊明《祭程氏妹文》及《与子俨等书》中有讹字,一是发现晏几道善用前人成句,有时使人感觉比原诗更好。举例中最有名的便是“落花人独立,微雨燕双飞。”短短千余言,发前人所未发。他所做的每一篇文章,可以说都是某个方面的第一篇,或开辟前人未曾涉足的领域,或纠正多年积非成是的谬误,或提出新鲜有据的观点。在文史研究领域里他是一个不断开拓的先锋。他的文章常常引起争论，除了论点本身的价值以外，对开展自由讨论，推动学术前进也是十分有益的。

二是中西融会贯通，开古典文学研究的新局面。他既有坚实的中国古典文学根底，又有强烈的科学意识，现代的治学眼光。在研究中，经常运用现代科学各门类的知识，吸收西方的学术思想、文学观念、论证方法，来解决中国古典文学（古代文史本来不分家）研究中存在的问题。故能开拓出全新的局面。

三是重视考证，求真求实。他研究问题，考证是非常重要的手段。前些年，学术界有人批考证是“烦琐哲学”，称他为“考证派大将”。对此，先生自承：“我治学先求理解，再做（或不做）评论，故考证十分重要。社会科学中要有考证，正如自然科学中必须有数学做基础。不懂数学，任何科学都不能做；不懂考证，什么学科也搞不好，甚至不能搞。有人反对考证，给它戴上‘烦琐’的帽子，以便加罪而去之，这是‘读书无用论’的旁支。试读马列著作，无考证即无论据。反对考证是懒汉思想。清代学者主张考据、义理、词章三者不可缺一。此三者中考据即为求真之学，义理即为求善之学，词章则属于美文，为求美之学；亦即康德所谓纯粹理性、实用理性、美育评论；亦即知识论、伦理学、美学三者之雏形。”他的许多新鲜的与众不同的论点均有过硬的考证为基础，故坚实可信，自成一家。他研究问题，必先正本清源，打好基础，再论其他。正如他在《我怎样写红楼梦探源》中自谦地说：“我只是一个小工，把基石从山坳水崖找得来，放得平正，已算尽了我的能力。但我知道，修盖在这上面的雄壮的殿堂，却非要有坚实的基础不可。”还可举一个例子，“文革”中他被派与人合译《菲律宾共和国——历史政府与文明》的上册，与一般译者不同的是，他不仅译书，还做了大量考证，十多万字的原文，竟写了近二万字的译注，纠正误说，或补充考释。

四是直接切入研究对象，不旁生枝节，不走捷径取巧。研究《红楼梦》，不搞红外线；论词，就词中说词；训诂，从经籍的文法结构音义中求解。这样得出的结论，可靠明白。

五是具有为求学术真理，奋不顾身的大无畏精神。他以为：研究科学，探求客观真理，必须摒弃一切功利观念，要尊重客观，恪守学术道德。“在学术范围之内，只有真理，只有是非，没有权贵，也没有冤亲，违背了这个原则，也是不道德。”再举一个例子：1959年他到剑桥参加国际东方学者学会和青年汉学家会议。当时他正写《红楼梦探源》，发现瑞典人高本汉曾为文从汉语方言论证《红楼梦》前八十回和后四十回是一人所写。吴不顾高是著名的汉学权威，在会上宣读的论文中批评高挑错了版本，举错了例，用错了方法，只能得出错误的结论。这下得罪了崇拜高本汉的人，一位伦敦大学教授发言，说高对中国语音学的贡献是无可否认的，又这么大岁数了。在吴讲的问题上无疑吴是对的。但他这么大贡献，又是高龄，能批评他吗？但却为众多学者所理解。有一位权威仗义执言：“我不知道年龄和真理有什么逻辑关系，我想我们白种人自负得太久了，现在是时候了，应该虚心读一读中国学者所做的研究。”生活中的吴先生是谈吐风趣，坦诚待人的长者，但对待学术真理，他又是一丝不苟，寸步不让。爱之深，故责之切。他爱国，故对我们国家一切不好的东西深恶痛绝；他执着于学术，故对学术界一切不道德的丑恶现象痛心疾首，因之也不免被动地卷入一些争论和纠纷，但他从不主动进攻别人。这是一种十分可贵的学术品格，和他的学术成就一样，都是吴先生留给后人的宝贵遗产。

（载《燕京学报》新十期，2001年）

略谈子臧先生对民间文学的重视

子臧先生作为杰出的文学家，除了在众所周知的词学、红学等领域有卓尔不群的贡献以外，他还很关心民间文学，早在 1936 年，他就发表了《打趣的歌谣》，说明民间文学在人们生活中的作用，并介绍了好几首硖石儿歌。后来顾颉刚先生为会长的“北京风谣学会”要在南京《中央日报》办一个《民风周刊》，发刊词就是子臧先生写的，进一步阐述了民间文学在文学史上的位置。先生晚年，得知我一直从事社会文化工作，曾多次与我谈起家乡的民歌谚语，兴致很高。

有一次，他向我介绍了一首儿歌：

> 阿大搬砖头，阿二烧灶头，阿三挑野菜，阿四裹馄饨，阿五偷来吃，阿六关房门，阿七轧断脚，阿八叫医生，阿九买膏药，阿十格念（说）多买几贴吾拉大家贴。

他一面背诵，一面脸上浮起孩童般顽皮的笑容，说：“有趣的是最小的孩子让多买几贴膏药大家贴。十个孩子只有阿五偷吃，可是他和阿六都过去了，一关门，阿七轧断了脚。这个儿歌有集体性，可以十个孩子一人一句轮着唱。还有好多儿歌是单独的一人一段。”接着，他冲着我（我在家行二）又念起来：

> 阿二，阿二罱河泥，一罱罱到塘栖。罱着一条鳗鲡。端去望娘姨。娘姨吃福气，本（给）只猫拖去，阿二吼拉吼拉哭了去。

他说："这首歌我知道有六段，从阿大到阿六。里面有许多民间习俗，也有本地风光。像'罱河泥''捉鳗鲡''塘栖''做羹饭'（阿三歌里的）等等。"

先生和我讲得最长的一次是一首叫《竹竿打丝》的民歌，他说："我们家乡还有许多民歌，写得虽潦草，但材料很丰富，写法也特别。《竹竿打丝》写的是富家公子韩光和张二娘的恋爱故事。规模和《孔雀东南飞》差不多。"张二娘是个寡妇，"眉毛生来额角高"，命相克夫，韩光却发誓非她不娶："今年讨来明年死，也有一年好夫妻；今月讨来明月死，也有一月好夫妻；今日讨来明日死，也有一日好夫妻"。婚姻不成，韩光终于得相思病死了。许多人来吊孝，先生说："推开东西南北窗，都是来吊孝的船，场面很大，宛如'鱼戏莲叶东，鱼戏莲叶西……'的风光。"二娘也去吊孝，事前问家人穿着什么衣服，有的主张穿"红罗衫、红罗裙，红罗恤裤红罗巾"，有的主张穿"白罗衫、白罗裙，白罗恤裤白罗巾"，于是她内着洁白素服，外套大红喜服去了。写二娘的美丽，也十分别致，如："挑水司务看见二娘到，吊桶氽到河中央；裁缝司务看见二娘到，领眼开做裤子裆；厨房司务看见二娘到，指头斩得碎糟糟；棺材司务看见二娘到，指头斩下来当钉敲。"先生说："新鲜生动，完全和乐府《罗敷曲》一样。"二娘走进韩光家，见人员、猪羊、金箱银箱都成双成对，只有"吾搭（和）韩官勿成双。"她决心"吾要搭你同死合棺材"。她要求棺材司务做个大棺材，棺材司务说："只有蚕花宝宝同做茧，呒不（没有）同死合棺材"。最后张二娘也死了，与韩光合葬。

先生一面叙说，一面背诵他还记得的词句，他说：“这首民歌中还有许多日常生活细节，说到媒人做媒，连猫叫声都写进去了，十分生动。中国民歌描写都喜欢用夸张的手法。这是汉以来的传统，作歌的人可能没读过乐府，完全是民间自发的农民喜欢的技巧。这个故事的规模很大，与《孔雀东南飞》差不多。我曾想把这首歌重新整理出来，写信问家乡的老人(吴甲丰的大哥)，他又请教了许多老人，都不记得了。可能不知道这些民间文学材料之可贵，不理会了。当时认为无价值的东西，其实整理出来是很有意思的。现在知道的人越来越少了。我也是长大以后，看到的中外民歌多了，才认识到我家乡的民歌水平很高。”

先生接着说：“中国的民歌有些是南北方共有的，有些是江南独有的。《竹竿打丝》完全是吴越民歌，都是本地风光，土生土长的，但它的根据也可以从汉乐府里找到。汉代民歌是北方的多，黄河流域的，而有的吴越民歌为什么也与汉代民歌这样相近？”

先生还说道：“有人说中国没有史诗，实际可能许多东西失传了。《诗经》里有几首，但很简单。外国有许多故事是从外面传来的，如圣诞老人、灰姑娘等。希腊是城市国家，有他自己的故事。罗马故事里有五只狼，保护一个女孩，这狼就被奉为保护神。意大利的许多故事是阿拉伯的，西班牙有的故事也是阿拉伯的，而莎士比亚的许多故事是西班牙的。中国也有许多故事是从印度来的。东汉末年、晋朝，讲佛经，有许多可怕的故事，演变成变文、弹词、宣卷。但也有许多是模仿佛经编自己的历史故事，如王昭君、伍子胥等。我们的汉代民歌以及我家乡的民歌都和印度无关。”

先生去世以后，我曾请一直生活在家乡的新民弟帮助寻访，后来，他给我寄来在台湾的乡贤张福堂先生回忆记录的《鸳鸯冢》，九十余言，即是先生所说的《竹竿打丝》。情节词语稍有出入，例如男主角的名字变成颜二官，与张二娘的相识由捉鹦哥改为捉知了，以及说大棺材是张二娘自己带去的等等，这些都无关紧要，只可惜中间情节脱落，不连贯，且遗漏了一些生动的细节描写。张先生功不可没，但工作还没最后完成，还可以做更深入的访求。

说到这里，我有一次意外的体会。也是先生一次与我谈起硖石方言而起。他说了一串全由土语组成的句子来考我，我解出了一些，但其中关键的动词"照可娘子"（音）却怎么也弄不懂，以致整句无解。他得意地微笑，看着我，大有"你奈我何"的味道。先生去世以后，我每次回乡，都向当地同志请教"照可娘子"的含义，未得确解，查《海宁市志》，方言一节亦未收此语。我彻底失望了。1998年，在新民弟家用餐，我又提起此事，在一旁静听我们聊天的新民母亲——我们的舅妈忽然插嘴："照可娘子，调俳你呀。"我恍然大悟：《世说新语》里不正有"俳调"一章么。"照可娘子"，戏谑也。多年未解的问题在一位文化不高的老太太嘴里得解了。"礼失求诸野"，信哉斯言！民间文学的发掘，我想也一样。

前些日子南京大报恩寺地宫发掘，使我想起先生还曾对我讲过一首有关的民谣。在为同邑张惠衣的《金陵大报恩寺塔志》所作序中：先生写道："余幼时习闻民间歌谣，有金陵宝塔之曲，低回重叠，九复其词，叙其庄严宝相，风铎檐灯，穷极富逸仙丽之致。"我读后对这首"宝塔谣"十分向往，曾向先生请教。先生背了两句："金陵塔，塔金陵，金陵宝塔第几层。"每层宝塔有几只角，角上有几只金铃，风吹金铃……雨打金铃……接着是赞美宝塔的壮丽辉煌，这样一层一层唱上去，每层塔的角、铃数都不一样，塔层越高，檐角越多，铃也越多。后面的词先生记不清了，却重复了序文中的话："摇人神魂。"我说："北京曲艺有个传统节目叫《玲珑塔》，也是'玲珑塔，塔玲珑'，一层一层唱上去，与此很相近的。"先生说："这就关系到民间文学的传播和嫁接了。明成祖建大报恩寺,影响很大,北京自然有反应。这个问题研究下去,很有意思的。”

《金陵塔》的唱词曲艺名家现已经重新整理过,成为上海曲艺的保留节目。其词曰:

桃花钮头红,杨柳条儿青,不唱前朝评古事。唱只唱金陵宝塔一层又一层。

金陵塔塔金里格陵,金陵宝塔第一层,一层宝塔有四只角,四只角上有金铃,风吹金铃旺旺响,雨打金铃唧呤又唧呤。这座宝塔造的真伟大,全是古代劳动人民汗血结晶品啊。名胜古迹传流到如今。

接着插一段与之无关的绕口令之类的东西,再回到金陵塔,如此穿插反复,到第十三层:

金陵塔塔金里格陵,金陵宝塔第十三层,十三层宝塔有五十二只角,五十二只角上有金铃,风吹金铃旺旺响,雨打金铃唧呤又唧呤。这座宝塔造的真伟大,全是古代劳动人民汗血结晶品啊。名胜古迹传流到如今。

经过整理的唱词反复歌颂了劳动人民的伟大,思想性固然加强了,但每段结尾语言平淡,“摇人神魂”的韵味全失、魅力也随之减弱。我觉得,如何整理研究民间文学,还有许多课题要解决。热衷于弘扬家乡文化的同志们,是否也可以在这方面做一些探索?我期望。

(在2008年纪念吴世昌先生百年诞辰学术讨论会上发言)

“不解知难退”和“曹雪芹佚诗”

读到 7 月 16 日《文汇报·笔会》吴海发先生《“不解知难退”——我心中的吴世昌教授》一文，第一感觉是两个字：惊喜！两位吴先生素不相识，在学术饱受摧残的上世纪六十年代中期，认真地进行古籍的切磋、传承、交流，真是风雨如晦，鸡鸣不已！而我，作为世昌先生文集整理者，除了曾见过 1976 年 1 月给海发先生一信外，对这段佳话几乎一无所知，深感惭愧，故十分感谢海发先生。

海发先生文中提到世昌先生去牛津讲学的事，我还可补充一点细节：先生是于 1947 年 11 月 17 日接到当时国民政府教育部次长杭立武转来的牛津大学的聘请电报，随即找教育部管国际联络的韩处长，韩原是燕京大学的注册科长，马上同意上报，部长朱家骅签了字，然后办护照、签证，一切顺利。谁知到英国后，报上登了消息，教育部另一个姓田的次长知道后大怒，把韩处长撤了。这是韩亲口告诉吴夫人的。在牛津，世昌先生在授课、做公开讲演、参加国际学术会议中，纠正了许多西方人对中国文化的误解(例如将“八股”译为“八条腿 eight legs”之类的笑话)。为了指导学生读《红楼梦》，他开创性地、系统地研究了《红楼梦》的版本、评语等问题，一不留神成了红学家。

文中还引了先生的自寿词第二首起句:“半生劳碌，不解知难退”。据 1984 年出版的《罗音室诗词存稿》(增订本),这首词的题目是《千秋岁·七十自述次淮海韵二首》,全词为:

雁来天外,暑气今全退。深院静,街声碎。百年飞似羽,银汉飘如带。春去也,何当再与芳菲对? 月旦谁都会,论定须棺盖。身渐老,情犹在。读书常不寐,嫉恶终难改。今古事,茫茫世界人如海。

道存言外,不解知难退。曾见惯,山河碎。只今方一统,山砺河如带。谁可语?深宵我共青灯对。 见说群英会,阡陌腾冠盖。天下事,人民在。已看除四害,更喜沧桑改。君不见,京华冉冉春如海?

此调按律首句押韵,淮海词这句是“水边沙外”,故必须改,海发先生看到的是初稿,以后做了修改。

在此,我还要披露一点世昌先生作此词的过程:先生的七十寿诞是 1978 年 10 月 5 日。当时只做了第一首。7 日,抄寄第一首给俞平伯及同乡好友美术史家吴甲丰二先生。给俞先生那首末句是:“茫茫世界愁如海”。13 日,又抄第二首寄甲丰,信中说:“末句原为‘尘如海’,似乎大不敬,改作‘春’,违心之论也。姑听之,将来列集时或须一改。”又云:“这首词险韵多,偏要再做一首,越险越不服气,亦即词中所谓‘不解知难退’也。”

1978年10月，粉碎“四人帮”、停止“文化大革命”已两年，十一届三中全会尚未召开，思想禁锢未破，文学研究领域还是一潭死水。词是“夫子自况”，将一个正直学人的风骨情操，以及当时的复杂心境——渴望、忧虑、寂寞、倔强、无奈、热切……披露得恰如其分，值得反复玩味。

此文草就，未及发出，又见8月1日陈四益先生文《曹雪芹佚诗非疑案》。说句极端的话，这桩公案，可称是发生在政治高压、学术凋敝的特殊年代的一场闹剧，在正常的环境里是绝不可能发生的。事情过去三十多年，当事人均已故去。陈先生据朋友所述，认为此事已经定谳，其实未必。海发先生的文章说得很客观：“不久周汝昌先生撰文说，诗是他凑合而成的，引起一片哗然……成为红学界的一桩悬案。”所以成为悬案，乃是因为从1971年冬周汝昌先生将一首“来历欠明”“可靠与否，俱不可知”的“全”诗传给好友吴恩裕先生，到1979年镇江师专《教学与进修》发表周《曹雪芹的手笔“能”假托吗》，自认前六句乃他自己所补，八年间发生诸多怪事，疑点始终未得合理解释。仅举三例：一、1973年初恩裕先生代《文物》杂志向周先生约稿，周在《红楼梦及曹雪芹有关文物叙录一束》的“提纲初稿”中，竟赫然有“释该‘全’诗”一节。此前，周至少两次写信或当面答复吴坚称不知来路。事后，恩裕先生得知周自认遂发慨叹：“倘非出自曹氏而系彼自己所补，即提纲初稿亦不应写入也。”此评堪称一针见血。所补六句若非出自周手，则以后的“自认”难逃剽窃之嫌；若确系周作，却写入“提纲初稿”，迹同造假。无论何者，都涉及学者起码的人格操守，道德底线。二、后来，周先生改变了口气，不再是“来历不明”，而是“知为时人所补”了。并于1976年将该诗收在自己的重磅著作《红楼梦新证》新版中，有记云：“有拟补之者，去真远矣……”但也仍未敢声称为自己所补，直到三年后才自曝出于己手。一个《红楼梦》考证者，不去辨伪析疑，反而制造疑案，迷惑世人，戏弄同行，达八年之久，意欲何为？以学术为儿戏？玩同业于股掌？也许有人以为不过是开个玩笑，无伤大雅，那么，当玩笑转为学术争论时，就应及时收手并做出合理的解释。否则，有愧于道德，非正派学者所应为。三、事情闹大后，人们要求始作俑者说明原委，他却满腹委屈地诉说有不便告人的苦衷，这就益发令人费解了。既然是自己所制，非偷非抢，坦荡君子，究竟有什么内容或过程居然是不便告人的？有人曾善意地推测：也许是一位纯粹的学者在那特殊的年代做出了一些跌破底线的事，但周先生坚决否认。苦衷既不便告人，背后是否还有更多隐情？舆论岂能不哗然？疑点不除，单凭前后矛盾的口供，又怎能定谳呢？就在此案三十年以后的2009年，八十六岁高龄的张良皋先生还出版了一本三十六万多字的《曹雪芹佚诗辨》(中国建筑工业出版社出版)，叙其中故实及疑点甚详。至于世昌先生卷入此事，则正是为学人探求真理的天职所驱动，以及后来对恩裕先生的恼怨感同身受，也是"不解知难退"吧。

我写此文，无意重提旧事，挑起论争，考虑到陈先生及许多读者不明事件的全过程，略作说明如上。

(载 2014.10.13 上海《文汇报·笔会》)

吴世昌先生和词学

在词学界，吴世昌先生是比较特立独行的一位。他贡献了一些与前人和同时代人不同的观点，打破了词坛众口一词的沉闷空气。这本小书选了他关于词学的论文，供读者比较研究。

清代词学兴盛，尤以张惠言的常州派为著。张惠言尊崇词体，主张作词要比兴寄托，意内言外，发展到极端，不免偏颇荒谬，贻害久远。词学界素重传承，老一辈词学家，或师朱孝臧，或尊况周颐，对词学的发展做出了各自的贡献。世昌先生与众不同，他读词，纯出于爱好，开始也读过张惠言的书，但越看越糊涂，总感觉与词本身对不上号，只好扔开不管，自己摸索，断句，找韵脚，查典故，求真意，逐渐形成对词这一文学体裁的真切理解。

上世纪以来，文艺日益依附于政治，词的多种姿态被强分为豪放、婉约两派，进而独尊豪放，贬斥婉约，甚至上纲到现实主义与反现实主义、进步与保守、革命与不革命的高度，以派论词竟成为词坛的主流。对这种无视事实，不对作品自身做分析，以贴标签代替学术研究的粗暴做法，世昌先生极为反感。1982年，他应约到日本讲学，提出"北宋没有豪放派"这一颠覆性的论点，振聋发聩，轰动了日本汉学界，《朝日新闻》报道："吴世昌创立新说，向传统词论观挑战！"

沉闷了几十年的词坛,开始出现生动活泼的局面。

前面所说,是世昌先生所处的中国词坛状况。他为此忧心忡忡。晚年的他,为清除强加于“词”的种种外在负担,返本归真,做出了持久的、坚韧的努力。篇篇文章,都有很强针对性,读来可以感到他的急切与期盼。有时用词激烈尖刻,以至引起一些人的不满和误解。但我从偶尔涉猎的一些词学文章中,感到他的努力还是有成效的。今天的词学界,似乎已不再拘泥于按两派论词品,也不动辄强求寄托,穿凿附会的解词也有所减少。

先生读词,不是从名家注释中囫囵吞来,而是自己一字字咀嚼,一句句体会,细微到标点的斟酌,并着重全词的把握,由此,得出了一些与众不同的新解。试举数例:

晏几道的《鹧鸪天》“彩袖殷勤捧玉钟”上结:“舞低杨柳楼心月,歌尽桃花扇底风”,这联描写歌舞盛席的名句,为历代名家赞赏:舞跳到月将落,歌唱到风欲尽,酣畅淋漓。但是,舞到月落好懂,唱到风尽怎么讲?历来注家的解释都是:画有桃花的扇子下的风如何如何。但是,扇底的“风”怎么唱尽?讲不清楚了,只好说月是实写,风是虚写;或说风是扇下的回声等等,总之都不妥帖,读者依然一头雾水。世昌先生说:“风”乃《国风》之“风”;“扇”是歌扇,一面画图,一面写有曲目,客人就目点歌,歌女依点倚声。歌儿唱得太好,直至将扇上之曲目都唱尽了。抗战前北平欢场犹有此风,先生亲见过。这样一解释,明白易懂,全词豁然贯通了。

又如李后主的《浪淘沙》:“流水落花春去也,天上人间。”春去何处?“天上人间”是哪里?一处抑或两处?总给人以含混的印象,难以把握。先生点拨:加两个问号:“天上?人间?”就清楚了。

再如众家多爱说苏东坡填词不守格律,最常举的例子有两首:一是《念奴娇·赤壁怀古》中的“遥想公瑾当年,小乔初嫁了,雄姿英发。”一是《水龙吟·次韵章质夫杨花词》中的“细看来不是杨花，点点是，离人泪。”先生以为，这两个都算不得东坡不守格律的例子，而是后人断句错误造成的。《念奴娇》中的“小乔”句应读作“遥想公瑾当年，小乔初嫁，了雄姿英发”。“了”当解作“全”，“全然”“整个”之意。与苏同时代的秦观，就有“醉卧古藤阴下，了不知南北”（《好事近·梦中作》）的句子。并没有人把它破读成“醉卧古藤阴下了，不知南北”，来说秦观不守格律。或曰：“了”的此种用法多置于“无”“不”之前，秦观合而东坡不合。那我们再看唐韩偓的《宫柳》诗：“幸当玉辇经过处，了怕金风浩荡时。”用法与东坡基本一致。《汉语大词典》解作“极其”“非常”。清代张宗橚在《词林纪事》中取笑有人句读“了雄姿英发”为“如村学究说书，不顾上下语意联络，可一喷饭也。”看来他也不知道这个“了”做副词，是唐宋人的习语，只好自以为是的“喷饭”了。比东坡晚约百年的稼轩，填了二十首《念奴娇》，其中四首用东坡韵，换头分别为：“堪叹黄菊凋零，孤标应也，有梅花争发。”“憔悴何处芳枝，十郎手种，看明年花发。”“酒罢归对寒窗，相留昨夜，应是梅花发。”“自是不日同舟，平戎破虏，岂由言轻发。”除第一首可议外，其余都只能是六、四、五句式。再晚一百多年，元代萨都剌也有一首《念奴娇·登石头城次东坡韵》，其同位句是：“寂寞避暑离宫，东风辇路，芳草年年发。”既标明“次东坡韵”，自然要依照东坡原词的格式。以此反推东坡的《念奴娇》，换头的断句也当是“六、四、五”。

再说《水龙吟》，东坡和章质夫，章的原词后三句是：“望章台路杳，金鞍游荡，有盈盈泪。”五、四、四句式。东坡词相应的句子却被一些词家标点为“细看来不是杨花，点点是，离人泪。”变成七、三、三句式，且又被当作东坡不守格律的证据。先生说：其实这句同样可断为五、四、四句式：“细看来不是，杨花点点，是离人泪。”丝毫不妨碍原意。前面提到，既明言“和”，不可能不守原词韵律，这是一般常识。

说到断句，先生在《论词的读法》一文中还指出柳永《引驾行》“红尘紫陌”，万树《词律》的断句有八处错误，造成对本词的错解。读者可以比较两种断法，何者更贴近原意。

还有一个分片的问题。周邦彦的《隔浦莲》“新篁摇动翠葆”，这首词知之者略鲜，分行录下：

新篁摇动翠葆。曲径通深窈。
夏果收新脆，金丸落惊飞鸟。（内向对句）
浓霭迷岸草。蛙声闹。
骤雨鸣池沼。水亭小。（平行对句）

浮萍破处，帘花檐影颠倒。
纶巾羽扇，困卧北窗清晓。（平行对句）
屏里吴山梦自到。
惊觉。
依然身在江表。

此词分片，宋代即有歧异，关键在“水亭小”一句属上片还是下片。先生反复研读，认为应属上片。此词虽句杂长短，实有规律存乎其间。从上面分行排列可清楚看出：上片首先六、五言，次五、六言，是内向对句。以下两列五、三言，是平行对句。下片开始为四、六言之平行对句。上片调紧句峭意繁韵密，下片前半韵调疏松语意闲散，悠闲摇曳，最后两句骤紧，转而留下不尽的回味。若以“水亭小”属下片，则上片整齐之句法韵律全被破坏，下片亦因多此三字而将两排对句扰乱，全词文义与音韵节奏配合之美也全被抹杀了。

从以上数例可看出先生读词之用心与功力，故每每能品出真意,做出新解。

世昌先生的治学之路也有明显的个性特点。他少小失学,靠工读自学,在没有师承,多方摸索中前进。他对中国文化的强烈爱好,一起步即对汉语语言学的文字学、训诂学和音韵学的三个分支均做过不同程度的探索,并取得世人瞩目的成绩。同时,他由英文专业转到中国文学研究,又在世界名校牛津大学执教十多年,视野相对开阔。以广博的中国文化功底,借鉴西方的科学理论和方法来研究中国文学,读原料书,大胆怀疑,用科学的方法求证,这便是世昌先生与前辈一些学者不同的治学之道,在词学研究上亦是如此。从不人云亦云;从不大而化之,凭印象说话。如说苏东坡是给词增加了新的内容，北宋并没有一个豪放派，所谓豪放词在苏词中亦只占极小部分,是他做了全面的分析后得出的结论,凭数据说话,他人难以驳倒。

“虽尊师说,更爱真理,不立学派,但开学风。”既是夫子自况,也是他的梦。

2015年仲春,为吴世昌著《唐宋词概说》作

(载2015.6.5《文汇报·笔会》)

冷月照诗魂及其他

——记凌叔华题徐志摩墓诗碑

徐志摩——这只火中凤凰御风而去已经七十二年。近年来,他的诗句重又被人发现,广为传诵;他的逸事被编成书,拍成电视,助人谈资;他的墓从海宁硖石的东山迁到西山,妥为保护。但我一直奇怪的是:徐志摩墓前曾有的、最能体现志摩风貌的一块诗碑哪里去了?此事系先父吴其昌亲手所办,文坛才女凌叔华亲笔所书,我表兄徐璇亲眼所见,几十年后,竟然如风吹散,无影无踪,无人知晓,也是一大憾事。

先父吴其昌是徐志摩的从表弟,他们的祖母是亲姐妹,又是两重同门师兄弟:同为硖石镇上"两脚书橱"、桐城派古文家张仲梧先生的"三大高足"之二,同是近代学术大师梁启超先生的弟子,尽管一致力于开创新诗事业,一专注于研究古代史学,但在北平,在家乡,他们都时相过从。志摩遇难,其昌、世昌兄弟十分悲痛,虽然正忙于抗日工作,都分别写出悼念文章。其昌、世昌兄弟在北平时,即与陈源、凌叔华夫妇有交往。其昌因抗日被清华解聘,到武汉大学任教授,陈源是文学院长,凌在《武汉日报》主编现代文艺副刊。世昌的第一本集子《散文甲稿》出版时,凌叔华特地从武汉寄来封面设计。我与凌叔华的女儿小滢是小学到中学的同学,至今仍有交往。

据现在一些研究者说，志摩安葬以后，坟前没有墓碑达十余年之久。此事令人难以置信。徐氏非贫寒之家，志摩非无名之辈，安葬而不立碑，为何？陈从周说所以等到下葬十三年后才请乡贤张宗祥题碑，是"因等凌叔华所书碑文不就"（《记徐志摩》），韩石山也说"徐申如想让凌叔华写碑文，凌一直未写"（《徐志摩传》），言辞迷离。事情是否果真如此？现将我所知的一些情况，披露出来，供徐志摩的研究者参考。

据我表兄、人民大学的徐璇教授对我说：1933年夏，先父母从武汉回硖石度假，与二姐（徐璇的母亲）、五妹住在一起。某日，徐志摩之父申如老先生派人持柬来请我父亲吃饭，说有事相商。父亲回来后对姐妹说："申如伯想在志摩墓上立一块诗碑，想来想去顶好是请叔华题。他要我代请，我说回武汉再替他办。但他说急急急，我只好答应马上写快信去。"于是父亲立即修书武汉。凌很快寄来了题词："冷月照诗魂"，一句诗准确而传神地表现了志摩的风骨，真不愧是志摩的红颜知己。此词立即被镌刻于石。这时，徐璇已是初中将毕业的小青年，他对志摩是很熟悉的。他曾亲见陆小曼婚后坐轿回乡时硖石街上的盛况，至今谈起犹历历在目。抗战前，他上高中，每逢寒暑假，总喜欢穿过走马塘到东山万石窝去玩。当时，他分明见到志摩墓前有两块碑，正碑题墓主名（谁人所书，他记不清了，似乎是胡适），据此寻到志摩的墓。与众不同的是志摩墓旁边还侧立一块碑，略呈正方形，稍矮，上刻"冷月照诗魂"五个字，有无落款，他也记不得，但由于他亲耳听到舅舅讲请凌题诗碑的事，自然清楚这是凌的手笔。这种奇怪的墓碑格局恐怕是绝无仅有的，是申如老先生专为爱子精心设计的，但难为世人理解。抗战后期，徐璇从西南联大毕业，去美留学前，在重庆工作，常与同里吴甲丰（美术史专家，后为文化部艺术研究院研究员，也是我父亲的连宗兄弟）来往。甲丰也见过凌的诗碑，他们还一同赞赏过凌将黛玉诗“冷月葬诗魂”改动一字，用于志摩墓，十分贴切。二十世纪七十年代初，徐璇随人民大学下放江西，近八十岁的老母亦须同行，去江西前，先奉母还乡。于是他又去东山访志摩墓，只见荒冢累累，无迹可寻。下山时在道旁发现一块石碑横卧泥中，经仔细辨认，知是申如老先生的墓碑。问及乡人诗碑何在，人多不知此碑为何而立，甚至有的以为是徐子彼得（德生）的碑，更无人关心其下落。一代才女的巧思珍迹，就此湮灭。

至于申如老先生为什么要请凌叔华题诗碑？我认为也是有缘由的：凌出身大家，多才多艺，与志摩相知很深。志摩去欧前曾将文稿日记交凌保管，还半开玩笑说若回不来要凌为他作传。志摩的第一本诗集上题有“献给爸爸”字样，也是凌叔华代写的。因此，申如对凌叔华颇有好感。何况凌与我父又是故交，请她书碑，有便利条件。

父亲请叔华题碑时，我虽也在一旁，只有两岁多，当然说不清此事。后来父母闲聊时偶尔也提到志摩的事，说起过凌为什么舍志摩选陈源为终身伴侣，说起过凌为徐题碑的事，感叹过志摩的心境是“蛮苦蛮难”的，而记得最清楚的，是我十二三岁时，在饭桌上的一段对话。那天，不知说起什么，父亲忽然提到陈源：“通伯这个人啊，有点英国脾气。脾气是有点的，但你若强过他头上，他也嘎弗转（硖石土话，没办法之意）了。叔华是完全掌握他了。”母亲笑着问他：“谁又是美国脾气？”父亲说：“志摩！要独立，自家的事，自家做主。别人替他做主的，随便哪能（怎么）好，都不行。自家决定的事，哪能弗好，也要负责到底。”我听得有趣，也问：“那谁又是中国脾气？”父亲兴致颇高，用筷子指了指自己的鼻尖：“你爸爸！”又看着母亲说：“替别人着想，牺牲自己，负责任。”我当时只觉得好玩，完全不知他所指何事。几十年后，我才悟到，父亲当时所说，不仅是一般的做人原则，所谓通伯的绅士风度、志摩的独立品格以及父亲的牺牲精神，都是特指他们各自对感情生活所取的态度。

2003.11.26

(载 2004.2.23《文汇报》)

忆往

儿时眼中的苏雪林

儿时生活在武汉珞珈山及乐山武汉大学的圈子里，以父执故，常见袁昌英、凌叔华、苏雪林，时近接謦欬，时远瞩芳影，童稚无知，懵然不知“珞珈三杰”的雅称。尽管她们三人都是最早沐浴欧风美雨，又有深厚的中国文化底蕴，活跃于文坛的女学人，幼年的我，总觉得她们三人不大一样：袁昌英一肚子学问——满腹诗书，气度自华，令人仰慕；凌叔华生活在自己的精神世界里——云中仙子，高贵优雅，令人艳羡；而苏雪林——苏雪林则像是隔壁邻舍的大朋友，快人快语，率真亲切，令人亲近。我喜欢看袁昌英和大人们谈论学问，尽管完全听不懂其内容，那是文化的熏陶；我爱远远欣赏凌叔华一人高处的脱俗风度，却不愿走近惊扰她，那是美的享受；我更愿意和苏雪林说说平常话，虽然次数非常之少，那是受到平等对待的喜悦。

在珞珈山时，苏雪林来我家的次数较多，她衣着无华，一袭旧布旗袍，一双解放鞋，说话大声大气，以我那时的看法，甚至有些土气，绝不像在法国留过学，倒像是刚从某个小县城过来的。她原在安徽大学教书，安大的文学院长程憬是我父亲吴其昌在清华的同班同室学友，说起来很近乎。那时苏雪林方研究《楚辞》，与我父常谈的话题是先秦文化。有一件至今犹使我羞愧的往事。一天，她被父亲请进书房，查阅一本有关殷周彝器的图册。需要说明的是，认读这册印刷精美的大书是幼年的我和父亲常玩的最快乐的游戏，私心以为：这是我和父亲的“专利”。现在苏先生进去了，居然把我撇在门外，便不顾父亲工作时间不许进书房的禁令，跑去挤到父亲身前，抢着翻书。更不礼貌的是：当苏雪林指着一幅图说这是‘甲’时，我很不客气地说：“不对，这是‘乙’！”又卖弄地指点其他图像：“这是……这是……”父亲当即制止我这不敬尊长的言行，而苏雪林却满不在乎地哈哈大笑，指着另外一些图片询问我——我感觉，她不是故意考问，是认真询问，我一一应答，她高兴地赞叹：“哎哟，你知道的比我还多！”以后她见了我，总是叫我“小文物家”，令我无地自容。

到乐山后，偶尔她来我家时父亲正好外出未归，她便会和我聊天等待。她没有别的大人对孩子的那种居高临下的或教导、或敷衍、或哄逗的言辞，而是朋友般的交谈，认真地听你讲，使腼腆的我敢于直率地发表自己的意见。记得有一次不知怎么说到了徐志摩，她问我见没见过徐。天，尽管志摩是我父的表兄，但他遇难时我才周岁，见没见过我都无所记忆，这个话题超越了我的年龄。我只能重复从父母亲闲谈时听来的只言片语：爸爸说志摩心里“蛮难蛮苦”的，苏先生点头赞同：“是啊，是啊。”我忽然说：“我看顶难顶苦的是他的孩子。”她定住眼珠看着我，说：你说的也是一种看法。我和苏谈话次数不多，年代久远，内容多已模糊，但感觉依然真切，那就是自己像大人一样得到平等的对待。

不久前我见到苏雪林给我老友陈小滢纪念册的题词，更印证了我儿时的感觉。对朋友的十三岁的独生娇女，她不像别人那样赠些格言、赞语，而是认真地写下：

前人看见杜工部儿子的诗，叫人送把斧头要他斫断手臂，免得天下诗名又归杜家独得。我看见小滢的作品，并不想送斧，只希望她打破名父母之下难乎为子的成例。

小滢受父母陈源、凌叔华的熏陶，也喜欢舞文弄墨，能写很正经的、心忧天下的文章，不像我，只会写些孩子话。苏雪林看到小滢的优势，不做空泛的赞扬，却向她提出了一个严肃的问题：名人之后，如何自处，如何奋起，青出于蓝而胜于蓝。

名人之后，难乎为子，古今中外，突破者鲜。今日社会中也随处可见。原因是多方面的，有社会的、父母的，也有子女本身的。而要打破它，只有靠子女自己，无人可以替代。名人子女口衔宝玉而生，有名父母的荫庇，受众人的瞩目，要战胜自己的优越感、依赖心，克服世俗舆论的纷扰，走自己的路，是需要多大的毅力呵。苏雪林直截了当提出这样严肃的问题，确让一个十三岁的孩子有些难以承受，但也说明，她没有把小滢当孩子，而是相信她的自审力，及早提醒她认真思考，走好自己的路。

至于有人要送杜工部儿子斧头的典故，我腹俭无知。查《旧唐书》，杜甫子名宗武，“流落湖湘而卒”，尽管小时了了，长大后生活可能较其父尤落魄，未见有诗流传下来。杜甫之祖杜审言，是初唐有名的诗人，到杜甫被尊为“诗圣”，若其子再有诗名，那就成诗人世家，真是“天下诗名，杜家独得”了。不过我想，即使杜宗武衣食无忧，要超越乃父的诗名，也是不大可能的，这就是名人之后，难乎为子吧！

“珞珈三杰”的后来，袁昌英与丈夫杨端六同为武大名教授，学贯中西，政治上求进步，1957 年袁遭祸，列入另册，剥夺了教书研究的权利，十年动乱中又被遣送还乡，潦倒以终。所幸一双子女都事业大成，无愧于名门之后。凌叔华 1946 年携女出国，与陈源会合。改革开放后几次回国，受到中国作协等单位的接待，1990 年病逝北京，享年九十。苏雪林自奉极俭,近于苛刻,却将自己作为养老储备的金条五十两捐献给抗战,表现出她毁家纾难的爱国情怀,但因早年曾与鲁迅论争过,新中国成立前夕她决然离开大陆。当时武大与她要好的另一位进步女教授朱君允不解地问:“苏雪林为什么要走?有什么可怕的?”孰知朱先生自己1957年也未能免于难。苏雪林后来在台湾成功大学执教,1998年以百岁高龄回乡登黄山,传为佳话,受到礼遇。次年,苏以一百零二岁高龄辞世。

2007.6.23 于马虎居

(载 2007.11.18《大公报·文学版》)

想起了朱君允

读了张昌华先生的《珞珈三杰》,想起许多往事,其中之一是武汉大学迁到乐山后新来的女教授朱君允。

那是 1942 年的秋天, 我们学校——武大附中来了三位引人注目的新同学:大哥熊性美,是高中生,英俊潇洒,不久周围就聚集了一拨女同学;姐姐性慈,插入初二班,我和她的座位只隔一条走道,故交谈较多,她年长于我,端庄和蔼,有一副令我羡慕不已的甜美嗓子;小妹性淑年龄与我相仿,比我们低一班,常来我们班找她姐姐,活泼开朗,能歌善舞。开始我只知道她们的母亲朱君允是武大新来的女生管理,对其父则一无所知。一次上作文课,题目是"我的父亲",我急匆匆写了一阵,抬头环视,发现性慈呆呆看着题目,暗自饮泣。我轻轻拍拍她的肩,疑问地注视她,她断续吐出几个字:"我爸爸不要我们了。"后来,我才听说她的父亲是大名鼎鼎的戏剧家熊佛西,抗战初期熊佛西孤身奔赴后方,两年以后,朱君允带着三个小儿女辗转天津、上海、香港、越南、昆明、重庆,最后到达成都,期待团圆,不料熊佛西已经移情别恋,一个十分圆满的家庭由此破裂。于是,我对她们母女有了更多的同情。

朱君允(1894–1966)出身于湖南常德望族,民国闻人熊希龄就是她的姑夫。她是我国最早接受现代高等教育并去海外留学的女性之一，上个世纪二十年代初即毕业于金陵女子大学(当时校名)，并赴美留学，获硕士学位。此时，与熊佛西相识相知相爱，结为连理。回国后他们在北平过了十年幸福甜蜜的生活。熊佛西致力于开拓中国的现代戏剧事业，朱君允全力经营小家庭，也在北平大学戏剧系教一些课，襄助丈夫的事业。日寇入侵，熊佛西抛家别妻子，奔赴大后方，全家离散，尔后变心，家庭彻底破裂。丈夫挥手从兹去，扔下三个正在成长的孩子，不分担一丝责任。朱君允首先面临的是经济危机，她已年过四十，初到异乡，没有分文收入，但她没有退缩，毅然撑起了全家头上的一片天。她的老同学、时任金陵女子文理学院校长的吴贻芳，伸出援手，朱君允开始教书谋生。她讲授“西洋通史”和“英国文学”，兼指导学生们的课余话剧活动。同时，她还充分利用金女大的特殊优势，为孩子们提供了一个全面发展的环境，使他们在音乐、舞蹈、戏剧方面也受到良好的训练和陶冶。这种做法，完全是从提高孩子的素养考虑，为其全面发展打下基础，而丝毫没有功利的追求。这与今天某些家长逼孩子上“特长班”是完全不同的。为了维持生活，朱君允还到外校兼课，同时在灯下笔耕出一篇篇清新的散文，其中有对战前生活甜蜜的回忆，有对旅途跋涉见闻的叙述，有对至爱亲朋的怀念，有对光明的期待和向往，最后辑为散文集《灯光》。

两年以后，生计日艰，老友陈源见到朱君允的窘境，在其举荐下，时任武大教务长的朱光潜聘朱任女生管理，并任教，于是他们全家来到乐山。我就是那时结识他们的。和对其他单身女教授一样，我们称她朱先生。她身板挺直，面容严肃，总是来去匆匆，见了我们这些同事的孩子，也从不稍假以辞色，不像苏雪林那样爽快地招呼问话。我还听说她脾气大，对女生管得十分严格，所以孩子们都有些怕她，总躲着她走。在我父亲刚去世后的某日，她忽然在路上叫住我，温和地问了几句话，这是我记忆中她唯一主动招呼我的一次，使我看到她的另一面。在武大，朱君允对儿女身心的培养仍然十分重视，她利用做女生工作的便利，引领孩子参加大学生的文艺活动，发挥她们的特长。我记得，有一时期性慈病了休学，还坚持参加大学生的合唱活动，她对我说，这使她很开心。

抗战胜利，武大复员回武汉。我因父亲早逝，没有回美丽的珞珈山，与她们再没见面。1951年，偶从报上见到朱君允送女从军的诗，我才知道性淑参军了。武大的朋友告诉我，朱君允情绪高涨，好像换了一个人。她早已不再做女生管理而专任教授，这时则担任了武大的校工会主席，随后又被推为全国人大代表，忙得不亦乐乎。后来，后来就没有了消息。2004年，我忽然接到性淑寄来纪念其母朱君允的书《灯光永远的灯光》。打开书首先映入眼帘的是当年我难得一见的朱先生笑容可掬的、慈祥的面容，还有性淑那依然如故的端庄的身影。我匆匆读过一遍，才知道她们后来的遭遇，不胜感伤。

新中国成立前夕，政治黑暗，特务横行，物价飞涨，民不聊生。在震惊全国的武大"六一惨案"(1947年)中，朱君允曾被捕入狱三天。新中国成立后，她所闻所见，使她对新政权产生由衷的赞赏。同样，她也得到相应的尊重与信任，常被请去出席各种会议。但她从不曲言阿世。她是校工会主席，又是人民代表，故对工作中的问题必秉公直言，对群众的意见必如实上达。她认为只有这样，才算得是共产党的诤友，才不辜负人民的信任，才能忠实履行自己的职责，却从不顾及会得罪权势人物，因而发生过一些不愉快。1957年初夏，风云变幻莫测，不懂政治的朱君允居然在学校广播中发出一项通知：全国人民代表大会将要召开，若有申诉材料可代为转交中央。这非常符合秉性耿直、一贯仗义执言的朱君允的作风，却被诬为在群众中"煽风点火"，为肃反对象"鸣冤叫屈"，终于被划为"右派"，而且直接祸延她的女婿、性淑的丈夫，因与岳母划不清界限也被打入另册，补成“右派”。朱君允无论如何也算不明白这道算式：为人民代言，怎么会和“反党反社会主义”画等号？她抑郁成疾，得了脊椎神经瘤，几乎瘫痪，是大儿子性美赶来为母亲办了退职手续，接到天津，得以有一段相对平静的生活。直到1966年冬天，红卫兵强迫她离开儿子家，独居厨房的一角。12月6日，七十二岁高龄、因冬衣被查封而仅着秋服的朱君允猝死，身后的钱财只有五角钱。十三年后，得到改正。

朱君允辞世整整三十年了，她的两个心爱的女儿，性慈早已远行，性淑也于去年追随母姐于地下。她是我国最早受过现代高等教育的知识女性之一，她没有留下很多著作，只是尽全力在教育的园地里默默耕耘。尤为难能可贵的是：在逆境中她仍对生活充满热爱和信心，请看1962年她写的几首小令《阳春曲——咏小圃新秋》：

> 黄澄粒粒玑珠价，碧润株株串宝财，万民饥饱赖多栽。风雨顺，老幼笑颜开。（玉米）
>
> 花残半畾香犹在，粒嫩三星荚未开，晚风牵蔓上阶台。和露折，翠滴沁心来。（豆荚）
>
> 施肥润土殷勤侍，搭架牵藤仔细培，黄花翠叶映窗台。宵夜月，绿洗玉瓜罍。（丝瓜）
>
> 欢娱苦辣原非命，清露娇阳等玉醅，古来金石为诚开。调羹味，赚得友情来。（辣椒）

你读了是否也会感受到作者那颗纯净不凡的心灵？

2007.4 于马虎居

（载2007.8.19《大公报·文学》）

丰子恺先生的一幅画

一次老同学的聚会上，陈小滢拿出她珍藏六十余年的纪念册。这是我们那时代青少年的时尚，自己动手用五颜六色的彩纸做一个厚厚的本子，在行将毕业或离别时请师友们题字作画，内容大都是祝福、鼓励和叙情，留作永久的纪念。也有一些是父执或师长的题词，体现对晚辈的关爱。我们那时人人都有一本，十分珍爱。随着时局变化，许多人的纪念册都流失了。小滢是有心人，她的纪念册完好保存至今，并带来给我们欣赏。时过境迁，白发老人重温少年情怀，自是别样感触。我趣味盎然地翻着，玩味着十三岁的我写给她的稚嫩的文字。忽然，一幅儿童画跳入了我的眼帘：

丰子恺的画

一个女孩举着喷壶，正为一盆刚出土的嫩苗浇水，她做得那样认真，生怕幼苗经受干渴；这样专心，期望幼苗快快长大。右侧题字："努力惜春华"，左边书款"子恺"落印。

整幅画构图简洁，童心童趣，充溢纸间，透出生机无限。我们这一代人，是读着丰子恺先生的画和文长大的，他的画总激发我对一切美好东西的向往与热爱，如今年逾古稀，此情不衰。我忙问小滢，这是丰先生什么时候画的？可惜小滢不记得了。幸好紧接着一页是朱光潜先生的题字：

> 小滢，今晚你看见萧先生开药方，丰先生画画，丰先生似乎比萧先生更健旺快乐。假如你一定要学医，也不要丢开你所擅长的文艺，文艺也是医人医自己的。你爸爸妈妈的朋友光潜卅二年清明

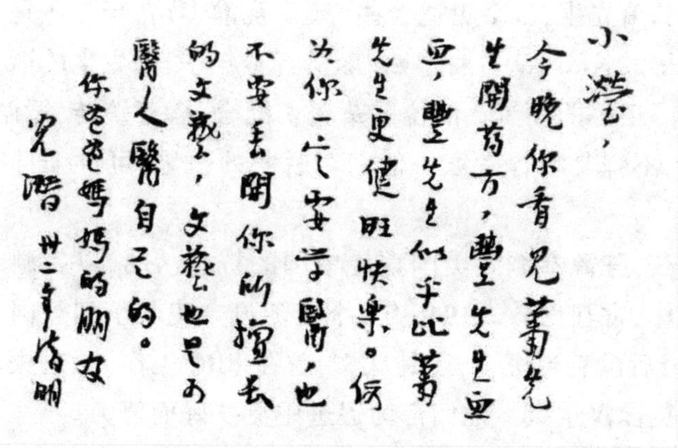

小瀅，今晚你看見蕭先生開藥方，豐先生画画，豐先生似乎比蕭先生更健旺快樂。假如你一定要学醫，也不要丟開你所擅長的文藝，文藝也是醫人醫自己的。你爸爸媽媽的朋友 光潛 卅二年清明

朱光潜的题字

这样，时间地点都清楚了。时间是 1943 年 4 月 6 日晚上，地点在四川乐山陈源、凌叔华的寓所。当时小滢父亲陈源是武汉大学的文学院长，朱光潜是武大教务长。萧先生是数学系的教授萧君绛，中医医术甚高，慈悲心肠，忧天悯人，常义务为同事看病，当时武大的员工家属有了病都找他，他也曾多次为我父母和我看过病，忙得不

亦乐乎。可惜在我父亲逝去不久(1944年),他也谢世了。小滢说那时她姑姑病重,所以请萧先生来看病、开药方,与丰先生相遇。但是,我们仍没搞清楚的是:丰子恺先生是从哪里、为什么来到乐山,以及他在乐山的行止。仅仅知道,他拜访了陈源、凌叔华,并为他们的独生女画了一幅画,勉励她珍惜青春年华。

我们当时都觉得小滢得天独厚,继承了父母的文艺才能,但小滢却宣称她将来要当医生。于是鼓励者有之,惋惜者有之,也有人压根没把一个十三岁女孩的志愿当回事。朱光潜先生的题词正是在这背景下写的,表现出对晚辈的充分尊重与殷切期望。是呵,行医和文艺,都是高尚的事业。小滢有文艺的才能,有学医的志向,那么,看看丰先生和萧先生,哪个更适合些?园丁浇灌春苗,春苗还是靠自己的力量才得成长。认清自身禀赋,珍惜青春年华,朱先生的话为丰先生的画做了很好的注解。两位前辈密切配合,含蓄婉转,循循善诱,天衣无缝,不愧是教育大家。他们对后辈的引导,可供今日家长们参考。

不久,陈源奉派到美国宣传中国的抗日活动,以后调中英文化协会工作,常驻伦敦。1946年,小滢随母亲凌叔华到英国与父亲团聚。她最后没有当医生,还是从文,曾在BBC工作。她的夫君秦乃瑞先生是英国汉学家。他们都为促进中英友好而努力。

(载2006.12.31上海《文汇报》)

女作家们的祝愿

抗战胜利以后,迁到大后方的学校纷纷准备复员。小滢的父亲陈源早在1943年就离开武大远赴海外，到伦敦就任中英文化协会工作,又任驻联合国教科文组织首席代表。这时小滢的母亲凌叔华决定携女赴英团聚。由乐山,而重庆,而北平,到上海,等船去美国转英。旅途漫漫,小滢珍爱的纪念册始终陪伴着她。她告诉过我这样一个笑话:由渝飞平时,怕行李超重,她穿了许多重衣服,又将好几本书(其中就包括这三本纪念册)都揣在身上,以至过磅时,别人都惊奇这瘦小的女孩怎么这么重呵。

上海是文人聚集的城市,这里有许多凌叔华暌别已久又即将分离的老友,她将小滢安顿在亲友家,自己则忙于访友告别。她知道小滢喜欢请名人题字,便带上小滢的纪念册,为女儿代求,以了却孩子的心愿。如许广平(景宋)、张充和、沉樱(上世纪著名的作家、翻译家)等,都题了字。张充和是苏州有名的张家四姊妹之幼,其才艺据说还在诸姊之上,诗词曲文、书画音律样样精绝。她曾到珞珈山,见过幼年小滢,从她风趣的题词中我们知道,她还会对孩子变戏法呢!许广平的题词似有点费解:“多才多艺,博学和平,像我们的先生一样。”此“先生”非他人,乃凌叔华也。原来许和凌是女子师范的同学,凌的班次比许高,后来凌进燕京大学,许入女师大,这期间凌曾在女师大授过英语,所以许广平尊凌叔华为“先生”。

1946 年 6 月 24 日，在赵清阁家又有一次小小的女文友的聚会。陆小曼、许某都去了,也许还有方令孺。凌叔华遂拿出纪念册请大家写一些话送给爱女。方令孺脑海中的小滢,还是个不懂事的小女孩,她写道:“见你的时候你还很小很小,听说你现在长大了,希望你将来成为伟大的人。”赵清阁没见过小滢,对这个有文学基因的后生也寄予很大的希望:“为文艺,愿你(步)令堂的后尘,为民族的复兴,愿你步历史巾帼英雄的后尘。”都祝愿小滢前程无量,成为巾帼伟人。陆小曼别开生面,写了徐志摩的一首小诗:

最是那一低头的温柔;
像水莲花不胜凉风的娇羞。
道一声珍重;
道一声珍重;
那一声珍重里有蜜甜忧愁。

原诗最后一句“沙扬娜拉”,小曼略去了。“沙扬娜拉”(日语“再见”译音)也是诗题,原是 1924 年 5 月徐志摩陪泰戈尔游东瀛时写赠一位日本女郎的。从志摩清新隽永的诗句中,一位萍水相逢,连姓名也没记载的女子的形象在我们眼前鲜活起来了：谦恭的温柔,如莲的娇羞,那轻柔的一声“珍重”,引起诗人淡淡的惆怅和哀愁,也让我们感叹人生飘忽不定,世事无常。故此诗为人们反复吟咏,回味无穷。廿多年后,陆小曼给朋友的女儿题写这首诗,我想,除了对此诗的喜爱,对志摩的愧疚与怀念,也许还蕴涵有更深的意思。

陆小曼是上世纪初的名媛才女,受过良好的教育,多才多艺,诗词曲赋、书法丹青，京昆歌舞、外语中文、社交言谈，样样娴熟。志摩是我父亲的表兄，我没见过陆小曼，只听母亲说过，文人见了陆小曼，没有不在心里暗自倾倒的。我看，她如能好自为之，成就不一定在同时期的诸才女之下。但她不知珍惜，不珍惜自己的才能，不珍惜已有的幸福，自怜自艾，滑入歧途，最后毁了心爱的人，也毁了自己。当她遇见多年不见的老朋友凌叔华，听说其女才华过人，也许不由得想起了自己的青年时代，她希望这聪明的女孩不要蹈自己的覆辙，又无法明说，故写下志摩的小诗，一再祝愿小滢“珍重”！在座的一位许女士读懂了小曼的心思，她的题词为之做了注解：“小曼先生要你珍重，我希望你珍重，在这万恶的社会里，是不能忘了‘珍重’这两个字的！”记得那时候我们常听说：社会是个大染缸，对将要步入“染缸”的女孩，对即将离国远去的小滢，“珍重”这两字便是最好的寄语。

2007.8 于马虎居

（为《散落的珍珠》作）

陈小滢和我以及当年的小伙伴们

在现在还能联系上的朋友中，我和小滢也许算得上同班同学时间最长的伙伴之一。从珞珈山的武大附小、乐山的乐嘉小学、乐嘉中学、武大附中初中、高中，直到1946年，她去英国与父亲陈源团圆，我则因父亲吴其昌早逝而回到上海，这十多年，我们分开又聚合，恰巧都同班。1979年，她的丈夫、汉学家秦乃瑞来北大任教。一次在杨宪益先生家中，她与我叔叔吴世昌通电话打听我，暌别三十多年后，我们才又联系上。我连忙将此信息告诉老同学刘保熙，保熙又传给了小滢的干姐姐杨静远，我们一同去友谊宾馆看望她们，还在保熙家包过饺子。可是不知怎么搞的，我们又断了联系。1990年，我从报上见到她母亲凌叔华去世的消息，正值我母亲也病情危急，没顾上和她联系，如此又经过十几年，直到最近三四年才得年年相聚。

说到两家的上一辈，小滢的父母陈源、凌叔华和我父、叔吴其昌、吴世昌相识交往于故都北京，那是上世纪二十年代的事情，其媒介大概是我父亲的老师梁启超先生及其子媳梁思成、林徽因，以及父亲的表兄徐志摩等。当"九一八"事变后，我父时任清华大学专任讲师，为逼蒋抗日绝食被解聘，继因陈源之荐任武大历史系教授，两人遂成为同事。凌叔华曾应我父转达徐志摩父亲的请求，为徐志摩题了一块诗碑“冷月照诗魂”；还曾为我叔叔吴世昌的第一本文集《散文甲稿》设计了封面，寄到北平；我父则应凌叔华之请，为她主编的《武汉日报·现代文艺》写了他唯一的一篇词学论文《读词》。

前两年，小滢从伦敦给我打电话，说发现我当年给她纪念册的题词。我早已忘记写过些什么了。后来她回国把纪念册带来给我看。面对那幼稚的字迹和言辞，不禁脸红，比起同龄伙伴写的至理名言、豪言壮语和妙笔巧绘，我真是太孩子气了，不过那倒的确是我的真实思想。别人提起珞珈山，都会说到山上的十八栋，我至今想起珞珈山，眼前就浮现我家门前那一片如茵的大草坪，可坐可卧可打滚。回忆和小滢的交往，尽是些吵吵好好的小女儿情事。中学时她和郭玉瑛、杨衍枝好得不得了，我的朋友是刘蒲青、江龄高、吴梦兰。两拨人时而一起玩，时而翻脸，谁也不让谁。

小滢爱出花点子，小学四年级时，我画了一幅鹰，受到老师称赞，叫我把背景再修改一下留作成绩。小滢非要我把背景涂成黑色，以至面目全非。我很懊丧。小滢安慰我说：“你画的是我，我是‘勇鹰’，在夜里翱翔。”我生气说：“我画的是我自己，我是‘山鹰’，在山顶上飞！”两人莫名其妙地吵了起来，我哭了，那幅画也没再交给老师。她做每一件事，总要鼓动大家跟她一起干，一次她要我们女生每人以一种水果起个新名字，于是有叫“樱桃”的，有叫“葡萄”的，她自己宣称她喜欢两种水果：梅子和苹果。所以叫“梅苹”。过几天，她又来了新主意：让大家用天象气候起名，什么云霞雨露之类。

那时候小滢有点男孩子气，什么危险玩什么。有一次她玩着玩着把头发搅在绳索里出不来，急得哇哇大叫，最后是别人帮她剪了头发才得解救。我至今搞不懂，她怎么会使玉瑛、衍枝两位文静秀气的姑娘着迷，跟着她搞起了桃园三结义，刘备、关公俯首小张飞。她还不过瘾，又和男生李永直、方克强拜把兄弟，整天铁哥铁弟的疯个不停，引得克强老实巴交的弟弟克定也跟在后面，成了她的铁杆朋友。小滢很会黏人，初二时她从北平回乐山，班上的同学只有和我比较熟，她一下课就叫住我和她玩，缠得我一点自由时间都没有，以至我的好朋友叶德闲哭着找我，问是不是不和她好了。小滢曾对我说，她家中没伴，父母亲忙，不大管她，她总想有人和她玩，还得听她的。我问她和玉瑛、衍枝的关系，她说：她们听我的，你不听我的呵。想想也是，所以我们好了吵，吵了好。

小滢有文艺天赋，特能出老师的洋相。我们曾有一个英语老师发音带浓厚的四川音，念 beautiful 如同“冰铁壶(读如‘扶’)”，走路摇摇摆摆。一次上课，老师迟到，小滢便在教室前学他一摇一晃地走路，嘴里念着“冰铁扶”“冰铁扶”。从此，“冰铁壶”就成了这老师的绰号。后来她又把班上的事编了个剧本，在同学中传看。剧本中写了“冰铁壶”，还写了一个胖子(我忘了是老师还是学生)，说他一走路“肚子慢慢向前移动”，这个形容使我十分佩服，自叹弗如。还有一位国文老师，一肚子学问就是讲不出来，一次讲一篇文章，他只顾摇头晃脑闭上眼睛反复吟读，自我陶醉。小滢不耐烦了，唆使周围同学往眼皮上抹万金油。老师睁开眼见学生都流下眼泪，还以为学生被他的吟诵感动了呢。

这就是当年我眼中的小滢：聪明、勇敢、活泼、调皮，大家都宠她，当然，她也很任性。

半个多世纪过去，历经风霜雨雪，血火淬炼，当年的小伙伴，都已近耄耋之年，这里只介绍几位给小滢纪念册留言的朋友。刘保熙，用几个名字(保熙、葆熙、挹萍)为小滢留了多次言，有庄有谐，小时是个大胖姑娘，如今苗条清秀，在外交部的岗位上退休。杨衍枝，“桃园三结义”中的关羽，书画都好，心和手一样灵巧，为人诚恳善良，是一位退休的儿科医生。方克强，空军离休干部，在广州，写一手好书法,最近刚给我写了一幅陆放翁的渔父词《鹊桥仙》。她的弟弟方克定,从小就是个极其认真、一丝不苟的人,现在是国土资源管理方面的专家,退休了仍忙得不行。余枢是武汉有名的心脏科医生,他的弟弟余桢从小一直是班上的头名状元, 现在是空军院校的退休教授,小弟弟余彬也是大学教授。他们的父亲余炽昌(武大工学院院长、教务长)、母亲罗静庄也都在纪念册上题了词。焦也顾,小学时我和他一同演过歌剧《金篮子》。他十几年前在香港,还任过北京市的顾问,他的母亲顾如教授,当年是武大的女生管理。叶德闲,我小学时的好朋友,后来是南京大学的退休教师。方如玲,外文系主任方重教授的女儿。钱曼娜(留言署名"曼"),钱歌川教授的大女儿,去了美国。有些同学虽不是武大子弟,也和我们十分亲密,如刘蒲青,我中学时最好的朋友,班上最优秀的学生,稳重老练,曾在教育部门做少先队的工作;王盛荣(莹),一位憨厚实诚的四川姑娘;王家甡、李大年、倪伟雄(闰青),三个高高大大的男生,伟雄绰号"长颈鹿",会篆刻,为我刻过图章。有些同学已离开了人世,如小滢的把兄李永直,想起令人心酸。还有两位老师:李华甫,我们初中毕业时的级任老师,他送小滢的题词是"前程远大",给我的是"无翼天使";王慎予,中共地下党员,对我们这些作文好一点的同学十分喜爱,后来是湖北省教委的领导。世事沧桑,难得的是小滢至今依然保持一颗年轻的心,天真、坦率、热情、好客。正是在她的鼓动下,我们这些平日疏于来往的老同学几乎年年聚会,有些外地的朋友也赶来见面,一些断了联系的朋友又接上了关系。这里不可忽视小滢的影响,她有一种使人不忍拒绝的魅力。

(为《散落的珍珠》作)

《一张照片的喜剧》的谜底

偶然读到一张旧报，5月11日《大公报》张昌华先生的短文《一张照片的喜剧》，引起我极大的兴趣。这主要是因为此文涉及我的老同学陈小滢、父执陈通伯、听先人谈过一些逸闻的熊式一，以及近年来赫赫有名的顾毓琇。

正好小滢伉俪在北京小憩，便一个电话打了过去，询问始末。谁知小滢说："哎呀，此事早搞清楚了，我已写信告诉张昌华，不过他没回信提起，难道他没收到我的信？"于是小滢将辨认片中人的最后结果告诉了我。当小滢听说顾毓琇自认是照片中人，造成她"误认"父亲的"笑话"后，好不尴尬，便写信给在英的熊式一的儿子熊德达，请他辨认。不久，熊德达回信，说照片右边(萧伯纳之左)的人不是自己的父熊式一，而是小滢的父亲陈通伯(与小滢的认识一致)；左边(萧之右)的人也不是顾毓琇，而是崔骥，崔已于上世纪四十年代末在英国去世。也就是说，这张照片中既无熊式一，也无顾毓琇。

接下来我又产生了第二个问题：顾毓琇说他们访萧伯纳是1946年，而小滢原来写的照片说明是"摄于1944年"，这是两次不同的人不同时间的造访，还是因记忆互有出入而实为同一次造访？我问小滢：你断定摄于1944年的根据是什么？答：是照片背后原记录的时间。这时间是陈通伯亲自写下的，应该不会错。由此可见，1944年，陈通伯、崔骥还有另一人(摄影者，也许是熊式一，不然熊德达不会对此照片如此熟悉)，曾同去拜访萧伯纳，留下此影。而据顾毓琇说，1946年，陈通伯、熊式一曾陪顾毓琇拜访萧伯纳，这是完全可能的。陈源时任驻英的文化官员，安排中英文化人交往是他的职责，而熊爱交名人是有名的，何况顾提到熊与萧伯纳极熟，他陪顾去也是极其自然的。这是两次不同的会见，时间相隔两年，参加会见的人不同，但仍在萧的小木屋前，站着交谈。情景类似。这次会见也留了影，但不是这张。怪不得顾毓琇见了1944年的照片后第一反应是从“没见过”，继而埋怨通伯将之“秘不示人”，实在是天大的误会。本来么，片中本没有顾，自然陈没必要把照片给顾，顾也就没见过。当然，这是我的分析。熊氏还有子女在北京，他们不可能全都认不得自己的父亲，而且与崔骥同在牛津多年，可以再请他们辨认，也可以查查史料记录以证明。

照片

到底是两个比较年轻的人各自认不清自己的父亲了呢，还是百龄老人认错了自己？这是个有趣的问题。我的分析是：不是“小滢女士闹了个笑话，错把顾毓琇当作其父了”，而是百龄老人顾毓琇在富于联想、好追根究底、责任心又强的编辑追问下，错把崔骥当成自己了，闹了个小小的笑话。其实这也不值得奇怪，小滢曾拿出一张幼儿园儿童合影的照片,说其中靠边的一个是我,我毫无印象,但她指着说这是张三,那是李四,那是王五,这是你,闹得我也糊里糊涂觉得好像我是照过这样一张像。

照片的谜底解开了,再介绍一下崔骥和熊式一。我叔叔吴世昌1948年初应聘到牛津大学教课,他说,当时住在牛津城的有三位中国作家:崔骥,曾出版过一本用英文写的《中国史》,不久因肺病去世;熊式一,以他的《王宝钏》剧本颇享盛名,他也译过《西厢记》,写过一部小说《天桥》;蒋彝,诗人、画家,以《哑行者游记》闻名于世,1977年在北京逝世,是叔叔的好朋友。

无论如何,这张照片记录了中英文化交流史上的一个印迹,搞清了影中人,其史料价值不可忽视。

(载2003.11.17上海《文汇报》)

补记:此文乃因张昌华先生一篇文章引起。张为出版顾毓琇文集,从小滢处见到一旧照片,拿去给顾毓琇看。顾认为是陈源陪他去见萧伯纳时摄,照片右边的人是自己,要求收入文集。小滢则坚称该人是其父陈源。张难以决定,撰文求解。我文11月17日在上海《文汇报》刊出后,得张昌华电话,嘱再寄香港《大公报》,以张文也在该报发表过也。以后小滢又转来熊德达先生信,纠正一错:崔骥不是死于四十年代末,而应在五十年代初,约1951年。又说,这三位作家均来自江西,蒋是九江人,而熊、崔是南昌人;他们在三十年代同住在贝儿赛司公园附近的上公园路,同样的房子;并同在四十到五十年代结束了在牛津的日子,可谓巧合。

追念陈中凡及吴组缃师

我是1947年秋进入金女大中文系学习的，得附陈中凡、吴组缃二师门墙之末，深感幸运！

中文系是个小系，师生不多，几乎全部专业课都是两位教授亲自上。系主任是陈中凡。先生中等身材，黝黑的长脸盘，架一副黑边眼镜，着一袭半旧长衫，腰板挺直，严肃又慈祥——怎么讲？平时走在路上，他总板着脸，目不旁视，来去匆匆，使我从不敢半路打扰。但在课堂里，他那略带嘶哑的苏北官话，夹杂着几个发音不标准的英文词，却总是那样柔和；与学生交流时，双眸从眼镜后面透出慈爱的目光，凝视着你，鼓励着你，期望着你，目光如涓涓暖流沁入学生胸怀，使我深切感觉到什么叫如沐春风。

陈先生教中国文学史、音韵学等课。刚进校时，我叔叔吴世昌曾笑对我说："我原先要教你昆曲，你不肯学，现在好了，我听说陈门弟子都要会唱昆曲。你等着吧。"果然，陈先生在一次课上大谈昆曲艺术之高妙，说得我这从小就因惧听锣鼓响而与戏曲绝缘的学生大有不懂昆曲就不配读中文系的羞愧。接着，陈先生提出他愿意教我们唱昆曲。一共有六七个人报名，我也在其中。每周学一次。先生先讲了些昆曲的常识，便教我们唱《长生殿》的"天淡云闲"一曲。可能是我们几个人基础太差，昆曲又太深奥，学了几次便有四五人陆续不辞而别，最后只剩下我和祝珏两人。说实在的，我们俩学得也不好，特别是我，五音不全，全无学戏条件，但陈先生不因学生无礼为忤，不以学生鲁钝为憾，依然每周按时等我们，一丝不苟地教。我虽然学而无成，至今仍是个昆曲盲，但陈先生这种高尚的师德，使我终身受益。

陈先生重情义。叔叔曾告诉我陈独秀出狱后，无处落脚，为陈先生收留的义行。当时我无知，不了解陈独秀其人，还不能深刻理解此举的意义。但他对刘开荣先生的殷切关爱之情深深感动了我。刘先生是本校的高才生，陈先生的亲传弟子，时正留学美国。陈先生授课，每涉及西方文学时，便期待地说："刘开荣——她是你们的师姐——快回来了，她专攻比较文学，将来她会讲得比我透彻。"作为既爱好中国文学又喜爱欧洲文学的我，竟朝夕盼望大学姐早日归来。果然，我二年级时，刘先生学成回国，为我们开"中西比较文学"课。第一次上课，陈先生亲自把场，满脸是希望和骄傲。一年后在北京，陈先生对我说，他准备推荐刘先生任副系主任。陈先生对后学的厚爱奖掖，令人难忘。

1949 年，我离开学校参加了革命。8 月，陈、吴二师同到北京参加全国文代会，住在北京饭店。我去饭店拜谒他们。不巧的是二师各忙各的事，各访各的友，未能同时见到。陈先生看见我十分兴奋，滔滔不绝谈起学校的新气象。他最自豪的是：中文系陈、吴、刘三师同心协力，成了"民主堡垒"，得意之情，溢于言表。他还坚邀我去王府井的福建餐馆吃"二"喜丸子。陈先生强调这家的四喜丸子味道极佳，但我们两人吃不了四喜丸子，只能吃"二"喜。

上世纪八十年代初，我公出南京，专门去老师府上请安。陈先生的腰板依然挺直，但记性已经不大好了，不大认得清我，我很有些惆怅,倒是师母思路清晰,记忆力依旧。聊着聊着,陈先生忽然说:“回到北京,见到你叔叔和吴组缃先生替我问好。”我欣慰他最终还是把我记起来了。临别,他不顾我的劝阻,坚持蹭碎步送我到室外。我强忍泪水,劝他快进屋,他仍在檐下站立不动,长远地望我离去。谁知不久,老师便归道山。这一别竟成永诀。

吴组缃先生高个子,方脸,戴一副金丝眼镜,着西服,博学儒雅。他教写作、现代文学史等课。吴先生重视发挥学生的独立思考精神。记得我曾以暑假在农村的见闻,写过一篇小文,描写不同地位的人对下雨的不同反映,吴先生比较赞赏,加以表扬,并写了一段评语,重点是“不落窠臼”,给了我极大的鼓励。还有一次在吴先生家,他问我最近看了什么书,我说正看《围城》,他又问感想,我不假思索,便直言“太卖弄(学问和聪明)了”,说得兴起,又口无遮拦地发挥:“这也许是教授做小说的缘故。”吴先生没接话茬,转言其他。我警醒过来,吴先生也是教授又做小说的呀,暗呼糟糕,说错话了,心中忐忑。临走时,吴先生忽然说:“你能自己思考问题,很好。就这样做下去。”我才如释重负。

与陈先生不同,吴先生上课常常针砭时弊,而且联系自身的感受。他说他随冯玉祥将军出国,攒了一些黄(美?)金,国民党改币制,要求百姓把黄金美钞都兑换成金圆券,别人拖着不换,吴先生却老实都换了,结果金圆券大贬其值,损失惨重。他同情学生运动。1948年,为纪念“五二〇”一周年,我们到中大参加营火晚会。夜深归来,路过国民党青年部,听见里面有人惨叫,当是又有人在受酷刑。几位金大的男生就扒墙头看,竟有一人被捉了进去。南京的学生愤怒了。我校的学生会也于次日上午召开学生大会讨论。我因头天夜里亲眼见到当局抓无辜学生的暴行,悲愤难忍,会刚开始就站起来提议立即罢课营救,获得一致通过。我们高举着“还我人来”的标语,游行到青年部门前汇入全市学生抗争的洪流。黄昏时分被捕的同学获释了,我们的斗争胜利了。学生大会后我遇到吴先生,我兴奋地告诉他罢课了,他惊喜地说:“哦?咱校也参加罢课了?好,好!”

吴先生是坦率的。曾有同学在课上不很礼貌地问他:“吴先生,你思想很进步,为什么不去解放区?”他坦陈:“我吃不了苦。我在家里是老儿子,三天不吃肉就受不了。”他质疑时也是直率的。1949年他到北京开全国文代会,我去看他。时值盛夏,我穿了一件蓝白条的衬衫及裙子。不料吴先生一见我,就质问我:“吴令华,你参加革命了吗?”问得我心里发毛,不知哪儿不对劲儿,怯怯地回答:“参加了啊。”他的眼睛继续盯牢我:“那你为什么还穿得这么花里胡哨的?”我才恍然大悟问题所在,忙解释我只有一身制服,休息日洗了没干,他方笑了,与我聊起天来。上世纪八十年代末,在北京市文联理事会上,我们又相逢了,午饭时我向他敬酒,他想起我叔叔不久前去世,愤慨地说:“你叔叔是被误诊死的。”我解释医生还是尽力了,他仍固执地说:“就是误诊耽误了嘛!”

如今,两位老师早已驾鹤西去,而陈先生关爱后学的精神,吴先生直言不讳的品格,永刻我脑海之中。今年是陈师一百二十岁、吴师一百岁冥诞,记下老师的教诲,为终生圭臬。

(载2008.4.27《大公报·文学》)

陈年接待国宾趣事(外一则)

听说已去世四十年的智利著名诗人聂鲁达的死因又起波澜，不由得想起六十一年前——1951年9月，他和苏联作家爱伦堡前来北京向时任中央人民政府副主席的宋庆龄颁发“1950年度加强国际和平斯大林国际奖金”，为此，专门成立了一个接待委员会。我当时在中国青年艺术剧院，被抽调去做接待工作。我先到位于东长安街的新民主主义青年团中央，找国际部长吴学谦同志。他向我反复强调这次接待活动的重要性，讲了好几个“第一次”，重点是：这是新中国成立以后第一次政府邀请的贵宾，爱伦堡、聂鲁达都是保卫世界和平大会的理事，身份很高，绝不能出差错等等。我拿了介绍信出门便直奔西侧的北京饭店，接待委员会就设在那里(那座老楼已在上世纪七十年代拆掉另起新楼)，先被分配在联络组。一天以后，来了一个人，挨个儿问我们的学历，并让每个人写几个字。过一会儿，他又回来叫我收拾东西跟他走，就这样，我被调到办公室，将每天爱、聂二人的活动及反映写成简报上报。写简报有两个人，另一位男同志，比我晚到几天，是从外交部来的，很有经验。

那时候办公条件极其简陋，一切自己动手，就地取材。就说写简报吧，连最原始的蜡纸钢板手推油印机也没有，就靠我们两人多次复写，分送中央有关领导。另有两份是用毛笔大字工整抄写，一呈毛主席，一呈少奇同志。然后从复写的几份中挑选一张字迹最清楚的报给周总理。还有一件事，颁奖典礼的前一天，接待委员会的总负责人、全国总工会的副主席刘宁一同志，他也是保卫世界和平大会的理事，叫我替他抄一份在典礼上读的文字，好像是颁奖词一类的东西。我用大字工整抄在两页信笺上，交给他。他眯起眼睛看着我，说："小鬼，你就让我拿这两张薄薄的纸在大会上念？"我手边也没有合适的能托起的文具，便拿了个卷宗，用红纸包好粘平，说："您就用它托着吧。"他很高兴，说："成。"就上会念了。这些现在看来真是太寒酸的事，当时我们都习以为常。

接待委员会日常主持工作的是中国人民保卫世界和平委员会(简称"和大")秘书长刘贯一同志，常来的还有和大联络部副部长唐明照、政务院机关事务管理局局长余心清、外交部情报司司长董越千等同志。

刘贯一的工作作风细致周到。日程安排里有中国人民保卫世界和平委员会主席郭沫若夫妇宴请爱伦堡、聂鲁达夫妇。事前他让我电话通知郭夫人，我刚拿起电话，他又特意小心叮嘱："记住，不要称郭夫人，她会生气的，要称呼于秘书。她可不愿意别人叫她夫人。"

宴会进行中，我在办公室值班，有电话找伍修权同志。尽管上一年伍修权在联合国大会的发言，全国振奋，但小小的我，尚无缘识荆。我为难地走进宴会厅，迎面看见刘贯一，连忙求救。他诡谲地笑笑："甭发愁。第一排右边那桌，你就找那位面部轮廓最鲜明的。你一定能认出来的！"我一头雾水，懵懂地走到相关桌前，果然看见一位面容瘦削犹如刀刻的首长，一问果然是伍修权。几十年后我在电视上看见他，年事已高，有些发福，轮廓依稀如故，线条柔和了许多。

爱伦堡、聂鲁达来了以后，走到哪里都有警卫跟随，寸步不离。

客人很烦恼,总提意见,甚至偷偷想法支开、甩掉警卫,捉迷藏。每次汇报都是个烦难事。有一次,我看见爱伦堡夫妇和警卫一同高高兴兴回来了,原来他们逛商店,买了大包小包许多东西,自己拿不了,就把警卫派上用场了。我当成好事向刘贯一汇报。他却皱起了眉头:“这可不行,得找陪同说说,警卫两只手都被占了,遇到情况怎么掏枪?”

唐明照同志是个传奇人物。他本是中共党员,后到美国,转成美共党员,朝鲜战争爆发后回国。他对西方社会十分了解,对两位贵宾的心思揣摩得很透彻。如关于警卫贴身的问题,他就引导我们理解西方人的习惯、理念。他每每自称“假洋鬼子”,也让我们这样叫他。他后来是第一个任联合国副秘书长的中国人。他的女儿比他更厉害,乃曾经红极一时的唐闻生。董越千同志来的次数较少,听说他早年当过白求恩的翻译,我对他很崇敬。

我那时最盼望余心清老先生来,他见多识广,又喜言谈,教给我们这些没见过世面的年轻人许多闻所未闻的礼仪知识。大小宴会的菜单都由他口中道出。这时,他端坐在沙发上,仰起头,扳着指头,冷盘热盏,如数家珍,一气呵成。我快笔记录,雅趣的菜名,犹如写了一篇华美的小品。有一天,这位总是兴致勃勃的老头摊上了烦心事,一进门就冲着正写字的我说:“你们这些当秘书的啊,就是不知道好好练练字,就会瞎画!”我吃了一惊,不明缘由,赶紧坐直了听训。他坐下,缓了口气说:“今天我到办公室,秘书在我桌上留了个便条,说爱伦堡、聂鲁达要求会见朱副主席。我立即给朱德同志打电话,他说好,明天下午三点在勤政殿见。我叫秘书安排。那小秘书却挠着头说,人家要见的是宋副主席,不是朱副主席呀。我再仔细看那便条,他把‘宋’字上面的一点和下面的一竖几乎连起来了,宝盖左边的点又拉得很长,像一撇,我可不就看成了‘朱’字!”我听了也替他着急,忙问:“那怎么办?”他说:“还能怎么办,检讨呗。我忙给朱德同志去电话,说我年老眼花,看错了。朱老总很和气,就过去了。”他又转向我们提醒说:秘书写字一定要工整,尤其是姓名。这件事对我印象最深刻。

六十多年过去,一些大事已经模糊,而一些小事、细节,依然生动浮在眼前,记下聊资谈助。

* * * *

两小难猜

接待贵宾工作完毕,我回到青年艺术剧院,不久,去中央团校学习。期间,开展增产节约运动(后发展为“三反五反运动”),我又被调到剧院运动办公室写简报。办公室设在院长办公会议室外的走廊上。那时,廖承志兼着剧院院长,吴雪、金山是副院长,李之华、任虹等是院委。一天,领导们正开会。我接到一个电话,声音直截了当,毋庸置疑:“找小廖!”“小廖”是谁?剧院领导素好亲近,我们平日就叫他们“吴老雪”“金老山”……嘻嘻哈哈。称官衔的只有一人:“廖院长”。至于“小×”什么的,那是我们这些小字辈的专号。因此接了电话,我一脸茫然,壮着胆子,向会议室不礼貌地冒叫一声:“有电话找小廖!谁是小廖?”只见肥胖的廖院长从塌陷的破沙发里艰难地站起来(他的腿在集中营得了严重的关节炎,行动困难),一面说:“我来我来。”我吃了一惊:“原来您……”立即被吴老雪制止了:“中央的电话!”我张大的嘴好一会儿才收回去。

无独有偶。1955年,我在北京市劳动人民文化宫从事职工文化工作。正值赵树理的新作《三里湾》出版,引起初具文化知识的工人极大的兴趣。我们便与作协、出版社等单位合作，组织了一次读书座谈会。那时，社会各界十分重视工人的文化活动，参加会的，除了一二十位工人读书积极分子外，还来了不少宣传、出版界人士，个别人我也不太熟悉。会开得很热烈，这时，主持会的我，接到一张条子："小韦：是不是你可以谈谈了？"谁是"小韦"？我又犯迷糊了。经过提醒，才知道是这次活动合作单位的领导韦君宜同志。

老来无事忆往，提起这两件趣事，老伴儿说：这就叫"两小难猜"，大乐。

2013年季春

（载2013.7.29《文汇报·笔会》）

不喜应酬的曾方

翻开《万象》2010 年第 1 期方竹《裂茧剥丝绪万端》，一张四人开怀大笑的照片吸引了我，定睛锁住，哟，这笑得最灿烂的不是曾方么？饶有兴味的读完全文，深为她青年时那段短暂又绵长的恋情故事所感动。数日来，曾方的音容屡屡浮现于眼前，挥之不去。故写下这篇文字。

我是 1949 年底或五十年代初认识曾方的。当时北京市各界代表会决议封闭妓院，我们便是从不同单位调去做改造教育妓女的工作。她来自北京市总工会，我来自青年艺术剧院。在教养院，她在下面某个所，我在院部。一次我到她那个所去旁听会议，开着开着，她突然从座位上跳起来冲到门外，哇哇大吐，把坐在门口的我吓着了，立起身为她拍背，递水。她一面呕吐，一面烦躁地用肩将我甩开，很不高兴地说："去，开你的会去！"原来她怀孕了，显然，她不愿意别人注意她的失态。这是我们第一次相遇，几乎还不相识。

后来，我也调到市总工会所属的劳动人民文化宫，她则在市总宣传部，我们成了同事，而且同做职工文化工作，她主要做调查研究，我则偏重组织活动。方文中说到请舒芜为职工讲《红楼梦》，我早已忘记是通过谁请的舒芜，不过那次报告会正是我主持的，还清楚记得舒芜先生当时略显拘谨，温文谦和的神态。这期间，我与曾方接触虽多，见面只谈工作，不及其他，还算不上是朋友。涉世不深的我，总觉得她老气横秋，但却是一位为人正直，可以信赖的大姐（她长我约四五岁）。

"文革"起，市总工会是"砸烂"单位，我们都被下放到农村插队。几年后陆续抽调回城，另行分配。我回原单位，她好像去了某个区属图书馆。也是从那时起，她隔三岔五来看我，骑一辆旧自行车，与人相反，从车右面上车，或到办公室，或上我家，聊上几句。那时候，老同志劫后重逢，分外亲热，互相来往，多谈两件事，一是自己的新岗位如何，二是子女的工作或婚事，看彼此是否能帮上忙。曾方与众不同，她说："我在哪儿干都行，无所谓"；"孩子们的事也只能靠他们自己的能耐和机遇了。"我们之间谈话纯属聊闲篇，言不及义，不扯国家大事，只说些市井故事，世态人情。我感觉她把功利是非看得极淡，对世俗人心又看得极透，洞察万事，又爱憎分明，微言中蕴含深意，耐人寻味。有一次，我忧心忡忡地对她说起对时下一些人是非观念混乱感到忧虑，她沉重地回应："文革"对人心的腐蚀，比任何危害都大，这个后遗症几十年后会看得更清楚，贻害无穷，罪莫大焉。又一次，我雄心勃勃地向她谈一些对未来工作的规划设想，她缓缓地，一字一字地吐着说："这些你能做得了主吗？你以为这事业是你的了？要知道，你只是一颗棋子。"说得我背上直冒凉气。

曾方说话直率，我行我素，这都很对我的脾气。对有些人，她貌似冷漠，但对真朋友，则掏心以待，有时显得过于唐突，使人难以接受。例如，她在我处看见某人几次，便责问："他为什么老来找你？"我有些怪她多事，辩解了几句。谁知她更着急了，连连叹气说："你啊你啊，你太天真了，记住我的话，早晚你要吃亏的！""你太天真了"，"你会被伤害的"，是她屡屡指点我的话，透露出关爱与无奈。在经历了许多事情以后，慢慢地，我很佩服她对世道人心观察的洞彻准确。与人交往，她多次表示不喜敷衍应酬，还曾因为一次我带了某个她不想见的人去看她而嗔怪我。1995年，她患了肺癌，自知不久于人世，勉力参加了市总工会老同志聚会，也没说生病的事。不久，她给我来电话，说那次聚会人太多，未能多聊；又告诉我她得了讨厌的病，希望我夫妇与另一位同志夫妇到她家一聚。我问她："还想见谁？我替你约。"提了几个熟人的名字。她干脆地说："我不想应酬！"约会那天，她高兴极了，特意穿了一身乳白色的外衣，戴了一顶鲜红的帽子，到马路边来接我们，显得年轻而精神焕发。除了不怎么抽烟了，她一切如故，依然粗声说话，依然昂首大笑。明知此可能是最后一面，我心黯然，而她想留给我们最后的印象是开朗，豪爽，是参透了人生的豁达。在老知心舒芜的眼里，曾方是飘逸的"鹅黄"，充满活力；在老朋友我的心里，她是鲜亮的"红""白"，热烈真纯！

曾方很早就到了解放区，但不是共产党员。她的爱人是资深报人，老革命，《光明日报》的创始人之一。她的妹妹也很早就参加对国民党的地下斗争，好像还是小说《红岩》中某个人物的原型。妹妹的女儿一直由曾方抚养长大。日常工作中，曾方对政治看得极透，表现比较消极，超然物外；工作勤恳尽力，但也不争强好胜。衣着不修边幅，随随便便，马马虎虎。知道了她年轻时那段尘封的罗曼史后，我们几个老同志都大吃一惊："她原来也曾如此浪漫过，与今恍若二人！"真是岁月磨人，在她身上留下了多么残酷、深刻的刀痕。

2010.2

古稀复展翅

——怀念老友张志新

这两年环境保护日益深入人心，我总是不由得想起那为环保奉献晚年、人称“绿色老人”、我的好友张志新的面容。志新走了三年了，她那热情坦诚的笑容，探索寻究的目光，疲惫强撑的身影仍不时在我眼前浮现。从 1997 年以来，特别为清除“白色污染”，身体力行，奔走呼号，八年的时光，她把整个身心投入其中，直到生命的终结。

志新是 1983 年 8 月离休的。离休以后，她的生活先是围着家庭转，尽全力照顾好爱人、子女、孙辈，同时积极参加老干部党支部的活动，出主意，显身手，那两年我们组织过几次有特色的活动。她每每提醒我，谁谁该做大寿了，于是发动一些热心的女同志，每人做一个特色菜，搞一次温馨的聚会，她烧一手好菜，所以贡献最多的一定是志新。到了冬初，她自制山楂蜜饯、榨菜……送给大家。她还是个缝纫高手，几次对我说：我给你裁件旗袍吧；你有什么衣服要改，我帮你做；你有什么毛线活，我帮你织。她资助多个贫困学生上学，她勤奋地读书看报，参观旅游，为国家进步兴奋叫好，为社会弊病愤慨担忧。每天操劳家务复忧国忧民，忙忙碌碌又空空落落，但仍心存遗憾，并不满足。她羡慕我离休以后全神贯注为先人整理遗著、重温文史旧业，而她，总觉得没有找到自己新的位置。她渴望尽一个老共产党员的义务，渴望多为社会做事，又无从着手。我理解她的郁闷，却帮不了她。

从1997年起，年逾古稀的志新，生活发生了重大的变化，她的目光从家人、朋友扩大到了社会、地球，有了新的关注点。有一阵子，她不断对我讲塑料袋的危害，并说她已开始到居家附近的居委会、学校、机关联系，宣传治理白色污染，虽不是很顺利，阻力较大，但有信心实现。我惊异于她专业知识之丰富，行动之快，决心之大，只提醒她宣传动员好说，下一步如何办要先落实，否则对群众的公益心将是极大的挫伤。她点头称是。不久，她兴高采烈地告诉我，已和用塑料炼油的厂家联系上了，还找到了愿意义务运输的司机。一天，她拿来一小瓶浅色的液体，说是用废塑料袋炼出来的油，在老干部会上展示。她就是这样，以摩顶放踵而利天下的精神，奔走呼号，终于感动了上帝，把附近的居委会、学校都发动起来了。学生、居民负责收集家中的塑料袋，环卫工人在清扫时把塑料分拣出来；小学校辟出一块地方存放，还有义务运送的司机，加上炼油厂，治理白色污染的一条龙渠道基本通了。志新的欣慰是可想而知的。但是，她仍不能有丝毫的放松，问题总是不断发生：一会儿，义务运输的司机坚持不下去了，她去想办法；一会儿，存放地点有麻烦了，她去协商；一会儿，清洁工人放松了分拣，她去做工作；一会儿某个单位的领导变动了，她去再宣传；一会儿……这些都得志新亲自去一桩桩解决。局面打开了，居民区的环保有了成绩，出了名，但还需要巩固发展，过节了，她出钱买奖品，为居民、儿童举办有奖知识竞赛；过年了，她再掏钱，请清洁工人聚餐，鼓励大家再接再厉。对附近一些尚未发动起来的单位，她一次又一次登门造访，请专家讲演、编写印发宣传材料，几乎每一场活动、每一个细节都亲自过问。她忙得不亦乐乎，但精神愉快而充实。除了治理白色污染，她还出资四千余元，在居委会支持下，发动居民和学生在小区空地种树数百株，谁种谁维护，小树苗壮生长，可惜第二年街道统一规划，砍掉了。志新对我说起此事，心痛不已，又无可奈何。

志新干事，有一股韧性，认定了就坚持下去，不怕挫折。她善与人交往，能和有肝胆人交心，也能上下左右周旋。这个优点，当年我们一同抓职工文化工作时我就发现了，遇到需要与方方面面特别是和领导沟通的难题，我总是请她出马。她不像我，直来直去，不弯必折，而是迂回周旋，直到解决问题为止。现在，她作为环保志愿者，工作有了成绩，矛盾也莫名其妙多了起来，虽然她都能妥善处理，但是很伤神。她太累了，可说是身心俱疲。她原本因腹背部长了个肿瘤动过大手术，干起环保志愿者后，又突发脑梗，但她仍不肯休息，“不用扬鞭自奋蹄”。她多次获奖：2000 年国家环保总局的“环境保护杰出贡献者”称号、2001 年的“福特汽车环保奖”、2002 年的“首都精神文明建设奖”，每一次获奖，对她都是更大的激励鞭策，忙着盘算下一步该如何把宣传面再扩大些、活动搞得更丰富些。她就是这样信心百倍地不停向前冲，在貌似平凡的琐事中体现出高尚的胸怀。

2005 年 4 月，市总老干部处组织离休干部到工人疗养院体检。前一天晚上，她给我打电话，说她要参加一个有关环保的活动，来得晚，嘱我替她留午饭。活动完后，她匆匆赶到疗养院，立即进行检查。不料在 B 超室停留了许久，大夫经过反复检查，确定她腹内又长了东西，叮嘱她赶快到合同医院进一步确诊。这晚，我们聊了很长时间。她对病并没有过多的介意，我们聊过去、聊孙辈，自然，也聊她钟情的环保事业。她感叹该做的事太多，干不完，却还要花精力在重复无谓的事上。她疲惫地说：“我太累了。”忽又笑着说：“我看就咱俩忙。”我促她立即抓紧就医，不可大意。一检查，她果然得了重病，又动了大手术。5 月，我去医院探视，见她痛苦地紧闭双眼，因手术后肠道不通,深褐色的胃液不断向上返流,见之难过。我说我即将去欧洲旅游,回来再看她。她睁开眼说想去莫斯科,这是几年前我们曾经约好的。我说:“等你病好了,我们一道去。”她默然。以后我又去医院看过她几次,她的身体每况愈下。2005 年 8 月 2 日清晨,我接到电话,志新永远休息了。

在她度过古稀之年以后,她终于找到了自己新的事业——造福百姓的绿色的事业,她为之贡献了生命的最后八年。

2008.5

永远的劳模——记桂育鹏

认识桂育鹏,是在上世纪五六十年代,北京职工技术协作活动开展得热火朝天之际,距今已有半个多世纪了。当年的北京市劳动人民文化宫,一到星期日,太庙大殿前两重院落,熙熙攘攘,人声鼎沸,东边一堆,西边一圈,乱中有序。一批技术能手在这里摆摊设点,接待咨询;蜂拥而至的工人带着本单位的技术难题前来求师访友,寻找答案,基层职工喜爱地称之为赶技术庙会。桂育鹏就是"庙会"上的技术高手之一,受到众多青年工人的追捧。那时的桂育鹏,中等身材,白皙面皮,脸上永远浮着谦和的微笑,文质彬彬,刚三十上下,已是闻名全国的刀具大王,四届北京市劳模,两届全国劳模,还是全国青年社会主义建设积极分子、全国机械系统劳模,四次受到老一辈国家领导人的接见。因此,他的周围总是簇拥着一群人,其热度绝不亚于今天的追星族。这个说:"桂师傅,这问题您要不帮我们解决,我们可就惨了。"那个说:"桂师傅,您一定得到我们厂去看看是什么问题。求您了,啊?"桂育鹏静静地听他们叙述,不时提点问题,听着听着有了灵感,两只不大的眼睛突然放光了,直视对方,果断地说:"你回去这样试试,有什么问题咱们再联系。"或者:"你两家的问题可以合起来考虑, 咱们一同想办法","某日我下班后去你们厂看看再说”。他那迷人的微笑和发亮的眼神，真是光彩照人。

其时桂育鹏还是北京人民机器厂的工人，仍在生产岗位上。在稍后成立的北京市职工技术协作委员会上，他被推举为副主席，另一位全国劳模倪志福是主席。从此，他几乎把自己全部的业余时间都花在技术协作上。技协的事务工作不少，忙不过来，他和副主席劳模李昌安，还有一位唐工程师就把自己的爱人找来，帮忙搞登记统计等事务，夫妻俩干脆在文化宫里度周末了，成为技协活动中的一段佳话。

十年浩劫中，我们长久没有见面。他没有在空泛的“革命”口号中虚度光阴，而是抓紧时机充实自己，完成了从小学文化到大专学历和学力的飞跃，在清华大学系统地学到了机床设计的理论知识。待重逢时他已调到北京市总工会技术交流站任总工程师。这期间，与他同时代的劳模不少人脱离了生产岗位，当了官，甚至是省部级、以至国家领导人的大官，而桂育鹏，虽然也提了干，却仍然活跃在生产技术的第一线，保全了一身好功夫，我真为他庆幸。再后来，我们先后离休(他十几岁在煤矿当童工时就参加了革命工作)，回家颐养天年了。不过在每年的休养期间，我们常常相遇。他有点发福了，还是举止从容，伴着那招牌式的微笑，更显得自信而沉稳。他曾自豪地说：“我工作五十年，前二十多年做工人，后二十多年当总工，从没离开过技术这一行。”

桂育鹏退下来后并不“安分”。他本是个兴趣广泛的人，年轻时也曾是个文艺活动积极分子，拉一手好二胡，写一笔好字。现在重拾旧好，在家听音乐、拉二胡，写大字，到老年大学学绘画，上公园练太极，游名胜古迹，参加书法比赛，还得过五六次大奖呢。后来，又向小孙女学会了用电脑上网。夫妻恩爱，子女个个成才又孝顺，衣食无虞，日子过得快乐温馨，也有声有色，是许多人羡慕的“幸福”生活。而他总觉得意有不足，心犹未安。心有不安，身有不祥，高血压、糖尿病……随之侵入，医生说，每一种都是终身疾病。桂育鹏轻拍自己宽广的额头，俯视自己逐渐发胖的身躯：难道我就这样老去吗？“不！我要找回我的第二个春天！”他发愿。

他最牵挂的还是他为之奉献了毕生心血的刀具革新推广事业，现在厂子里新式刀具的使用进展到哪一步了，还有什么问题？他心放不下。看见大儿子在工厂抓生产，整天忙忙碌碌，常常加班加点，他问：“你们为什么不能找点窍门呢？”儿子请他到厂里看看，对他的刺激不小：“当年我在厂里推广的先进刀具现在都没有了，落后的焊接刀具占了上风，所以生产效率很低，等于退回到（上世纪）五六十年代水平，这使我大吃一惊！”他将这一感受传达给我，也令我扼腕太息。我们共同开创并奋斗多年的技术协作交流推广活动，自以为成绩巨大，影响深远，原来三十年一个轮回，在一些地方又回到了原点。这是为什么？

老桂是个实干家，他可没工夫感叹，更没有抱怨，而是卷起袖子，从头再来。在工厂领导的支持下，他给工人举办刀具讲座，介绍切削原理，各种先进刀具的特点及正确使用，以及国内外数控机床的发展动态。然后结合生产实际，选择推广了几种高效可转位的先进刀具，把被淘汰的刀具全部清除出工具箱，又组织攻关小组，一口气解决了十六个难题。他还是全国刀具协会的副理事长，“老桂又出山了”的信息不胫而走，河北、山东、陕西、浙江、海南等外地的一些机械加工厂，纷至沓来，告急求援。由此，桂育鹏了解了新世纪我国机械制造业的现状。他给自己重新定位：用现代的眼光、思路，解决一些厂资金缺少、设备陈旧、技术落后的现实问题。他继续充实自己，上网了解世界刀具发展的动向，参加有关的学术交流会，不放过每年的国际机床工具展览,紧密注视世界水平,同时,不断变换思路,从实际出发,解决眼前难题。每一次攻关,都是一次创新。一次,河北某厂为一德国公司加工真空镀膜机的工作盘,工作盘如同一口大锅,机床太小,根本没法干,向桂告急。老桂冥思苦想,未得要领。早起练太极时,脑中闪过:小孙子要去学骑马……骑马要有马鞍——对了,何不做一个马鞍形的胎具,将“大锅”托起来,再将机床主轴延伸,加装一个辅助铣头?这一“神来之笔”,解决了小厂的大难题。据说德国人知道了也十分欣赏,直问这绝招是怎么想出来的。类似的事情还不少,触景生“计”,变换思路,他运用得十分熟练。熟能生巧,他统统称之为“窍门”。为找窍门,他忙得不亦乐乎,疾病倒慢慢隐退了。我问他:“离休以后,你又搞了多少项发明革新?”他嘿嘿一笑:“没算过,小窍门数也数不清,稍微像模像样一点的,我退下来十二年了,哪个月也有个把,合起来总有一百多吧。大的嘛,我的刀片刃口钝化机,已经改进到第四代了,第三代智能型就取得了国家专利,现在第五代的思路也已成熟。到国外买这种机器,要花几十万美元,我的,只要几万元人民币,中小厂花得起,又适用。还有……还有……”原谅我始终记不住那些太专业的名词和枯燥的数字。

桂育鹏已经退休了,没有机构再将他选为劳模。但他的退休生活仍然发出耀眼的光芒。创新,已成为他生活的第一需要,深深融化在他的血液中。大大小小的果实随时收获,丝毫不因退休而减色。就在我写这篇小文的同时,他又发奇想,策划再回清华进美术学院进修书法。为此,子女提出了异议:七十七岁的老爷子,不要命啦?你还想干吗?而他坚信这样做将大大激发他的创造灵感,有助于他的革新事业,自己一定是“从心所欲,不逾矩”。我听了哑然失笑:桂育鹏啊桂育鹏,诸如此类的家庭矛盾,只可能发生在你的身上。在对应用技术相对宽松的时间和地方，他总是生活在春天里；在我心里，他是永远的劳动模范。

2011.10 于马虎居

（载 2011.11.2 上海《文汇报·笔会》）

晚年俞大缜

4 月 6 日《笔会》载张珑《一封信引起的回忆》,使我想起与晚年俞大缜的一段交往。1971 年,我因住房被挤,借住在北京东城黄米胡同 9 号的两间南房里,那是一位朋友的亲戚因全家下放而空出来的。此院原是李笠翁的半亩园,后被分割为 5、7、9、11 四个门牌号,9 号是北大、人大、政法学院等单位的宿舍。大门东面有个小跨院,院门虚掩,少闻人声,偶见保姆出入,邻居告诉我这是北大西语系教授俞大缜的寓所。也有人说老人脑筋有点不大清楚,丈夫早年患精神病自杀,儿子也因精神病长期住院,只有一个女儿有时来。我没太在意,心想,这年头儿,谁脑筋清楚啊。

我第一次到东跨院,是几个月后,轮到我家收电费。我走进静谧的小院,草木不修,昏朦清幽,少有生气。北房靠门坐着一位白皙的老太太,气质高雅,穿着合体,语调温和,目光凄迷,这便是俞大缜了。她膝上盖了一条毛毯,见来了生人,便不停地盘问我,从供职单位到家庭出身,从籍贯年龄到学历,全问得仔仔细细。查完电表算好账,我又去收钱,她仍坐在那里,叫保姆拿钱,眼睛一直随着保姆转。收完钱,保姆出去干别的事,我也要告辞,她却拉住我要求坐下谈谈,又提了好几个文化教育界的人名,问我知不知道,其中有陈寅恪,我说那是我的太老师。她感慨地说:“只有我们这样的人,还可以来往。”我答应她以后有时间一定去和她聊聊,她才松开了手。

过了几天,她忽然打发保姆给我送来一封信,厚厚的,两面写,有五六页。开头便说:“吴同志,你是个明白人……”内容全是关于她的表兄曾昭抡:曾昭抡的学识、曾昭抡的人品、曾昭抡的贡献、曾昭抡的冤死,等等。曾昭抡是我国著名的化学家、教育家,也是反右运动中最先罹难的“六教授”之一,晚年身患癌症,仍坚持科研和教学,在“文革”中备受折磨而自杀身亡。曾的夫人——北大著名的西语系教授、俞大缜的妹妹俞大絪——也因不堪侮辱已先他结束了自己的生命。信的最后要求我写点看法。我尽管心酸眼湿,但在当时,不敢给她留下只字,只又一次看望了她,表达我的同情,还说了些不酸不咸的淡话。我觉得,这使她很失望,但当时我真不知道该怎样抚慰她那颗忧伤的心。

后来她又给我送来过两次条子,内容我已记不起来了,有趣的是,信开头都是同样的话:“吴同志,你是个明白人……”我也照旧前去听她的半是重复的诉说,半是莫名的恐惧感。看着她忧伤的、无助的眼神,我不忍再说那些无力的空话,却又不敢说一句有锋芒的真话,只是默默地听着,临别紧紧握一下她那双绵软的手,以表达我的心意。

后来听说她的儿子死了,但没人敢告诉她。我最后一次见到俞大缜,是我从外面回来,在小院门口看见俞大缜与家人争执,家人要将她抬出院门,她却死抓住门框不放,不停地说:“我不去,我不去!”见我进来,她连忙叫我:“他们要害死我!”家人解释说她病了,要带她上医院,我说:“俞先生,病还是要看的,看完病就回来。”劝了一会儿,她说:“真的吗?我听你的。”轻轻地松开了手。后听说她的病更重了,女儿将她接走了。再后来我也搬走了。

俞大缜家世显赫,她和妹妹俞大絪早年负笈牛津,都是忠诚的教育家,知名的才女,但家国多难,摧残了她们的才华以至生命。听老邻居说:俞大缜早些年,尽管身体不好,但生活还是丰富而有情趣的,她常同胡同里一位混血朋友研习法文,也喜欢和同院的关朴大夫及夫人唱昆曲,还抽空教关大夫的外孙女英文。她教英文时对课文讲得并不多,而是介绍大量的历史典故风俗等知识,海阔天空,引人入胜。

俞大缜什么时候去世的,我当时不知道。她走得无声无息,而她那智慧的、疑问的、哀伤的、孤独的眼神一直萦绕在我的脑海里,久久不灭。

(载 2008.6.9《文汇报》)

谈闲

古诗文赏析的新葩

近年来,青年中喜读中国古典文学者日益增多,于是,一些诗文赏析的书籍也应运而生。在众多的同类出版物中,毋庚才、刘瑞玲编的《名家析名篇》(北京出版社出版)是独具特色的一本。它精选了近五十年来郭沫若、闻一多、朱自清、叶圣陶、朱光潜、余冠英、夏承焘等十八位海内名家写的三十篇文章,是古诗赏析的新葩,是文学爱好者学习的良师益友。

它的特点表现在哪些方面呢? 着重介绍两点:

一是对原作及作者透彻、准确的理解。书中朱自清先生在分析《古诗十九首》时说:“只有能分析的人才能切实欣赏,欣赏是在透彻地了解里。”本书所选的文章,篇篇都是从原作本身出发,从作者写作时的具体情况出发,不像某些好穿凿附会、强加于人的评论者那样望文生义或断章取义,而是较准确地体会了作者的原意后再加以分析,为我们树立了知人论世、分析作品的范例。例如当我们读李白诗《经下邳圯桥怀张子房》时,不能不问为什么李白这样倾心于张良呢? 朱光潜先生便首先从中国古代人民中流行的两种人生理想,游侠和神仙说起,分析这种思想产生的社会原因,其积极意义和消极作用,进而说明张良就是一种游侠而神仙式的人物,最后联系到作者李白的思想、品格中也存有的仙风侠骨的气质。这就使我们加深了对本诗的理解,体会到李白是怀着多么强烈的感情来写它的。由此,我们不仅了解到当时人民的人生态度和理想,而且感受到诗人自己的人格。这种分析实事求是,令人心服。

二是传授知识详尽丰富。这三十篇文章,长短不一,有的全面讲解,有的侧重一两个方面,风格各异,有的细密,有的深入,但有一点是共同的,就是在各自所论述的方面,都有独到之处,如王昌龄《凉州词》的第一句,“黄河远上白云间”,河水怎能向上流呢?有人认为不通、费解,应改为“黄沙直上白云间”。林庚先生分析本诗时,首先说明这不是物理学而是绘画学的问题。并结合“黄河之水天上来”分析,一个是从远说到近,一个是从近说到远:一个是动态,一个是静态,这句诗正是一幅明净的写生画。继而分析“黄沙直上白云间”之不可取,“黄沙”“白云”在形象上是不统一、不完整的。最后从全诗结尾两句:“羌笛何须怨杨柳,春风不度玉门关”看,诗人本意并不在玉门关的荒凉,而是表现了冰河初解,春风暗度这样一幅边塞初春的景象。由此可见“黄河远上白云间”比“黄沙直上白云间”强多了。这个分析不仅言之成理,而且帮助读者明白了文学的形象思维不同于科学的抽象思维。各篇中分析得最详尽的要算是朱自清、叶圣陶二先生的《<泷冈阡表>指导大概》了。欧阳修的原文不过千把字,而这个“指导大概”却写了一万三千多字。它先提出通贯全篇的线索,说明同是传记文学,由于作者的意念不同,取材也不一样,即主题和题材的关系。其次分析各段大意和作用,进而做通篇字词解释,一步步深入、具体。如:全文用了三个“呜呼”,这三个“呜呼”都是一个意思吗?“指导大概”告诉我们:第一个“呜呼”仅表感叹,第二、三个则兼表赞美。再比方说文中用了许多“也”字,都是语气词,含义是否也一样呢?“指导大概”把它们分为三类,一类表示语气稍顿,一类表示语气完结，第三类则是反问和感叹的语气，并分别把它们与白话做了比较。文中还纠正了其他注解不准确的地方(如对“卜吉”的注释)。全篇讲解不仅说当然，而且说所以然，不仅一般地解说，而且结合具体语言、环境解说，不仅一字一句孤立地解释，而且联系全文分析比较解释。这样的指导，使读者可以举一反三，获益匪浅。

总之，读了这本书，我们不仅能得到有关古典文学方面丰富而详尽的知识，而且能学到求知的方法，而尤为重要的是，从中还可以学到专家治学的严谨态度。这无论对初学者或是语文教师，都是极为有用的。

(载《博览群书》1985 年第 7 期。与田耕联合署名)

如闻其声如见其人

——读《赵树理传》

研究中国当代文学的人不能不注意到赵树理。这位以农民代言人而闻名于世的作家,在近几十年的中国文坛上占有重要的位置。

现在的文学青年不一定熟悉赵树理了。在我年轻的时代,他的作品在革命队伍中是人人皆知的。我参加工作后读的第一部小说就是《李有才板话》,紧接着又看了《小二黑结婚》和《李家庄的变迁》。我被作家惊人的语言力量和呼之欲出的人物形象征服了。对于我这个在南方城市长大的大学生来说,是从赵树理的作品中开始了解北方农村的。那时我把他看成是新中国文艺的方向,以至还曾偷偷写过一段不像鼓词又不像单弦的东西,立志要投身于大众文艺事业。大概是 1949 年的冬天,我有时到位于北京东单霞公府的文联小楼去玩,见过几次赵树理。"原来是这样一位貌不惊人、土气盎然、和蔼可亲的长者!"于是,对他的景仰感减少了三分,亲近感却增加了七分。

有一次,我忽然产生一个念头,想去看看他,看他怎么写作、怎么办公、怎么与人交往,就近观察一下这个"土老头儿"是怎么成为大作家的。于是我推开了他的房门,他正与两三个人聊天,谈兴正浓,见我排闼而入,不免有些惊讶,欠起身来疑惑地看着我。我发现自己的冒失,赶快掩饰是找人不在而进来的。我靠着门坐下来,静静地听他们继续谈话。他们说的是我很不热悉的民间戏曲,浓重的山西口音使我听得十分吃力,索然无味。我刚想走,忽然他唱起来了,手指击着节拍,嘴中唱着戏词,舌头还不时夹进锣鼓弦乐伴奏。那真是一张奇妙的嘴,有条不紊,从容不迫地同时发出那么多复杂的声音,热闹非凡。更耐看的是他的脸,昏暗的房间里,那张黝黑的脸放光了,皱纹舒展了,不时闪出一瞥聪慧风趣的目光。他唱的什么我一个字也没听懂,但却能感受到他内心对艺术的陶醉。他的浑身土气和高超的艺术才能结合得这样完美!这就是我那次突击观察的结论。他的《三里湾》出版后,我曾请他参加一次职工读者的座谈会,他当时不在北京,没有出席。在我主持的那次座谈会上,工人读者对他的作品也是推崇备至。再以后,在那疯狂的颠倒黑白的岁月里,我听说他死了,死得很惨,很痛苦,死在他魂牵梦萦的山西土地上。他有那么多爱戴他亲近他的读者,可是,他死得很寂寞,很凄凉。

也许是由于以上的一点点关系,我急切地读完了戴光中同志写的《赵树理传》(北京十月文艺出版社出版)。这本书比较翔实地记叙了赵树理一生的道路,说明了他成长的客观环境和主观因素,较为恰当地评价了他的成就与不足,分析了他达到一定高度却没有进一步攀登另一个高峰的原因。

赵树理是中国当代文坛上一个独特的人物。他出身于农民,但不是一般的农民,是农民中的先生。他读过私塾,进过洋学堂,闹过学潮,教过书,系统学过中国古典文学、诗词歌赋、古文小说,迷恋过新文化,写过欧化的文章,也写过文言尺牍。他是一名知识分子,但又不是一般的知识分子。他在放牛娃中长大,种过地,编过筐,驮过炭,采过药,失过业,当过勤务兵、小录事、伙计,信过神,参加过农民艺术团体“八音会”。这样的经历,形成了赵树理作为农民作家的生活、技巧和思想基础。他曾经那样醉心于新文学,决心用新文学来教育农民,但当他向他那农村巧匠、说书高手、粗通文墨的父亲读《阿Q正传》时,对方毫无兴趣,由此,他痛切感到新文学有与农民欣赏习惯结合的必要。在他自觉地为农民写作时,他已是一个有觉悟的革命战士了。他由编报进入文艺创作,目的不是为艺术,而是为宣传。他太熟悉农民了,知道农民的文化要求,他感慨新文学只能在一个很小的圈子中转,而不能深入到农民中去,于是他发挥自己的特长,用大众化的生动语言,用农民群众熟悉的形式——鼓词、快板、歌谣、故事来表现,目的就是让农民看懂,看了以后受到教育。他看见在农民和战士中流传的是封建迷信、低级庸俗的旧唱本,痛心疾首,大声疾呼:这些小本本像敌人的"挺进队一样沿着太行山爬上来了,毒害我们的人民,我们应当挤进它的阵地,但在形式上要向它学习,因为它是老百姓喜闻乐见的"。当有人断言群众大多数是落后的,用群众的语言写不出伟大的作品时,赵树理平静地说:"我搞通俗文艺,没想过伟大不伟大,我只想用群众语言,写出群众生活,让老百姓看得懂,喜欢看,受到教育。因为群众再落后,总是大多数,离了大多数就没有伟大的抗战也没有伟大的文艺!"(第14页)这场争论发生在延安文艺座谈会之前。可见,赵树理成为大众文艺的泰斗是有他深刻的思想基础的。他多次表示:"我不想上文坛,不想做文坛文学家。""我的目标就是要拿自己的作品去赶庙会,跟它们(指民间流行的通俗唱本等——笔者)一起摆在地摊上,三两个铜板可以买一本,这样一步一步去夺取那些封建小唱本的阵地。做这样一个地摊文学家,就是我的志愿。"(第219页)这个极其平凡却又十分伟大的志愿,他早在1934年参加文艺大众化的讨论时就已经立下了,并为之整整奋斗了三十年。他长期深入农村,做基层工作,了解农民内心深处的细微感受,全心全意为他们写作。他达到了目的,并取得了非凡的成功，以大众文艺独步文坛。鲁迅先生在1932年曾经说过："我相信，从唱本说书里是可以产生托尔斯泰、弗罗培尔的。"赵树理就是从唱本说书中产生出来的时代的歌手，"把小说交到老百姓的手里，使它容易了解，易于欣赏，确以赵树理为第一人。他是文学群众化，通俗化方面当之无愧的泰斗"(第229页)。

赵树理的作品也是这个时期党的文艺政策最优秀的产物。在革命战争年代，党的文艺不能不首先是宣传的重要工具，成为团结人民、教育人民，打击敌人、消灭敌人的有力武器，不能不把缺少文化的工农大众列为文艺家的首要服务对象，不能不把政治标准放在突出的地位，这都是符合当时实际情况的(当然，它的不足在以后更长的时间里就看得更清楚了)。赵树理凭着和农民牵肠挂肚的血肉联系，深切体会到这个政策的必要，他身体力行，把宣传要求和文艺形式结合到了尽可能完美的地步。书中称他是"第一个成功地实践、并且自始至终坚持毛泽东文艺思想的作家"(第175页)。读了这本书，对中国这个时期文学创作的客观形势和成就，将会有一个概括的了解。

本书作者对赵树理采取平视或俯视的角度来评介，因而对他创作思想的基础，独创性、局限性，他已经达到的和未能达到的，都做了客观的、实事求是的分析。作者指出了赵树理对农民文学的偏爱，对新文学的偏激，以至对中国文学正统的狭隘观点，对读者对象多层次的忽视，艺术上浓厚的民族保守性和狭隘的民间趣味性等局限；还指出赵树理小说的两个显著的特征：客观意义大于主观思想；具体问题重于人物形象；点出赵树理的"问题小说"的要害在于颠倒了文学描写的中心，因此，"他虽然塑造了一大群有血有肉的农村人物，却大都缺乏高度的典型性，像《儒林外史》似的，未能给文学之林增添一个不朽的形象。"(第246页)"就其本质而言，赵树理不是个艺术家,而是个热心群众事业的老杨式干部。"(第247页)这些观点,是作者对赵树理研究的成果,有一定新意,值得进行深入的探讨。

此外,书中对赵树理的为人、性格也做了比较生动的描述,写出了这个温情而又倔强,朴实而又风趣,天真可爱又洞察世故的普通人物,使读者如闻其声,如见其人,理解他,爱他,读来兴趣盎然。

这本书也有不足的地方,例如:有些评价论述得不够充分;对客观形势未能都取俯视的角度,某些地方叙述起来不那么痛快明白;个别文字还不无细斟之处。而全书的结尾,作为文学作品,固然可以留给人们体味的余地,但作为传记,却不能不使人感到遗憾。赵树理死得凄凉,今天给他写传,人民没有忘记他,何不多给一些温暖?

无论如何,这本书值得一读,它可以帮助我们了解这位不一般的作家,也了解培育他的那个时代,这是中华民族发展史上一个重要的阶段。

(载《博览群书》1988年第1期)

多一些理解与宽容
——读《沈从文传》

对许多人来说,沈从文是个谜:高小的学历,出身行伍的司书,驰骋文坛的健将,大学的教授,博物馆的解说员,独辟蹊径的古文物学家。他传奇般的经历,三十年的销声匿迹和近几年海内外的沈从文热,这一切,够令人琢磨一阵的了。新中国成立后成长起来的中青年不了解他,因为他们难得见到沈从文的作品,也很不熟悉半个多世纪前的那个边陬小城;和他同时活跃文坛的老前辈也不都了解他,其中有些人曾对他有过许多隔膜与偏见。就连他困顿潦倒时结交的好友,尽管相互扶持,经过几十年的风风雨雨,最后还是解不开那极深的误解,从而埋葬了中国现代文学史上堪称佳话的友谊,不禁令人扼腕长叹!“自古圣贤皆寂寞”,沈从文固然算不得圣贤,但他实在是寂寞得很。朱光潜先生曾说:“他是一位好社交的热情人,可是在深心里却是一个孤独者。”朱先生是了解沈从文的。沈从文从湘西水乡走出来,给中国现代文坛捧出了一束束奇妙的鲜花。幽谧宁静的溪壑,充满野趣的边城,令人心驰神往;渴求幸福的男女,古朴善良的民风,与人心交神会。他为读者提供的与众不同的文学风格,敏感独特的人生体会,是仅仅属于沈从文的,属于这个血管中融和着少数民族血液的“乡下人”的。当我们沉醉于湘西迷人的风光,聆听翠翠清脆的歌声时,我们会惊叹作者的手笔功力。但是,我们对他的作品理解了吗?朱光潜先生说:“他不仅唱出了少数民族的心声,也唱出了旧一代知识分子的心声。这就是他的深刻处。”我们体会到了吗?沈从文自己也曾说:“我的作品能够在市场上流行,实际上近乎买椟还珠,你们能欣赏我故乡的清新,照例那作品背后蕴藏的热情却忽略了,你们能欣赏我文字的朴实,照例那作品背后隐伏的悲痛也忽略了。”是的,假如真读懂了他的作品,感受到他对湘西底层人民的爱与悯,体会到他对善良人性的追与呼,怎么可能将他归入“无聊文人”“清客文丐”“地主阶级的弄臣”一类呢?

作为一个善于思索的作家,沈从文较早就具有了文学的自觉意识。他原来在湘西王陈渠珍的靖国军混得不错,以后很可能成为当地的士绅,光复家庭所企望的将军门第。是五四精神启发了他,在权力与知识之间,他选择了知识。为了摆脱人身依附,为了独立和尊严,他只身来到北京,开始自己的人生追求。和同时代的许多进步作家一样,他相信文学可以改造社会,在他的作品中寄托了他的道德理想。他是文学家,不是政治家,虽然读遍了社会人生的大书,却始终没有读懂政治这本书。政治使他迷乱。他担心文学一旦卷入政治,会失去独立。在他看来,政治过多地需要当前,而文学除注重当前外,似乎更值得向人类的远景凝眸。如果文学与政治完全结缘,文学的独立性就会遭到破坏。在三十年代的文学论争中,他说“我不轻视‘左’倾,也不鄙视右翼,我只信仰真实。”“文学有其独创性与独立价值。”他反对文学附庸于政治,也抨击文学从属于商业。抗战时期,他主张文学要深入把握民族精神的现实,成为民族百年立国的经典,而反对将文学当成一般的宣传品。

他强调文学创作的个性,认为“一切作品都需要个性,都必须浸透作者的人格和感情。想达到这个目的,写作时要独断,要彻底的独断”。他“需要充分的自由,来使用我手中这支笔”。他批评文学创作上的“差不多”现象。他对政治的偏见与对暴力的反感,使他一直游离于革命之外。

从沈从文的经历中可以清楚地找到这些思想形成的深刻原因,而且也应当承认他较早就具备了文学觉醒的意识,对于文学的本质、文学创作的规律也有深刻的见解。但在当时的潮流里,他不为人们理解宽容,同时遭到了来自各方面的攻击。

新中国成立以后,他理解到当时的社会要求与自己写作之间的必然冲突,做出了避贤让路的抉择。他拒绝担任北京市文联主席,潜心于物质文化史的研究,取得了世人瞩目的成就,以至今天已经很难说文学创作与文物研究,哪一个更是他的专长,但是人们还是免不了对他三十多年几乎未进行文学创作而深感惋惜。谁也不理解这位蜚声遐迩的老作家为什么会主动坚决停笔。但这的确是沈从文自己的选择,体现出他的理解与宽容。平心而论,他的选择是明智的,否则以他对文学的认识,他的写作方式,他的人生体验,他的审美趣味,即使进行写作,在那个时代又会有怎样的遭遇呢?他能写出取悦当世,流传百代的巨著吗?这种历史的误会,过分的苛求只能枯死千姿百态的奇花异草,助长似曾相识的攀缘植物。由此,我不能不佩服沈从文如水的品德:“水的德性为兼容并包,柔濡中有强韧,从表面看,极容易范围,其实则无坚不摧。水教给我黏合卑微人生的平凡哀乐,并做横海扬帆的美梦,刺激我对于工作永远的渴望,以及超越普通人功利得失,追求理想的热情洋溢。”当我们看到他白首伏在斗室的床上整理文物资料,听到他对后生们无限热情甚至无私帮助时,不能不想到,要是多一分理解,多一度宽容,多一点帮助和支持,沈从文,以及像沈从文一样的祖国瑰宝们,该会创造出多少璀璨夺目的精神文化成果啊!我们该聪明点了。

感谢凌宇同志的《沈从文传》,他对传主传奇经历的详尽叙述,使我们认识了沈从文;他对某些历史论争的客观介绍,对主人公心理的深刻揭示及对其人生思辨的分析,使我们理解了沈从文;尤其是他对传主人格气质的描绘,他的柔韧,他的淡泊,他的大智若愚,他的不伤迟暮,更使我们敬重沈从文。掩卷之后,心中犹存一丝隐痛,理解一个人是不容易的,但缺乏理解的社会更可怕,如果一时理解不了,那也要宽容些,为了祖国的繁荣。

(载 1988.7.25《人民日报·海外版》)

曹禺的苦闷
——读《曹禺传》

在《曹禺传》的全书之首，作者提到曹禺曾对他说："你要写我的传，应该把我的心情苦闷写出来。"读完全书以后，确实感到：曹禺似乎生来就是一颗苦闷的种子。苦闷（不是愤怒，不是忧伤）好像是曹禺进行艺术创造的一种个人情感特征。身世的苦闷，家庭的苦闷，社会的苦闷，交织在一起，在曹禺胸中郁结、躁动，遇有罅隙，便会奔泻而出。不论是郁热闷燥的雷雨天气，还是阴沉黑暗的日出之前，那使人透不过气来的官宦世家，那黑压压阴沉沉的原野平林，无一不是曹禺苦闷的真实体验，也是旧中国苦闷的确切象征。是否可以这样认为：没有苦闷，就孕育不了《雷雨》《日出》《原野》《北京人》《家》等脍炙人口的巨著；没有苦闷，也创造不出繁漪、陈白露、仇虎、愫方、瑞珏等光彩夺目的人物。苦闷出作家。而作家曹禺代表着中国现代话剧的里程碑。

而今，曹禺已是接近耄耋的老人了。他的名望，他的待遇，他拥有的鲜花和荣誉，似乎应该使他满足了。但曹禺心中仍然埋藏着深深的苦闷。这种苦闷比起青年时代的苦闷是属于另一种性质的，但也许更为深沉，更惹人烦恼。因为当年的苦闷，还可以通过自己的创作得到宣泄，而如今的苦闷却使得他无可奈何，难以名状。书中介绍了这样一件事：1983年春，美国戏剧家阿瑟·米勒到曹禺家做客，曹禺突然向客人读了黄永玉给自己的一封信："……我不喜欢你解放后的戏，一个也不喜欢。你心不在戏里，你失去伟大的灵通宝玉，你为势位所误！从一个海洋萎缩为一条小溪流，你泥溷在不情愿的艺术创作中，像晚上喝了浓茶清醒于混沌之中。命题不巩固，不缜密，演绎、分析得也不透彻。过去数不尽的精妙的休止符、节拍、冷热、快慢的安排，那一箩一筐的隽语都消失了……"这封信措辞如此严厉，但曹禺特意将它裱好珍藏起来，并且恭恭敬敬地念给朋友们(包括外国友人)听，这正是曹禺的真诚处，同时也透露了他内心难言的苦闷。书中还提到曹禺向作者谈到这封信时，举了王佐断臂的故事，感慨地说："明白了，人也残废了，大好的光阴也浪费了。让人明白是很难很难的啊！明白了，你却残废了，这也是悲剧，很不是滋味的悲剧。我们付出的代价是太多太大了。"读到这一节，我想没有人能不为之动容。

新中国成立以后，曹禺始终怀着强烈的创作欲望。他是一位严肃的作家，写不出来是不肯硬写的。我们知道，这三十多年他只写了三个剧本。虽然也获得一片赞扬，但毋庸讳言，过去那种令人迷醉的魅力消减了不少。一些著名的老作家似乎也有类似的情况，他们原有的、独具的、迷人的创作个性哪里去了？他们手中的五彩神笔是怎样失落的呢？除了频繁的社会活动，占用了太多的时间以外，还有更深层的原因。在这方面，曹禺的经历是有代表性的。新中国成立初期，他曾以极大的勇气，真诚地否定了自己过去的剧作，主动将《雷雨》《日出》《北京人》做了修改。实践证明这些修改是失败的，它暴露了曹禺在同旧的一切决裂时，也在一定程度上失去了最可贵的艺术上的自信心。其后，他写了试图表现新社会的戏——《明朗的天》，大体上是走"主题先行"的路子，他后来自己承认"是硬着头皮写的，现在看来,是相当被动的”,虽然当初他确是发自内心的真诚。以后,他又写了两部历史剧,在这个领域里,他的艺术才华又得展现,但思想上仍有无形的束缚。曹禺也竭尽心力来进行创作,但他思考的重点,似乎是如何努力塑造出一个崭新的、促进民族团结的王昭君形象。这个过于理想化的人物,总使人感到缺少了某些历史的真实感,而且那游离于人物之外的政治味道也未免太浓了一些,这些都不能不损害作品的艺术美。

我们还是回到黄永玉的信。曹禺对此是清醒的,正因为清醒又无可奈何,所以才分外苦闷。他说:“解放后,总是搞运动,从批判《武训传》起,运动没有中断过。虽然,我没有当上右派,但也是把我的心弄得都不敢跳动了。”“多年来,我写戏都是领导上交给我的任务”,但即使是为自己十分敬重的领导人欣然命笔,倘若不是基于自己强烈的生活感受,不是受自己情感激流不可遏制的驱动,也不可能写出震撼人心的作品。“明白了,人也残废了,大好的光阴也浪费了。”这位才华横溢的老作家的肺腑之言,难道不值得我们三思吗?

《曹禺传》的作者充分利用了与传主多次长谈的第一手资料,不仅比较准确地写出了传主的历史风貌、性格特征、艺术成就,同时也揭示出他晚年的心境,他的追求与苦闷,这也可说是本书的一个特色吧!

(载《读书》1988年第12期)

大使夫人何处开画展

读5月10日《北京晚报》45版(北京故事/地理)头条,赫然呈现“皇史浥展出大使夫人岩彩画”几个大字,用眼略扫正文,知是驻日大使夫人开画展。心中纳闷日本东京怎会有个“皇史浥”,彼邦历史档案怎会放在这样一个潮湿的怪地方?仔细一看,错了,原来说的是北京南池子的明清皇家档案库, 正文中该处名称又变成了 “皇史鈤”。一版之中,“浥”“鈤”杂用(标题与图片说明是“浥”,正文则是“鈤”),也有一处提到“皇史宬”。真让读者莫名其“糊涂”!

其实,南池子的皇家档案库的正确名称是叫“皇史宬”。“宬”,原意为“容纳”,与“盛”(音 chéng,口语“盛下盛不下”)同义,也指屋内所容纳的东西,后专称藏书室。明朝皇宫内建“皇史宬”,以藏皇帝御笔手迹实录秘典。徐珂《清稗类钞》云:“皇史宬,建自明,四周石室,中藏金匮。国朝(指清朝)因其旧制,尊藏实录、圣训、玉牒诸钜编。”据《清史稿》,乾隆时规定“实录、圣训”归皇史宬保藏。所以我们说皇史宬是明清皇家的档案库。至于“浥”,指“湿润、浸沾”,也指水洼、水潭。无论前者或后者,哪个国家会把最尊贵的皇家档案藏在潮湿之处,甚至是水洼里呢? 咱们的大使夫人也绝不会到那种地方去开画展吧。还有“鈤”(音 rì),这是个后造字,《康熙字典》所无。《汉语大字典》释义：一是化学元素“锗”的旧译；一是化学元素“镭”的旧译。明王朝的皇帝为“皇史宬”命名时，这个字还没有“出生”，取得合法身份呢！

出现以上错误，多半是电脑惹的祸。不过校对及看大样者应当细心一些，特别是对电脑普通字库中没有的生僻字。而且，编者一旦发现错误，便当更正。可我至今日，尚未见此举。

另外，文中还提到“金柜石室”，应为“金匮石室”或“石室金匮”。“匮”也有二读，一读 kuì，“匮乏”之意；一读 guì，与“柜”义通。说“金柜”，也讲得通，但究非原词。“石室金匮”已是专用语。况且，我查了《国家通用语言文字规范手册》，没发现“匮”简化为“柜”。所以，我以为，不改为好。

2004.5.31 于城南马虎居

（载《咬文嚼字》2004 年第 11 期）

斯诺何曾在北京大学任教?

9月4日晚央视一套“新闻联播”中“抗日英雄谱”介绍的是中国人民的忠实朋友埃德加·斯诺,说他曾进入“北京大学”任教,看后讶然。

斯诺在中国,称得上家喻户晓,他是中国人民的老朋友。他于1928年来华,先任报社的驻华记者、通讯员。1934年1月,兼任北平燕京大学新闻系讲师。1936年6月斯诺访问陕甘宁边区,成为第一个采访红区的西方记者。他的《红星照耀中国》(即《西行漫记》)首先向全世界客观介绍了解放区的状况;他还为中美关系的解冻做出了自己的贡献。今年7月是他的百岁诞辰,央视为之推出专题片《斯诺》,介绍了斯诺的生平。其第二集说:“1932年,斯诺与海伦结婚,并迁居北京。斯诺在燕京大学新闻学院(按:燕大没有新闻学院,只有新闻系,此姑不论)任教。1935年,‘一二·九’运动即将爆发,斯诺夫妇在北京的住宅成为学生运动领导人们秘密集会的场所” 等等。这说明央视有关撰稿人员是清楚斯诺在北平的经历的。

当时的北京大学与燕京大学是两所不同的名校。北大是国立大学,教育部拨款,燕大是私立大学,教会办的;当时北大校长是蒋梦麟,燕大校长、代校长是吴雷川、陆志韦,实际主事者是校务长司徒雷登；北大地址在北京市内沙滩，其红楼、广场全国闻名，燕大在西郊海淀，燕园、未名湖名扬海内。两校虽相距一二十里，但都有光荣的爱国传统："五四运动"的先锋是北大；"九一八"事变后，率先成立学生抗日会，发动抗日活动的是燕大。新中国成立后院校调整，燕大并入北大，北大迁到原燕大校址——燕园。

9月5日全国各报登的"抗日英雄谱"新华社的统一稿件为："斯诺……后在燕京大学(今北京大学)担任新闻系教授两年"，校名系名都对，不知道央视播出时为什么要自作聪明乱改。新华社的稿件也有错，斯诺在燕大时是讲师，不是教授，有北京大学出版社出版、燕京研究院编《燕京大学人物志》为证。也未听说斯诺在北大兼过职。

2005.9.5

(载《咬文嚼字》2006年第1期)

《庄子》里的“野马”

2005年12月21日《文汇报》有许渊明先生小文《庄子的秋水》，引导读者体验庄子哲学的美：“庄子的哲学美，恰恰在于他对困境的升华，那就是逍遥游——野马也，尘埃也，生物以息相吹也。”进而说明：“这是什么意思，想一想春天的田野，野马奔驰，万物更新，气息勃勃，一片生机，万鸟飞翔，那种美，翔宇的逍遥……”读后讶然。

庄子的哲学美是毋庸置疑的。《逍遥游》里的鲲鹏出行尤其壮观。它在北溟待腻了，要去南溟逛逛。它太大了，其翼若垂天之云，水击三千里，抟扶摇而上者九万里。因此它出行必须在六月阳气上升之时，“野马也，尘埃也，生物之以息相吹也。”苍苍茫茫中薮泽蒸腾的水汽，犹如奔马扬尘，气流涌动，托起鲲鹏高飞远行。气势磅礴，逍遥自在，真是壮美极了。这里的“野马”，历来注家都注为：“游气也”（郭象）、“春月泽中游气也”（司马彪）、“指浮游的云气”（《辞海》）、“野外蒸腾的水汽”（《汉语大词典》）等等，似无野马奔驰一说。庄子“逍遥游“的美，还在于展示了一种新的境界：遨游九万里上空的宇宙。所以才招来蜩与鸴鸠的嘲笑，说：我们在林间飞来跳去，自在得很，就是不小心没够着枝条，扑倒地上也没什么了不起。何必要直上九万里？它们不知道，自己的自由度只有林间野外那么一点点大，根本想象不出鲲鹏遨游九万里太空的境界，那份豪情美感。当然，蜩鸠上下于林间，野马奔驰于田野，诚然自得其乐，其境界也只在百步与五十步之间，但比起鲲鹏，就是庄子所说："小知不及大知，小年不及大年"，真是"不亦悲乎"！

至于"野马"为何指游气水汽，则有二说。一曰"青春之时，阳气发动，遥望薮泽之中，犹如奔马，故谓之野马也"(成玄英)；一曰"马"乃"塺"(mei)字假音，"野塺"即是野尘(孙星衍)。而"野马""尘埃"并称，一耶二耶？崔撰以为，"野马"指"天地间气如野马驰"，"尘埃"指"天地间气蓊郁似尘埃扬"。沈括则明说野马与尘埃是两物，"野马乃田野间浮气。"(《辞源》引)闻一多《古典新义·庄子内篇校释》指出："野马亦尘埃耳。庄子盖以野外者为野马，室中者为尘埃，故两称而不嫌。"总之，野马尘埃，生物气息，都是托着鲲鹏高飞的滚滚气流，要是没有积厚万里的野马尘埃气息的游动，鲲鹏也就无法逍遥了。若按许先生的指引，我辈浅学者很容易以为《庄子》里的"野马"真的是在野外奔跑的或野生的马。当然，如有人创立新说，认为此"野马"就是真的野马，不是游气野尘，自也可算一家，但不知它和鲲鹏的逍遥游该如何联系？

(载 2006.2.8《文汇报》)

谁“入主”了国家博物馆？

1月26日《北京晚报》第46版通栏标题“祥瑞瓶入主国家博物馆”，乍看吃了一惊，以为国家博物馆馆长换人或主管部门易手。仔细阅读正文，方知是当代陶瓷精品“祥瑞瓶”被国家博物馆收藏了。

“入主”一词，过去用得较多的有“入主中原”“入主华夏”等，意思是说“异族”闯入，做了主宰、统治者。如提及南宋至元、明末清初这两段历史时，常用此词。鲁迅在《华盖集续偏》中就说到“……待到这‘夷’入主中夏，却考订出来了，原来连这‘夷’也还是黄帝的子孙”。由此可见，“入主”意味某一强有力的个人或群体，进入占据了原不属于自己的领地，做了统治者。

祥瑞瓶作为一件艺术珍品，进入国家博物馆，仅仅是在博物馆内得到小心保护收藏，供人研究赏玩。它又如何去主宰、统治国家博物馆？如果想突出其价值，可以用“价值连城”“镇馆之宝”一类的词，但绝不意味“入主”。说“某物入主了某机构（单位）”，我腹俭，从未见到过这种用法。准确地表述，应该用“入藏”；想俏皮点，来个拟人化，用“入住”也行，但不是“入主”。

2006.1.27

（载《咬文嚼字》2007年第2期）

“孟姜女”是指“靓女”吗？

由于孟姜女的故事被列入首批国家级非物质文化遗产名录，于是，她姓甚名谁？何方人士？如何哭倒长城？关心她的人多了起来。

有人告诉我，据专家考证，孟姜女本无名字，“孟姜女”者，“靓女”也。听了不禁愕然。

《左传·襄公二十三年》首次记载：“齐侯归，遇杞梁之妻于郊，使吊之。辞曰：‘殖之有罪，何辱命焉。若免于罪，犹有先人之敝庐在，下妾不得与郊吊。’齐侯吊诸其室。”这是顾颉刚先生考出的“孟姜女”故事原型。当时只说到杞梁妻按体制的要求，不同意齐侯在都城外祭奠其夫(的灵柩)，的确未提杞梁妻的姓名，也没说她是否哭了，更未与长城和秦始皇挂钩。故事随着时代不断演变，由“辞吊”而“哀哭”“善哭”，以至“崩城”“崩山”，最后哭倒了长城。时间从公元前549年下推了二百多年，地点由今山东放射到河北、河南、陕西等地，杞梁妻也有了姓名，叫“孟姜”或“孟姜女”。

称杞梁妻为“孟姜”，是合乎当时称呼女子的习惯的。据杨伯峻先生考证：周时女子生三月而命名，待长大了，则除媒人介绍婚姻时外，不再称名。那么，怎么称呼成年的妇女呢？一般的规律是在女子的母姓上冠以其他成分。例如：周王姓“姬”，齐国君姓“姜”，宋国的国君姓“子”(应为“好”,见下)陈国君姓“妫”,其宗族之人自然也姓“姬”“姜”“子”“妫”。然后,有的在母姓上冠以排行:“孟”(或“伯”)“仲”“叔”“季”或“少”。如“孟子”即“子大姑娘”,“伯姬”即“姬大姑娘”,“仲姬”即“姬二姑娘”;有的则冠以国名,如“齐姜”(齐国姜姓女子),“陈妫”(陈国妫姓女子);或冠以夫家的国名,如“秦姬”,即“嫁到秦国的姬小姐”;也有冠以丈夫的谥号,如“庄姜”“宣姜”,即“庄公姜夫人”“宣公姜夫人”,或冠以丈夫的氏族等等。齐国是春秋时的大国、强国,“姜”姓是齐国君之姓,故称“孟姜”者不少。所标明者,一,姓“姜”;二,排行老大“孟”。符合此二条件,无论美貌与否,都可称“孟姜”。由此可见,“孟姜”者,“姜大姑娘”也。这里似乎与“靓”“丑”无关。很抱歉。

或曰:“孟姜”一词在《诗经》中出现的频率非常之高,相当于今天的“靓女”云云。我查了一下《中华大字典》,无论“孟”字“姜”字,都没有“美丽”的词义。至于《诗经》里的“靓妹”孟姜,我查到三处,频率不算很高,涉及两位女子:其一在《鄘风·桑中》:“云谁之思,美孟姜矣。”这是《诗经》中最大胆的情诗:“问我想谁呢?美丽的姜家大姑娘呵。”诗共三节,以同样的句法还赞美了“弋”家和“庸”家的大姑娘,做“美孟弋矣”“美孟庸矣”(据吴其昌先生《金文氏族疏证》考自出土文物,验证了王国维先生的说法:“弋”“庸”均应加偏旁“女”,做“妷”“媾”,“妷”为许国之姓,“媾”为杜国之姓,此是题外话)。其二其三均在《郑风·有女同车》,“彼美孟姜,洵美且都”,“彼美孟姜,德音不忘”。一位男子赞美同车的女子,“那位漂亮的姜大小姐,真是又美丽又文雅呵”,“那位漂亮的姜大小姐,她的好名声令人难忘”。这三处提到“孟姜”,确都赞了她的美丽,但皆是通过加形容词“美”来表达的。若去掉“美”字,我们无从晓得这两位姜姓女子是否美貌。

至于民间传说中有以为孟姜女姓孟,或是孟家与姜家共养的女孩,那多半是在故事传播过程中,有人不了解古人对女子称呼的规律,套用后人的习惯所致,不足为怪。

依拙见,“孟姜女”即“姜家大姑娘”,无论“靓”与“丑”,只要姜姓排行老大的女孩,都可以叫“孟姜”。请教专家,以为然否。

2006.12.6 于马虎居

(载 2007.1.18 香港《大公报》)

“孫”字是蛤蟆吗？

6月22日云弓先生文《“孫”字为何是蛤蟆》，以为“‘孫’的象形文字的确是一只青蛙的形象”，进而推论“因为青蛙的特点就是受到惊吓时立即跳进水里……所以在造字时就将青蛙的形象作‘孫’，意为逃跑”，以及“‘孫’的逃跑含义可能是它的本义，其他的意思可能是比较晚期的引申义”云云。云弓先生是为网上江枢衢先生的帖子做解释的，读了觉得好玩，也想说说浅见。

江先生帖子里讲的故事，完全是戏说，不拟多谈，只是他将“祖”（即“且”）字戏称为“坟头”，则去真甚远，开开玩笑而已。云先生沿其思路，继续驰骋，做出青蛙受惊逃跑乃“孫”字本义的猜想，很有趣，想象力可嘉，但是否可信，有待证明。

的确，在宋人的金石著录中，确有如江、云二先生指出的图形被释为“孫”的，但其根据不详。前辈学者亦有疑之者，以为如鼠璞之误（注）。我对古文字素无研究，只觉得该图形似蛙亦似龟，尚难分辨，与“子孙”之“孙”，从文字的形、声、义考察，全不搭界，心有疑焉。若说蛙易受惊，则原始草原上鼠兔成群，胆小易惊，岂不鼠兔也可喻为“孫”？如此解释，是否有些牵强？文章最后，又说“系表示像丝线一样连续不断，引申为后代，其实这是一种比较附会的说法。真正的含义应该是捆绑，用绳索捆绑人，就是为了防止他逃跑。这样解释才与孙字的本义相合。”“因为口语中儿子的儿子读孫，所以就借用了这个字……”这又是一种猜测。不过，我还是没搞明白，照云弓先生看来，“孫”到底是指被捆绑的小人，还是受惊吓的蛤蟆？何者是本义，何者是引申，何者是附会？

比宋人早千年的东汉人许慎撰《说文解字》，对“孫”字的解释是：“子之子曰孫。从子从系。系，续也。”段玉裁的《说文解字注》进一步释‘孫’从‘系’之意：“系，犹继也。”另外，段还将《说文解字》里“系”字条的“系，繫也”，订正为“系，縣也。”注曰：“縣，各本作繫，非其义，今正。……系者，垂统于上而承于下也。”我认为，许、段的解释是符合“孫”字的本义的。“孫”从子从系，子，可以说明其来历；系、糸、幺，都是丝绞之形，丝是连绵继续不断的，“子子孙孙”正是表明后代绵延不绝之意，不是附会。至于“孫”与“遁”，段玉裁以为是因“子卑于父，孙更卑焉”，故引申出“孫顺”、“孫遁”之义，也是一说。

子孙观念是中国古代宗法制度的重要基础。虽然传说从夏禹起实行“家天下”。不过完备的宗法制应该是到周朝才建立。王国维先生在《古史新证》中说：“商之继统法，以弟及为主，而以子继辅之。无弟然后传子。”“其传子者，亦多传弟之子，而罕传兄之子。盖周时嫡庶长幼分贵贱之制，商无有也。”据说已出土的甲骨碎片，罕见“孫”字。在《殷墟书契后篇》有一片“多子孙甲”，但其字款行列，颇有学者疑伪。出土商器中，《殷文存》载七百余器，仅二器有“子孙”字。亦被疑为周器。这都说明商人的子孙观念还比较淡漠。而周代则不同了，“子孙”连文，大量见于彝器。较早的如师旦鼎（应是周公所铸）“……子子孙孙永宝用享”。以后如史伯硕父鼎、毛公鼎、虢季子白盘等许多周器都有“子孙”或“子子孙孙”的铭文。而且，除了师旦鼎，还有这样一个有趣的现象，即：在《尚书》的《金縢》《梓材》《多方》《立政》等篇中,均记载有周公关于“子孙”的讲话或文字。因此,有人判断:周公是“子孙”观念的最早也最有力的倡导者,应该是有根据的。

注:《尹文子》:“郑人谓玉未理者为璞,周人谓鼠未腊者为璞。周人怀璞谓郑贾曰:‘欲买璞乎?’郑贾曰:‘欲之。’出其璞视之,乃鼠也,因谢不取。”指因理解不同造成的误会。后多喻赝品,以假乱真。

2009.8.2 于马虎居

(载 2009.8.17《北京青年报》)

“捍”与“撼”不可拉郎配

故宫错字风波暂告一段落。有青年朋友问我:中国古代文字向有通假之例,为什么“捍”“撼”两字不能通假?的确,中国文字创造的“六书”原则,第六条即是假借,依声托字,同音通假,如古文中可见“公”“功”相通,最浪漫的,“早”与“蚤”二字,风马牛不相及,仅仅音同,“蚤”便可代替“早”字。但在实践中,并不是凡同音字都可通假。一般来说,意义截然相反,易生歧义者就不通假,否则,人人成了“别字大王”,中国的传统文化岂不乱了。

我国最早的字书《说文》里没有“捍”字,有一个‘𢻱’或“𢼛”字。汉朝许慎的解释是:“止也。从攴,旱声。《周书》曰:‘𢻱我于艰’。”还有一个“扞”字。清朝段玉裁在《说文解字注》里说:“𢻱”和“扞”是古今字,后来“扞”字通行而“𢻱”字废了。他还辨正:《毛诗传》把“干”字作为“扞”的假借字,实际“干”应当是“𢼛”的假借字才对。说明字的假借是不能任意的。“扞”字的解释,梁顾野王所撰叙述隶书流变之书的《玉篇》中说:“‘扞’,卫也”。段玉裁随后指明:“(扞)字亦作‘捍’。”并引《礼记·祭法》中先王先圣制定祭祀之法有“能捍大患则祀之”一语,在《国语·鲁语》中,“捍”字作“扞”为证。民国时代出版的《辞源》也说:“捍,与扞同,卫也。”“扞,卫也,亦作捍。”今编《汉语大字典》也明确指出:'斁同'扞(捍)'",并在"扞"字下的"捍卫""抵御""抵制"诸义项均注明"后作'捍'。"至于"干",古时指盾,是一种兵器,故亦有"抵御""捍卫"的意思。及至后来,"斁""敦"不用了,"干"多用于其他义项,"扞"也渐被"捍"所取代。而在古时,"干""扞""斁""捍"诸字是可以通用的。

'斁我于艰"一语出自《周书·文侯之命》,西戎联兵破镐京,杀周幽王,灭西周。平王(宜臼)迁都洛阳,是为东周,其主要辅臣有晋文侯(义和)。《文侯之命》记录了宜臼对义和的褒扬及期望,"斁我于艰",即"扞我于艰",或"捍我于艰",表扬义和"在我艰难时捍卫我"。这大概是"斁(捍)"字最早的用法。

至于"撼",《说文解字》也没有此字,只有"槭"字:"摇也。从手,咸声。"徐铉、朱骏声都指出"槭"即是"撼"字。我们比较熟悉的词句有:韩愈的诗《调张籍》:"蚍蜉撼大树,可笑不自量。"《宋史·岳飞传》:"撼山易,撼岳家军难。"都是动摇的意思。奇怪的是故宫的某位负责人还是知道"撼山易……"这句话的,既然懂得"撼解放军难",为什么还要把"撼"与"祖国强盛"(姑不论即使是"捍""祖国强盛",其措辞亦可议) 连在一起呢?实在匪夷所思。顺便说一句:"捍"音"旱","撼"音"咸",古音并不同,不可拉郎配。

(载 2011.5.23《北京青年报》)

“衣冠禽兽”原是褒义词吗？

近两三年，不断见一些报刊载文说“衣冠禽兽”一词，源于明代官员的服饰，是代指“当官的”的褒义词。一些文摘类的传媒也常常转载，乐此不疲，甚至听说还上了电视。对此论点，我表怀疑。

说“衣冠禽兽”原是褒义词，必须先搞清此词最早见于何典？所指何意？曾见到两位主张是褒义词的先生著文指出：明万历年间陈汝元的传奇《金莲记》，其中有道白“人人骂我作衣冠禽兽，个个识我是文物穿窬。”此例见于《汉语大词典》。倘若这就是“衣冠禽兽”的最早出处，只能证明在明朝中后期此词已明显是贬义，绝非褒义。那么此前文献有无“衣冠禽兽”是褒义词或是代指官员的记录呢？我腹俭，不知道，但也未见哪位主张褒义的先生有所举证。

不过，在明以前，宋或者五代时已有一个结构相同的成语：“衣冠枭獍”，见宋人李昉编的《太平广记》卷二三九“谄佞一”，指五代后唐时无行文官苏楷，“河朔人士目苏楷为‘衣冠枭獍’。”(《北梦琐言》卷十七作“衣冠土枭”。)“枭”者猛禽也，“獍”者一种生下来即吃掉其母的恶兽也。以专名代共名，“枭獍”即“禽兽”。再说：“禽兽”固是鸟兽的合称，中性词，但作贬词用也已历史悠久，孟子批评杨朱、墨翟的学说时就说“无父无君，是禽兽也”。“衣冠禽兽”正是“衣冠枭獍”

的同义词，骂的是不知礼仪、行为恶劣的人。说"衣冠禽兽"到明代中后期才演变为贬义，与史实不符。

至于说"衣冠禽兽"是"文武官员的代名词"，也是"叠床架屋"，重复了。古代，只有"士"以上阶层的人才戴冠，因此，"衣冠"也成了缙绅、士大夫(自然也包括官员)的代称。如：李白诗"晋代衣冠成古丘"、明末凌濛初的《初刻拍案惊奇》卷廿七也有"晓得是衣冠中人"之语。代称官员，"衣冠"足矣，何必再加上被孟子贬为"无父无君"的"禽兽"二字？说到词语演变，这"衣冠禽兽"用至今日，确有扩展的变化，即由专斥有身份的贪官污吏、豪强劣绅、无行文人等发展到泛指所有无德恶行之人。话说回来，尽管明朝官服绣禽画兽，穿越至当年，若有人当面恭维某官员为"衣冠禽兽"，恐怕也会被认为是恶詈，要棒打出去的，我想。

词语溯源，是很有意义的一门学问，也富有趣味性，因此许多人喜欢涉足其中。但既是做学问，就要讲科学性，严肃认真，重证据。大胆假设，必须落实于小心求证。因此，说"衣冠禽兽"源于明代官服，因而是褒义词的论断，还待寻找文献证明。

2015 年于马虎居

由吴大羽老照片想到

读《笔会》吴冠中先生《吴大羽老照片》,提到吴大羽先生早年创作的一幅画“岳飞”,标题中有两个字,吴先生没记住。我估计是“噍类”两字。全文应是:“相公去,我辈无噍类矣”。

我无缘得见大羽先生的画,只是文章让我想起一件往事。那是1940年左右,我家随武汉大学迁至川西小县乐山。地虽偏远,文化生活还是蛮丰富的。我记得当时光画展就不少,如今日的大家赵望云、黄独峰、关山月等都曾在乐山开过展览,还经常有青年画师或学生的联合画展。有一次,父亲带我去看展览,是谁的画记不清了,可能水平一般,父亲走得有点快。忽然,他在一幅较大的国画前停住了。那幅画表现的是古时一群老百姓拦住一位将军的马,军前大旗上书有“岳”字,百姓伏地哀哭,将军面现悲苦,天昏地暗。画题也正是“相公去,我辈无噍类矣”。我不认识“噍”字,更不懂“噍类”的意思,便问父亲,他告诉我,这里说的是岳飞被十二道金字牌召回,离开时百姓拦马恸哭,说当时我们是大张旗鼓顶金盆运粮草来迎接官军的,金人都知道;今天您扔下我们,班师回朝,金军回来,我们可都活不了啦! 事见《宋史·岳飞传》。父亲用吴音念“噍类”,我用普通话怎么也读不出来。长大以后,查字典,才知“噍”音 jiao,嚼也,“噍类”

指能吃东西者，“无噍类”就是说没有能吃东西的活人了。记得我还问过父亲“十二道金牌”得用多少金子，父亲笑着说：哪是什么金牌？是用金字写的牌子，代表命令的重要和紧急。

近年学术界对岳飞的功过是非颇有争议。我记得，在抗战时期，那可是异口同声认定岳飞是民族英雄，它代表了中国在饱受帝国主义欺凌时人们的一种共同意志、一种道德取向。

那时以岳飞为题材的绘画创作特别多，像“岳母刺字”“大破拐子军”“十二金牌”“风波亭”“岳王坟”等等，许多画家都爱画，几乎每次画展都见得到这些题材。而那首脍炙人口的《满江红》，尽管有学者认为非岳飞所作，言之成理，但它以壮烈的词句、铿锵的音调所表现出的英雄情怀，培育了我们那一代人的爱国情操，至今听到仍会壮怀激烈，心潮难平。也有许多历史学家对岳飞被害事件做了更加深刻的分析，但这些都丝毫改变不了岳飞在人们心目中的形象。这是一个很有意思的现象。像关羽、诸葛亮一样，人们心目中的岳飞形象，可以偏离史实上的某些枝节而独立存在。它既源于历史，更得之于文艺——评书、戏剧、绘画的塑造。这个壮志未酬的爱国英雄，含冤被害的悲剧人物，唤起人们心底种种崇高的感情，又给人以美学上的享受。

（载 2006.1.18《文汇报·笔会》）

“仆本恨人”与江淹

读 8 月 10 日“笔会”赵兰英先生《仆本恨人》一文，对王元化先生的忧思情怀，感动又钦佩。关于王先生家传闲章“仆本恨人”，赵先生说这不是什么成语。就我浅陋所知，虽算不得成语，也是渊源有自，约有一千五百年以上的历史了。其源盖出于南朝齐梁之际江淹的《恨赋》，起首便说：“试望平原，蔓草萦骨，拱木敛魂。人生到此，天道宁论。于是仆本恨人，心惊不已，直念古者，伏恨而死。”接着例举始皇猝崩、赵王失国、李陵败降、昭君远嫁、冯衍罢黜、嵇康下狱、戍人迁客、浮华子弟，人虽不同，境各有异，但“自古皆有死，莫不饮恨而吞声。”江淹另一名篇是《别赋》。二赋结构相仿，都是以细腻的笔触描写不同阶层、不同境遇人物的命运遭遇，及其在经历人类两种共同感情“饮恨以终”“今生别离”方面的不同感受。

“仆本恨人”，语虽简单，却真实反映了历史上不同类型的知识分子——心忧天下者、壮志未酬者、怀才不遇者、多愁善感者——的心情，极易得到他们的共鸣。所以，历代文人多有引用，如清代词人陈其年（维崧）在“赠别芝麓先生（即龚鼎孳）”的《沁园春》中，即有“况仆本恨人，能无刺骨；公真长者，未免沾裳”的句子。今人吴子臧（世昌），其在抗战逃难时闻对山歌而得《古意对诗二十解》，序中亦唱出“仆本恨人，丁离乱兮天涯；世有知音，识变风于草莽”的心声。无怪乎元化先生的祖辈和元化先生也都喜爱镌有此文的印章。

江淹还有一事知名于世。江淹晚年，官做到金紫光禄大夫，醴陵侯，也算是高官厚禄了；但才思减退，再也写不出脍炙人口的好作品了。究其故，《南史·江淹传》有两则故事：一是江为宣城太守罢归，宿禅灵寺，梦见一人自称张景阳（晋代文学家张协），向江索还寄存的一匹锦，江从怀中摸出数尺还之。那人恨恨地说：“几乎被你搞光了。”回头看见另一文人丘迟，随手将所余数尺锦给了丘迟，而江淹的文章却从此一蹶不振。另一则故事是江宿冶亭，又做了一个梦：一个自称是郭璞的伟男子，向他讨还了五色笔。此后江淹再也做不出好诗了，这就是“江郎才尽”的故事。

（载 2007.8.21《文汇报·笔会》）

题诗翻转邯郸梦

2008 年 4 月 5 日，中央电视台《百家讲坛》阎崇年先生讲康熙治河，提及河道总督靳辅(1633–1692)在邯郸吕祖庵见陈潢(1637–1688)题诗，相识重用之事。这故事很有趣，可能因时间所限，他只一笔带过，未能展开细说。现略作补述。

清康熙朝的治河重臣是靳辅，而靳辅的左膀右臂则是浙江人陈潢。靳、陈本不相识，是靳辅任安徽巡抚时路过邯郸，在吕祖庵见题诗："四十年中公与侯，虽然做梦也风流，我今落魄邯郸道，要替先生借枕头。"异之，遂相见晤谈，聘为幕宾。靳辅的治河方略，均出自陈潢。

陈潢是浙江才子，尤通地理方舆，但屡试不第，颇为潦倒。他写此诗，是在邯郸吕祖庵时，想起了唐人沈既济的传奇《枕中记》及汤显祖改编的戏曲《邯郸梦》。此剧原旨充满道家色彩。卢生年届三十，自叹功名未就，在旅舍遇吕洞宾，吕要借机点化他，遂给以枕头入眠，做了个好梦。他先娶富家千金，高中状元，做大官，立大功，虽经坎坷，却能逢凶化吉，拜相封侯，享尽荣华富贵至八十高龄。谁知一梦醒来，旅舍老板的黄粱饭还在灶上焖着未熟呢。于是卢生看破尘世虚荣，随吕祖入山修道去也。

而此时的陈潢却别具会心，他与卢生年龄相仿，都是三十左右，都渴望建功立业而未有机遇，故对卢生的奇遇十分羡慕，做了四十年的公侯，尽管是梦也是风流的啊，我今落魄邯郸，也要向先生借个枕头，施展才能，成就一番事业。遂提笔写了以上的诗，全不理会原作者点化富贵虚幻之深意。由此诗他遇到了靳辅，为清初治河工程立下汗马功劳，也是一桩佳话。

凑巧的是：梦里的卢生曾被贬，派去开凿河道，受到皇帝的欣赏，而陈潢也正是治河有功，得以名垂青史。不过他远没有卢生幸运，十年辛劳，康熙只赏了个佥事道衔，不过正五品光景，离公侯还远着呢。正当他们在苏北开中河竣工，商民称便之时，靳辅被郭琇弹劾为治河无功罢任，陈潢也被撤职，解京监候，抑郁病死。到靳辅复出，方被平反。

黄河为患，由来已久，早在《诗经》中已有"俟河之清，人寿几何"之叹。历朝历代，都为治河头痛，元明以后更甚。过去治河，多重开浚下游，而陈潢突破了这种头痛医头的治标思想，提出"治本"，上中下游全面治理。他著有《河防述言》，并以靳辅名义编《治河方略》，为后世治河者所重。陈潢的功绩还是存留在天地之间。

（载 2008.5.5《北京青年报·历史纵横》）

也说桓温

看了6月10日吴东昆先生的《桓温的名言》，指出拙文《梁漱溟二三事》误将桓温的“名言”置于曹操头上，既高兴又感谢。撰此文时一时想不起是谁的话，便用“曹操哲学”一词含糊过去，但曹操是曹操，桓温是桓温，用“思想”“哲学”一类的词语把两个相距二百年的人之言论嫁接起来，倒像是桓温发展了曹操思想，确实不应该。我感谢吴先生。

桓温是个复杂的人物。他生活在偏安一隅的东晋中叶，军功显著，三次北伐，一次打到长安附近，一次收复了洛阳，对稳定东晋的局面起很大的作用。他娶了公主，官做到大司马、都督中外诸军事、录尚书事，集军政大权于一身，权倾当朝。他敢行废立之事，随便找个理由就废了皇帝司马奕，立其叔祖辈的司马昱。他有野心，“欲先立功河朔，还受九锡”，即效法王莽，加九锡，再假借禅让篡位，这是一面。另一方面，桓温胸中又有说不出口的隐痛。魏晋是个尊崇门第的时代。桓温出身谯国（今安徽怀远）桓家，虽也算士族，比起王、谢、庾等望族，成色相差许多。而且，魏晋风流，重文轻武，崇尚清谈，而桓温的父亲桓彝官至宣城太守，死于内乱，家道中落，桓温只得投身军伍，从基层做起。是以桓温在人际交往中常为“原罪”所累。试举数例：一、一次，与刘惔、王濛同游饮酒，刘将脚架在桓温的头颈上。桓不堪，举手拨去。而王濛回来竟对刘惔说：他（这样的人）岂可给人颜色看？意思是说桓应听任刘惔的脚架在自己脖子上而不该拨下。二、王坦之为桓温长史，桓为儿子求娶坦之女。坦之请示父亲王述，王述大怒：一个兵，怎能将女嫁入他家！三、桓温平蜀，僚属为他庆功，赞扬他豪爽磊落的气度，居然也有人说可惜你们没见过王敦大将军的丰采！这些语言多出自他的属下之口，他却一点儿办法没有。他的官越做越大，这种痛苦就越深。他气得背地奚落王述、王濛活像只母狗（"如生母狗馨"），面子上还得虚与周旋。晚年他认为谢安、王坦之是他篡位的障碍，曾设宴伏甲欲杀之，又慑服于谢安从容旷达的风度，而自行解兵。这种既恨且羡，又不甘心的情绪，时时咬噬他的心。屈辱啊，伤心啊，他官再大，也成不了"第一流"人物。于是，一天，他睡着觉忽坐起来愤愤地说："既不能流芳百世，亦不足复遗臭万年耶"，就是这种心态的曲折表达。这是我的"兴到之言"。

桓温有个儿子叫桓玄，做了其父未竟之事——逼白痴皇帝司马德宗（安帝）禅让，自立为帝，改国号楚。五个月后，玄被杀。此人行谊，可列"遗臭万年"之属。不过他也干了一件"流芳百世"的大事——"用纸废简"。原来东晋时南方造纸业迅速发展，技术已臻高超，能造高质量的精质纸，其时官方文书已是纸简并用。桓玄当政，下令"今诸用简者，皆以黄纸代之。"黄纸是用黄檗染过的纸，既符合帝王尚黄的传统，又能防蠹。自此，纸完全取代了竹木简。据专家说，东晋以后的出土文物中再没见过竹木简。这是中国文化史上的一件大事。

2008.6.12

（载 2008.6.27《文汇报·笔会》）

“和而不同”贵在“不同”

子曰:“君子和而不同,小人同而不和”。“和”与“同”是我国古代常用的两个政治词汇。把二者加以区别,不是孔子的发明。在他之前二百多年,西周正值宫涅(幽王)当政。宫涅宠幸褒姒,任用奸佞贪利的虢石父,废了王后及太子,国人皆怨。其时郑桓公(友)在朝任司徒,颇得人心。但他见幽王昏庸,王室多变故,担心祸将延己。公元前773年,桓公与史伯(掌史之官)讨论时局及出路。桓公问:“周王室一定会败吗?”史伯答:近乎必败。今王弃高德贤明之臣,好谄媚昏昧之人,是“去和而取同”。并进一步阐发道:“夫和实生物,同则不继。以他平他谓之和,故能丰长而物归之,若以同裨同,尽乃弃矣。”就是说,治国用“和”——协调万物,并育竞发,此起彼伏,生生不息,自然繁荣昌盛;若用“同”——唯我独尊,铲除异己,必定难以为继。现在幽王去“和”取“同”,以同补同,同同相加,用尽了也只能丢掉,不会再有新的生发,哪能不败?接着他又喻以生活经验:“声一无听,色一无文,味一无果……”五音只闻一音,不好听;五色只观一色,不好看;五味只存一味,不好吃。史伯可能是我们现在查到的最早明确区分“和”“同”二义,并与国家兴亡联系起来的第一人。果然,过了两年,犬戎入侵,幽王被杀,西周灭亡了。

时光流过二百年,公元前522年,年长于孔子的齐国贤相晏婴,又一次说到“和”与“同”的分别。那是齐景公一次打猎回来,他的宠臣梁丘据驾车赶来伺候。景公称赞道:“只有据是与我‘和’的啊。”晏婴回答:“据也就是‘同’罢了,哪里说得上‘和’?”景公奇怪了:“‘和’与‘同’有什么区别吗?”晏婴说:“君臣之‘和’,是国君说‘可’而其中有‘不可’的,臣下要指出其‘不可’来完善其‘可’;国君说‘不可’而其中有‘可’的,臣下要指出其‘可’而去其‘不可’。(‘君所谓可而有否焉,臣献其否以成其可;君所谓否而有可焉,臣献其可以去其否。’)。而梁丘据则不然,君‘可’亦‘可’,君‘否’亦‘否’,譬如水多了继续往里面加水,还怎么吃呢(‘若以水济水,谁能食之’)?”所以“同”不是“和”,“同”是不好的。《晏子春秋》还记了另一则类似的故事:景公出游,梁丘据驾着六马的车疾驰而来,晏子说:大暑天御马疾驰,马不死即伤,除了据,谁会这么干?景公却说据这样做是为了与我“和”呀!晏子反驳道:“这叫‘同’!‘和’是君甘则臣酸,君淡则臣咸。现在据是君说甘他也说甘,这是‘同’,怎能叫‘和’?”由此可见,晏子说的“和”,重点正在于“不同”。孔子的“君子和而不同,小人同而不和”的意思与之相仿。顺便提一句,从《晏子春秋》看。晏子与孔子,这两位圣贤之间原来颇多误解,晏子不赞同孔子的礼乐治世,阻挠齐景公欲封孔子;孔子则疑晏子顺事三君的人品,而不愿与之相见。但他们互相是尊重的。晏子承认孔子相鲁是“圣相”,孔子也说:“晏平仲善与人交,久而敬之。”看来他们二人也是“和而不同”的,这算应有之义的题外话。

把“和”“同”区分开,是我们老祖宗的智慧,是中华民族文化的精华。无论治国理念、用人标准、做人操守,重要之点都是如何对待“不同”。前提是承认“不同”存在的合理性,而不能随某些人的意志而消灭。治理国家的最高境界是和谐发展,即《中庸》所言“万物并育而不相害，道并行而不相悖”，不同事物、不同的道，都能互相包容，沟通理解，和谐共处，才能更好发展。“和谐”，是一种氛围、一种环境，所有的诉求都能慷慨陈情，各方的利益都能合法争取，相反的观点都能平等表达，这才是真正的“和”，也是“和”之所以为“贵”。有了这样的氛围，想不兴旺都不可能。反之，一味压制、取缔、消灭异己，只能激化矛盾，动乱频仍，最后必然走向败亡。所以，“和”既是名词也是动词，既是目的也是手段。与之相关，在做人、用人方面，也就有相应的操守原则。这是两千多年前先贤给我们的启示。那时的中国，还未进入皇权专制时代，所以有了第一次百家争鸣的高潮。

2008.5 于马虎居

(载 2008.6.23《北京青年报》)

关于黄鹤楼题咏点滴

黄鹤楼故址踞武昌蛇山黄鹤矶头，俯瞰长江，为江南名楼。据称建于三国时期孙权黄武二年(公元223年)，彼时曹丕已废汉，欲吞蜀吴，三国之间战战和和，事端不断。孙权于221年迁都武昌，建黄鹤楼，当时是军事上的需要。一千七百余年来，屡毁屡建，演变成览胜游宴胜地，附会出许多有关黄鹤与仙人的传说。历代文人墨客对黄鹤楼题咏甚夥，佳作不绝，而最脍炙人口的古诗当属唐人崔颢诗，今人则皆知毛泽东词《菩萨蛮》。

崔颢黄鹤楼题诗，成为千古绝唱，传说李白也为之敛手。故事出自元代辛文房的《唐才子传》。略谓：崔颢，汴州人。开元十一年及进士第。天宝中，为尚书司勋员外郎。少年为诗，意浮艳，多陷轻薄。晚节忽变常体，风骨凛然。后游武昌，登黄鹤楼，感慨赋诗："昔人已乘黄鹤去，此地空余黄鹤楼，黄鹤一去不复返，白云千载空悠悠，晴川历历汉阳树，芳草萋萋鹦鹉洲，日暮乡关何处是，烟波江上使人愁。"及李白来，曰："眼前有景道不得，崔颢题诗在上头。"无作而去。

辛文房是西域人，其作《唐才子传》原十卷，是唐代(包括部分五代)诗人(共三百九十七名)的简要评传本。体例因诗系人，虽名人而无诗名者不录。所载之人多详其逸事及著作之传否，而于功业行谊则只撮其梗概。盖以论文为主,不以记事为主也。原书已佚。清代《四库全书》的撰者从残存《永乐大典》各韵部中分别辑录出二百余人的传记,重编为八卷本。据看过全书的明代学者杨士奇称,该书"杂以臆说,不尽可据。"但书中对诗人的品评,多存唐人旧说,于后世研究工作有益。

关于李白之叹,有认为《唐才子传》所记迹近附会,我倒觉得有几分可信。李白集中确未见有直接题咏黄鹤楼的诗,却有明显仿崔的诗。如脍炙人口的《登金陵凤凰台》:"凤凰台上凤凰游,凤去台空江自流。吴宫花草埋幽径,晋代衣冠成古丘。三山半落青天外,二水中分白鹭洲。总为浮云能蔽日,长安不见使人愁。"尤其是那首《鹦鹉洲》:"鹦鹉来过吴江水,江上洲传鹦鹉名。鹦鹉西飞陇山去,芳洲之树何青青。烟开兰叶香风暖,岸夹桃花锦浪生。迁客此时徒极目,长洲孤月向谁明。"仿崔的痕迹更明,而《鹦鹉洲》显不及《黄鹤楼》浑然天成。李一再仿崔诗,可见对崔诗的喜爱。而且,太白集中涉及黄鹤楼的不少,如《望黄鹤楼》《黄鹤楼送孟浩然之广陵》等,独无题咏黄鹤楼的诗,说因崔诗在上,难以超越,不无道理。

毛泽东写于1927年春的《菩萨蛮》,题名《黄鹤楼》,此词忧时世之危艰,发思古之幽情,描述了诗人起伏澎湃的心潮。不过当年他所登临的并不是黄鹤楼,估计是误把奥略楼当作黄鹤楼了。黄鹤楼早在光绪十年(公元1884年)八月,因附近民房起火殃及,化为灰烬。二十四年后,即公元1908年,湖广总督张之洞升任内阁大学士、军机大臣后,门生僚属集资在蛇山黄鹤楼故址附近修建了一座风度楼,供奉张之洞的像,张不同意,改名奥略楼。此事《清稗类抄》有记。因地址邻近,建筑风格类似,还挂上了黄鹤楼"南维高拱"及"大江东去""爽气西来"的匾额及对联,让人很容易误认为黄鹤楼。我幼年在武昌,就一直呼之为黄鹤楼。奥略楼已于1955年建长江大桥时拆掉，黄鹤楼则于 1984 年复建。所以，毛泽东终其一生，未曾见到过黄鹤楼。

此外，崔颢这首被称为“唐人七律第一”的诗，在唐末五代人韦庄选的《又玄集》里，题下有注：“黄鹤乃人名也”，首句作：“昔人已乘白云去”，不是有人驾黄鹤飞去，而是从前有个名黄鹤的人乘白云飞走了。韦庄乃诗词名家，距崔颢仅百年左右，其所选本子必有根据。《全唐诗》所载首句也与之相同，有注“一云作黄鹤”，说明是以“昔人已乘黄鹤去”为别体。从全诗看，也讲得通，只可惜与众多美丽的黄鹤传说搭不上界了。

2008.6.12 于马虎居

（载 2008.8.24 香港《大公报》）

年(外一则)

从小爱过年，新年到，穿新衣，吃年饭，贴春联，放烟花，提灯会，访亲友。稍长，知道一元更始，万象更新。年，充满希望。

不知什么时候，什么人，编了个故事，说：“年”，是个吃人的怪兽，每到过年，便到人间来祸害。于是，红衣是抵御怪兽的武器，鞭炮是赶走怪兽的号角，“年来了”，成了吓唬孩子们的咒语。

我十分不喜欢这个故事，它把人们对未来的希望、美好的憧憬全都撕碎了。

“年”是什么？

“年”字起源甚古，出土的甲骨龟片屡见，如“”“”，金文形似，若“”“”，形状很美，灌饱了浆的谷穗，沉甸甸的，禾株难承其重，弯腰而立，静待人们来收割，宛如姣好温顺的女子，哪是什么怪物的形象？《说文》：“年，穀孰(熟)也。”这个解释应该是对的。与“年”字十分相像的还有“禾()”字，《说文》：“禾，嘉谷也。”二字不同的是“年”有根，“禾”无根。从“年”到“禾”，说明收割方法的进步，开始是连根拔起，后来是齐根割断。我们常从商殷卜辞中见到“求年”“有年”“大有年”“受年”的记载，即是“祈祷丰收”“丰收”“大丰收”“收获”之意。“求年”即是“求禾”，二语意无别。也有“无收”的时候，那就

叫“不受年”“弗受年”。我们知道,商殷还处于游猎时代,那时候人们还不懂吃粮食,基本是肉食者。他们吃打猎得来的动物,吃野生蔬果,就是不知道种粮吃粮。“上世之民,饮血茹毛,无五谷之食。”(王充《论衡》)据历史学家吴其昌先生考证,人们在偶然的情况下,发现牲畜饲料发酵,溢出异样的香味,从而认识了酒,开始种粮酿酒,“丰年多黍多稌(稻也)”,是用来“为酒为醴”的(《诗经·丰年》)。所以我们的祖先发明“喝酒”要早于发明“吃饭”。当然,那时“喝酒”是连酒糟一起吃的,所谓“啜醨哺糟”,类似今天吃醪糟。殷纣王的“酒池肉林”,当时嗜酒风气大概是举国皆然的;殷人重鬼神,祭祀也要供酒,自然对酿酒植物的收成很重视。

到了周代,进入农耕时代。是否丰收,有年无年,就更加重要。由于农业生产的周期性,“年”字又被赋予新的含义,成了时间单位。对于地球围绕太阳公转一周的时间表述,据《尔雅》说,“夏曰岁,商曰祀,周曰年。”郭璞注:“岁,取岁星(即水星)行一次;祀,取四时一终;年,取禾一熟。”不过周历不同于夏历,它的正月在夏历十一月,夏历与今农历相当。过年正值收获结束,体现出农耕社会的特点。《诗经·七月流火》中的“九月肃霜,十月涤场。朋酒斯飨,曰杀羔羊,跻彼公堂,称彼兕觥,万寿无疆!”正是人们一年农事结束,欢乐过年的景象。

年是收获,是休整,是希望。

*　　*　　*　　*

《左传·昭公十五年》记载了一则天子与诸侯的臣下很没水平的对话:周天子景王的王后死 了,下葬时,晋国派荀跞和籍谈参加。事毕,周王设宴,以鲁国进贡的壶为尊,说:“诸侯都有进贡,晋独没有,为什么啊?”荀跞无辞,让籍谈回答。籍谈说:“诸侯受封之时,都有王室赏赐的礼器,所以能进献;而晋处深山,与戎狄为邻,远离王室,沾不到王的福祉,整日忙于与戎狄周旋。拿什么给大王进贡?”于是景王历数自晋始祖起所给的赏赐:从密须之鼓与车、阙巩之甲,到襄王的车、斧钺、好酒、红弓、勇士,等等,使晋保有土地,安抚东邻……这不都是周天子给晋的福祉吗?你的祖上是管理典籍的官,你作为司典之后,怎么都忘了呢。籍谈无以为答。事后,景王此举被晋大夫叔向评为违背周礼,不得好死(“其不终乎”)。今天看来,合不合“周礼”可以不论,但治丧宴宾,索要贡品,不得,又细数我祖对尔祖的恩惠,骂以断子绝孙(“其无后乎”),“数典忘祖”,说明其人品低下,令人不齿。

不过就是这次对话,给后人留下了一个有名的典故——“数典忘祖”。

现今每值大事若干年,免不了要有纪念活动,追念前人的功绩,以示不忘。前人的筚路蓝缕,艰辛创业,无论对错成败,都是后人宝贵的精神财富。只有“不忘”,才有历史,才有中国几千年的文明史;只有“不忘”,才能正确把握今天,创造未来。抛开周王骂人的语义,从事业的传承来说,“数典忘祖,其无后乎”,倒是有一定道理的。近来,对有些事,有些人,主事者似乎隐隐约约让人淡忘,把一段艰辛的历史从人们记忆中抹掉,让一些重要人物从历史上消失,这难道符合科学发展观吗?是历史唯物主义吗?我置疑。

(载 2009.1.6《北京青年报》)

折桂与桂冠

炎炎盛夏,万千学子,挥汗考试。分数揭晓,成绩优异者满心喜悦,亲友纷纷祝贺,或称“蟾宫折桂”,或赞“捧得桂冠”。有趣的是中国和希腊,这两个各处地球东西的文明古国,为何都把“桂树”作为学业成就的象征?

“蟾宫折桂”的典故有个演化过程。晋朝初年,济阴有名郤诜者,“博学多才,瑰伟倜傥”,州郡请他出山,不应。后来,晋武帝诏天下举贤良直言之士,太守文立举荐了郤诜。朝廷对策,郤诜成绩上乘,就做了官,是个清廉公正的好官,最后做到雍州刺史,仍不脱名士风度。有一天,武帝问他:“你对自己的评价如何?”诜答:“当年我被举为贤良时的对策,是天下第一,也就是桂树林中一条枝,昆仑山上一片玉(犹桂林之一枝,昆山之片玉)吧。”清高自负中略带谦逊自敛。皇帝周围的人看不惯了,直奏请要罢他的官,还是武帝明白,笑着说:“是我和他开玩笑罢了。”到了唐朝,兴科举,“桂林一枝”,或“桂枝片玉”,遂用于比喻高中科举的人,甚至直呼登科及第者为“桂枝郎”。日月推移,这个典故又和早些时候的“蟾蜍是月精”“月中有桂树”等传说捏合起来,“蟾宫折桂”就成了科场高中的代词了。

至于“桂冠”,则源自一个凄美绝异的希腊神话故事。达芙妮,一个美丽纯真、充满幻想、自由自在的小女神，河神和爱神都爱上了她，但她立志要保持自己的纯洁。这意愿得到河神及爱神的尊重，生活过得快乐而恬静。不料太阳神阿波罗来了，一眼便疯狂爱上了她。他的爱情是如此热烈。达芙妮对他也不乏好感，怕自己不能自持，故一见他拔腿便跑。阿波罗当即紧追不舍。眼看就要追上时，达芙妮大声呼救，河神将她变成了一棵月桂树。阿波罗爱情不减，发誓把月桂尊为最高荣誉的象征。于是在运动会上，希腊民众把桂枝桂叶编成花冠，献给竞赛得胜者；在歌舞集会时，也会把桂枝花冠戴在大家喜爱的吟唱诗人的头上。此风传到欧洲，英国的大学为一些获得语法修辞、诗歌学位的学生戴上桂冠。后来又将这荣誉称号授给学界名流，如斯宾塞、丹尼尔先后都被尊为"桂冠诗人"。十七世纪时，英王詹姆士一世索性将"桂冠诗人"定为国家制度，发给宫廷津贴，荣誉终身享有，出缺方补。桂冠诗人的职责是在国王生日及节日奉献应景诗歌。三百多年来章程渐有变化。现在许多国家如美国、澳大利亚也都推出了自己的"桂冠诗人"。

有趣的是，中国与希腊，相距万里，在古代，却不约而同将桂树与文学、学术联系了起来。中国的桂树在月宫，与嫦娥玉兔为伴，吴刚万年砍不倒，高洁清冷，引人仰慕；希腊的月桂生成于太阳神阿波罗的狂烈追求，炽热脱俗，令人动容。一冷一热，都是成就学术不可缺少的品格。不过，这两棵桂树可不是一个品种。查《辞海》：希腊月桂属樟科，常绿乔木，早春开花，雌雄异株，叶和果实可提取芳香油；中国桂花学名木樨，木樨科，常绿灌木或小乔木，秋季开花，极芳香。二者共同的是它们非凡的芳馨气质，沁人心脾，引发人们对崇高理想、对美好愿景的追求。这大概就是文化的力量吧。

（载 2011.7.11.《北京青年报·历史纵横》）

后 记

我已八十五岁，行将就“火”，回顾过去路，曾经豪情万丈，亦有忧肠千结，风雨繁华，终归平淡。一生碌碌，无可称道。正是：“回首向来萧瑟处，归去，也无风雨也无晴。”人生旅途多见闻，其中不乏涵养过我，感动过我，包容过我，愉悦过我的人和事。或曰：平凡之中见不凡，也有风雨也有情。故略记风采，以志不忘。

生性鲁钝，偏爱问真，昔年曾有句云：“锦瑟华年昏梦远，残余岁月悯忧深。低头只为求真理，不信忽悠不信神。”前年，又作诗自寿：“从容八十四，贱体尚康宁。抬眼观风雨，低眉弄饾饤。沧桑造物意，兴替黎民情。老妪无多梦，爱听百鸟鸣。”集中短文，大抵即兴而作。低微嘤鸣，求得友声，乃我之所愿，激发深思，是我的荣幸；指出谬误，我将感激不尽；倘或某处惹君不爽，我深感抱歉，使君鄙夷，请掷去覆瓿，勿污清目。

此集得以出版，实属幸事。虽经杯中微澜，无晴终归有晴。喜有残留文字，犹可略飨同好。感谢所有爱护并帮助此书的朋友们。

2016年春于马虎居